CADFAEL

10|18
12, avenue d'Italie — Paris XIIIe

Du même auteur
aux Éditions 10/18

Les enquêtes de Frère Cadfael

UN CADAVRE DE TROP, n° 1963
LE CAPUCHON DU MOINE, n° 1993
TRAFIC DE RELIQUES, n° 1994
LA FOIRE DE SAINT-PIERRE, n° 2043
LE LÉPREUX DE SAINT-GILLES, n° 2044
LA VIERGE DANS LA GLACE, n° 2086
LE MOINEAU DU SANCTUAIRE, n° 2087
L'APPRENTI DU DIABLE, n° 2136
LA RANÇON DU MORT, n° 2152
▶ LE PÈLERIN DE LA HAINE, n° 2177
UN INSONDABLE MYSTÈRE, n° 2203
LES AILES DU CORBEAU, n° 2230
UNE ROSE POUR LOYER, n° 2256
L'ERMITE DE LA FORÊT D'EYTON, n° 2290
LA CONFESSION DE FRÈRE HALUIN, n° 2305
L'HÉRÉTIQUE ET SON COMMIS, n° 2333
LE CHAMP DU POTIER, n° 2386
L'ÉTÉ DES DANOIS, n° 2417
LE VOLEUR DE DIEU, n° 2459
UN BÉNÉDICTIN PAS ORDINAIRE, n° 2515
FRÈRE CADFAEL FAIT PÉNITENCE, n° 2619

Les enquêtes de l'inspecteur Felse

UNE MORT JOYEUSE, n° 2546
LA COLLINE SECRÈTE, n° 2641
PRIS AU PIÈGE, n° 2683
NE TOUCHEZ PAS AUX ÉPITAPHES, n° 2705
UN AIR DE CORNEMUSE, n° 2731
UN CŒUR NOIR, n° 2767
MRS. FELSE JOUE EN SOLO, n° 2831
LA DERNIÈRE MESURE, n° 2862
RAGA MORTEL, n° 2908
MORT AUX PROPRIÉTAIRES !, n° 2927
LA PORTE FATALE, n° 3045
L'ENTERRÉ VIF, n° 3137
LA MORT DE RAINBOW, n° 3295

Trilogie historique sous le nom d'Edith Pargeter

LA PIERRE DE VIE, n° 3432
LE RAMEAU VERT, n° 3433
LA GRAINE ÉCARLATE, n° 3434

LE PÈLERIN DE LA HAINE

PAR

ELLIS PETERS

Traduit de l'anglais
par Serge CHWAT

10|18

INÉDIT

« Grands Détectives »
dirigé par Jean-Claude Zylberstein

Sur l'auteur

Ellis Peters, de son vrai nom Edith Pargeter, est née en 1913, dans le comté du Shropshire, à la lisière du pays de Galles. Pendant la Seconde Guerre mondiale, elle entre au Women's Royal Navy Service. Ses activités au département des communications lui valent la British Empire Medal, qu'elle reçoit des mains du roi George VI.

Elle étudie, par ailleurs, la langue et la littérature tchèques, dont elle traduira plusieurs œuvres majeures en anglais. Après la guerre, elle publie, sous son vrai nom, ses premiers livres.

Sa trilogie historique - *La Pierre de vie, Le Rameau vert* et *La Graine écarlate* - située au temps des bâtisseurs de cathédrales, rencontre un grand succès auprès de la critique et du public. Puis, en 1959, elle signe sous son pseudonyme, les premières aventures de l'inspecteur George Felse. Enfin, en 1977, elle crée le personnage de frère Cadfael, un moine gallois herboriste dans une abbaye, initiant ainsi un nouveau genre, le roman médiéval, dans lequel elle va passer maître. *Trafic de reliques* inaugure ainsi la série « Cadfael » qui compte aujourd'hui vingt et un volumes.

Décédée en octobre 1995, Ellis Peters a été élevée au rang de OBE (officier de l'ordre de l'Empire britannique) pour services éminents rendus à la littérature.

Titre original :
The Pilgrim of Hate

ISBN 2-264-03338-X

1

Ils étaient tous les deux à l'herbarium, dans la cabane de Cadfael, dans l'après-midi de ce vingt-cinquième jour de mai, et ils s'entretenaient de problèmes préoccupants concernant le royaume, de rois, d'impératrices et des fortunes changeantes qui accablaient les malheureux rivaux à la couronne.

– Enfin, elle n'a pas encore été couronnée! dit Hugh, presque aussi fermement que s'il voyait un moyen d'empêcher cela.

– Elle n'est même pas encore à Londres, acquiesça Cadfael qui tournait soigneusement le breuvage de la marmite nichée parmi les charbons du brasero, de façon qu'il n'attache pas aux bords, ni ne brûle. Il est hors de question qu'elle reçoive la couronne avant qu'on la laisse pénétrer à Westminster. Et apparemment, s'il faut en croire ce que j'ai entendu dire, ils sont rien moins que pressés.

– Ceux qui ont souffert du froid se réunissent là où le soleil brille, constata Hugh, à regret. La cause que je défends, mon ami, passe de la lumière à l'ombre. Quand Henri de Blois retourne sa veste, tous l'imitent, comme des affamés groupés dans le même lit. Il tire la couverture au bord de laquelle s'accrochent ceux qui le suivent.

– Pas tous, objecta Cadfael, avec un bref sourire, en continuant son travail. Pas vous. Croyez-vous être le seul?

– A Dieu ne plaise! s'exclama Hugh, et dans un grand éclat de rire, il secoua ses idées noires.

Il s'écarta de l'encadrement de la porte, là où la lumière pure répandait une douce patine dorée sur les buissons et les parterres du jardin aux simples, et l'air de midi, chargé d'humidité, se remplit de la langueur entêtante des lourdes odeurs épicées. Sa silhouette mince s'arrondit de nouveau sur le banc contre le mur en planches, et il étendit ses jambes bottées sur le sol en terre battue. C'est vrai qu'en un sens, il était petit, mais avec un corps d'une extrême élégance. Sa stature modeste et légère en avait trompé plus d'un, qui s'y était laissé prendre. Au-dehors, les rayons du soleil, troublés par la brise qui agitait les buissons, se réfléchissaient sur l'un des grands flacons de verre de Cadfael et éclairaient de temps à autre un fin visage bruni, rasé de près, à la bouche subtile et aux sourcils bruns mobiles qui, quand il se montrait sceptique, pouvaient monter en accent circonflexe presque jusqu'à ses cheveux noirs coupés court. Un visage à la fois expressif et indéchiffrable. Frère Cadfael était l'un des rares êtres à savoir le déchiffrer, justement. On pouvait même se demander si Aline, l'épouse de Hugh, le comprenait mieux. Cadfael allait sur soixante-deux ans, et il s'en fallait encore d'un ou deux ans que Hugh n'atteignît la trentaine. Cependant, liés par l'amitié, assis côte à côte dans l'atelier de Cadfael, parmi les plantes médicinales, ils se sentaient presque du même âge.

– Non, dit Hugh, en considérant attentivement la situation et en s'installant plus confortablement, pas tous. Il reste encore un certain nombre de gens et pas si mal placés que ça pour conserver ce que nous possédons. Il y a la reine dans le Kent avec son armée. Robert de Gloucester ne va pas rebrousser chemin pour nous tomber dessus, alors qu'elle rôde dans le sud de Londres, pas bien loin de la ville. Et avec les Gallois de Gwynedd qui protègent nos arrières contre le comte de Chester *, on peut tenir le comté au nom du roi Étienne, attendre et voir venir. Quand la chance a tourné une fois, elle peut tourner à nouveau. L'impératrice n'est pas encore reine d'Angleterre.

Tout cela était bel et bon, songea Cadfael, remuant silencieusement sa potion pour purger les veaux de frère Aylwin, il y avait quand même de bonnes raisons de penser que l'issue ne tarderait peut-être plus. Au bout de trois ans de guerre civile entre cousins qui se disputaient la souveraineté de l'Angleterre, il n'y avait aucun signe de rapprochement entre les factions rivales et guère d'amélioration pour l'ensemble de la population, accablée par l'insécurité, le pillage et les massacres. L'artisan en ville, le villageois, ou le serf travaillant sur une propriété ne seraient que trop heureux si un monarque quelconque pouvait leur garantir un pays calme et bien policé où exercer leurs modestes activités. Mais un homme de la trempe de Hugh ne voyait pas les choses avec autant de détachement. Il était le vassal fidèle du roi Étienne, et maintenant shérif du Shropshire pour ce même roi Étienne, dont il avait juré de défendre le comté et la

* Voir *la Rançon du mort* du même auteur dans la même collection.

cause. Et son roi était retenu prisonnier au château de Bristol depuis la défaite de Lincoln. En une seule journée de février de cette même année, la fortune des deux rivaux à la couronne avait changé de camp. L'impératrice Mathilde avait le vent en poupe et Étienne, tout couronné et oint du Seigneur qu'il était, se trouvait dans un cul-de-basse-fosse surveillé de près et sous bonne garde. Quant à son frère, Henri de Blois, évêque de Winchester et légat du pape, le plus influent, et de loin, de tous les princes de l'Église et jusque-là fidèle à son frère, il se trouvait confronté à un dilemme : il avait le choix entre jouer les héros et adhérer de la façon la plus nette et ferme au parti de son choix, risquant ainsi l'hostilité redoutable d'une femme sur la pente ascendante qui pouvait s'avérer dangereuse, ou bien naviguer selon le vent, s'accommoder des revers du sort et se ranger à ses côtés. Discrètement, cela s'entend, et après avoir soigneusement préparé ses arguments pour éviter une volte-face déshonorante. Il se pouvait aussi que Henri ait vraiment à cœur la cause de la paix et de l'ordre et tienne à soutenir celui des cousins ennemis qui les restaurerait, songea Cadfael désireux de ne pas se montrer injuste, fût-ce envers un évêque.

– Ce qui m'exaspère, déclara Hugh, en s'agitant, c'est qu'on ne puisse avoir aucune nouvelle sûre. Des rumeurs, ça n'est pas ce qui manque, il en circule de partout, et chacune dément la précédente, mais rien sur quoi on puisse mettre la main, ni en quoi on puisse avoir foi. Je ne serai pas fâché du retour de l'abbé, c'est moi qui vous le dis.

– Ce sera le cas de chacun de nous dans cette maison, acquiesça Cadfael du fond du cœur. A part Jérôme, peut-être. Quand le prieur Robert assure l'intérim, le roi n'est pas son cousin. Et il s'en est donné à cœur joie toutes ces dernières semaines, depuis que l'abbé a été appelé à Winchester. Nous ne sommes guère nombreux ici à apprécier d'être sous la férule de Robert, vous pouvez me croire.

– Depuis combien de temps est-il parti? demanda Hugh. Sept à huit semaines! Il y a de la mitre plein la cour du légat, ces derniers temps. Maintenir son autorité l'aide sans doute à affronter celle de la dame. Henri n'est pas homme à se laisser marcher sur les pieds, même par un souverain, et il a besoin derrière lui de tout le poids qu'il pourra trouver.

– Il a quand même lâché un peu de terrain, avec tout ça, dit Cadfael. C'est peut-être le signe qu'ils sont arrivés à une manière d'arrangement. A moins qu'on le lui ait simplement laissé croire. Le père abbé nous a envoyé un mot de Reading. Il devrait être revenu d'ici une semaine. Vous ne sauriez trouver meilleur témoin.

L'évêque de Winchester avait pris grand soin de garder par-devers lui la direction des opérations. En convoquant tous les prélats et autres abbés mitrés à Winchester au début avril, et en déclarant sans ambiguïté que cette réunion était un concile de légat, et non une simple assemblée ecclésiale, il s'était assuré la suprématie sur les discussions qui s'ensuivraient, ce qui lui donnait le pas même sur l'archevêque Théobald de Canterbury qui, en terme de questions religieuses strictement anglaises, était son supérieur. Ce n'était pas vraiment un mal. Cadfael ne pensait pas que Théobald avait vraiment pris ombrage de s'être ainsi retrouvé au second plan. Dans de telles circonstances, un homme paisible et timoré ne serait que trop content d'être ainsi relégué à l'ombre, tranquillement,et de laisser le légat s'exposer seul à la chaleur du soleil.

– Je sais. Une fois que j'aurai entendu son récit des événements, je pourrai prendre mes dispositions en conséquence. Nous sommes plutôt loin par ici, et la reine, que Dieu la garde, a réuni des forces non négligeables, maintenant qu'elle a les Flamands qui s'en sont sortis à Lincoln pour grossir ses troupes. Elle remuera ciel et terre pour sortir Étienne de sa prison, et pour ça, tous les moyens seront bons. C'est un meilleur soldat que son seigneur et maître, dit Hugh avec conviction. Je ne veux pas dire sur le champ de bataille – Dieu sait qu'il faudrait parcourir toute l'Europe pour trouver son égal, je l'ai vu à l'œuvre à Lincoln, une merveille! Mais un meilleur général, aucun doute là-dessus. Elle ne perd jamais son but de vue, là où lui se fatigue et s'intéresse à une autre proie. A ce qu'on me dit, et je le crois, elle se rapproche de plus en plus de Londres, au sud du fleuve. Plus sa rivale se rapprochera de Westminter, et plus le fil se resserrera autour d'elle.

– Est-il certain, d'abord, que des Londoniens aient accepté de laisser entrer l'impératrice? A ce qu'il paraît, ils se sont réunis tard en conseil, et ils ont rédigé une supplique dénuée d'agressivité, avant de s'apprivoiser. Il faut avoir du cœur au ventre, j'imagine, pour tenir tête à Henri de Winchester et aller contre lui, concéda Cadfael avec un soupir.

– Oui, ils sont tombés d'accord pour lui ouvrir les portes, ce qui revient à la reconnaître. Mais ils ont posé leurs conditions; c'est du moins ce qu'on m'a dit et chaque minute de gagnée vaut son pesant d'or pour Étienne et moi. Si seulement je pouvais introduire un homme capable dans Bristol! s'exclama Hugh et la lumière dansante sculpta soudain chaque trait de son visage tendu et expressif. On peut toujours s'arranger pour pénétrer dans un château, et même dans les oubliettes. Deux ou trois hommes courageux et discrets y parviendraient. Une poignée d'or pour un geôlier insatisfait... Ce n'est pas la première fois qu'on aura été chercher un roi, même enchaîné, et ce n'est pas son cas. Elle n'a pas encore été jusque-là, pas encore. Cadfael, je rêve! Mon travail est ici, et je m'en sens à peine capable. Et puis, je n'ai pas les moyens d'emporter Bristol.

– Une fois libéré, suggéra Cadfael, votre roi aura grand besoin de ce comté.

Il s'éloigna du brasero, retira la marmite, qu'il laissa refroidir sur une dalle de pierre, placée là spécialement à cet effet. Quand il se redressa, son dos craqua un tantinet. Dans ce genre de circonstances mineures, il sentait qu'il n'avait plus vingt ans. Mais une fois droit, il donnait le change.

– Voilà, j'ai fini ici pour le moment, dit-il, se frottant les mains pour faire disparaître les traces laissées par les deux anses. Allons à la lumière, on jettera un coup d'œil aux fleurs qu'on apportera pour la fête de sainte Winifred. Le père abbé sera rentré à temps pour la recevoir en personne depuis Saint-Gilles. Et nous aurons un bon nombre de pèlerins sur les bras.

On avait rapporté le reliquaire de Gwytherin, où elle était enterrée, quatre ans auparavant, et on l'avait installé sur l'autel de l'église, à l'hospice de Saint-Gilles, tout près du faubourg de la Première Enceinte de Shrewsbury, là où les malades, contagieux, contrefaits, les lépreux qui n'avaient pas le droit de s'aventurer intra-muros, étaient logés et soignés. Et de là, on avait apporté la châsse en grande pompe jusqu'à son autel, dans l'église abbatiale, qu'elle servirait à décorer, tout en étant objet de prière, de guérison et bénédiction pour tous ceux qui venaient s'incliner devant elle, ou pour lui demander une faveur. Cette année, il avait été décidé de refaire ce dernier voyage, de l'amener de Saint-Gilles en procession et d'ouvrir son autel à tous ceux qui s'y rendraient avec des prières et des offrandes.

Chaque année, elle avait attiré de nombreux pèlerins. Cette année, ils seraient légion.

– On pourrait se demander si vous ne vous préparez pas plutôt pour un mariage, dit Hugh, les pieds soigneusement posés parmi des parterres de fleurs qui commençaient tout juste à passer des douces couleurs timides du printemps au flamboiement de l'été.

Des haies de noisetiers et d'aubépines répandaient leurs pétales d'argent et des chatons clairs et vert pâle tremblaient partout dans l'enclos où ils se tenaient, plus loin dans l'herbe de la prairie des coucous se redressaient et les iris tendaient leurs bourgeons serrés. Même les roses offraient leurs myriades de bourgeons très droits, prêtes à s'ouvrir et à offrir leurs premières corolles. Dans le jardin clos, là où Cadfael avait ses herbes médicinales, il y avait de gros bouquets de pavots dont le fourreau vert commençait à éclater. Cadfael se servait des graines pour ses remèdes et frère Petrus, le cuisinier de l'abbé, les utilisait comme épices pour ses recettes.

– Et il pourrait bien y avoir de ça, qui plus est, dit Cadfael, couvrant d'un œil complaisant les fruits de ses travaux. Un mariage éternel et pur. Cette petite Galloise est restée vierge jusqu'au jour de sa mort.

– Et vous l'avez mariée depuis?

Ce fut dit d'un ton badin, après la conversation grave qu'ils avaient eue sur les affaires de l'État. Dans un pareil jardin, on pouvait croire sans peine à la paix, l'amitié et la procréation. Mais cette remarque anodine rencontra soudain un silence d'une profondeur si prenante que Hugh tendit l'oreille et tourna la tête pour observer son ami, avant même que ne jaillît sa réponse. Il n'aurait su dire toutefois si cette spontanéité avait été involontaire ou intentionnelle.

– Mariée, je ne dirais pas cela, souffla Cadfael, mais mise au lit, sans aucun doute. Avec un brave homme, par-dessus le marché, qui l'a défendue fidèlement. Il méritait sa récompense.

Surpris, Hugh leva un sourcil et jeta, par-dessus son épaule, un regard vers le long toit de l'église abbatiale où, paraît-il, la dame en question reposait dans un reliquaire scellé sur son propre autel : un cercueil élégant juste assez grand pour contenir une petite sainte galloise, à l'ossature fine et compacte propre à sa race.

– Ça ne laisse guère de place pour deux personnes, dit-il doucement.

– Non, en effet, pas pour deux êtres de notre grossière étoffe. Mais là où on les a mis, la place ne manquait pas.

Il savait qu'on l'écoutait à présent, avec la plus extrême attention, à défaut de le comprendre encore.

– Qu'est-ce que vous me chantez là? s'étonna Hugh, sans élever la voix. Qu'elle n'est pas dans votre beau reliquaire ouvragé, là où chacun *sait* qu'elle se trouve?

– Que voulez-vous que je vous dise? J'ai plus d'une

fois souhaité qu'on puisse être à deux endroits à la fois. Ce ne serait guère possible pour moi, mais pour une sainte, qui sait, ça l'est peut-être. Elle y a reposé trois jours et trois nuits, ça, j'en suis certain. Peut-être y a-t-elle laissé quelque chose de sa sainteté – ne serait-ce que pour nous remercier, nous qui l'en avons ressortie et qui l'avons remise là où je crois encore et croirai toujours qu'elle souhaitait reposer. Mais malgré tout cela, il y a un léger doute qui me tourmente, reconnut Cadfael en hochant la tête. Et si je m'étais trompé sur ses intentions?

– Vous n'auriez plus alors qu'à recourir à la confession et à la pénitence, répliqua Hugh d'un ton léger.

– Pas avant que Mark ne soit devenu prêtre à part entière!

Le jeune Mark avait quitté le couvent dont il dépendait et ses ouailles de Saint-Gilles pour la maison de l'évêque de Lichfield, avec la bourse que lui avait accordée Léoric Aspley pour payer ses études *, et le but suprême qu'il s'était fixé lui apparaissait clairement dans le lointain, cette prêtrise pour laquelle Dieu l'avait élu.

– Je mets de côté pour lui tous ces péchés dont je sens, à tort ou à raison, qu'ils n'en sont pas. Pendant trois ans, je l'ai tenu pour mon bras droit et je l'ai chèrement aimé; il me connaît mieux que personne, sauf vous peut-être, ajouta-t-il et il adressa un innocent regard en coin à son ami. Je ne lui cacherai rien de la vérité; selon son jugement et pour son absolution, j'accepterai volontiers n'importe quelle pénitence. Vous pourriez à la rigueur me juger, Hugh, mais vous ne sauriez me donner l'absolution.

* Voir *l'Apprenti du Diable* du même auteur dans la même collection.

– Ni la pénitence non plus, rétorqua-t-il en riant sans contrainte. Allez, racontez-moi tout, et vous vous en irez librement.

Cadfael se surprit à trouver attirante l'idée de se confier.

– C'est une longue histoire, je vous préviens *.

– Eh bien, c'est le moment. J'ai fait tout ce qui était en mon pouvoir; tout ce qu'on attend de moi, c'est d'ouvrir l'œil et d'être patient. Alors, je ne vois pas pourquoi je resterais à me tourner les pouces au lieu d'écouter une bonne histoire? Quant à vous, vous êtes libre jusqu'à vêpres. Ouvrir votre âme au bras séculier – si j'ose dire – peut même vous valoir une certaine indulgence, insista Hugh, s'efforçant de prendre l'air solennel d'un prêtre. J'ajouterai que moi aussi, je sais garder le secret de la confession.

– Bon, attendez, je vais aller chercher un peu de ce vin qui décante, après on ira s'installer sur le banc, sous le mur nord, là où donne le soleil de l'après-midi. Il n'y a pas de raison de ne pas être confortablement assis pendant que je parlerai.

– C'était environ un an avant qu'on ne se rencontre, commença Cadfael, s'adossant confortablement contre les pierres chaudes, rugueuses du mur du jardin aux simples. Nous n'avions pas acquis de Saint pour notre maison, et on louchait un tantinet du côté de Wenlock où les clunisiens avaient découvert Milburga, leur fondatrice saxonne, et ils en faisaient tout un plat. Et puis il y a eu des signes qui nous sont arri-

* Voir *Trafic de reliques* du même auteur dans la même collection.

vés, et un de nos frères, qui ne se portait pas bien, a été envoyé au pays de Galles pour se baigner à Holywell, là où la petite Winifred est morte pour la première fois et a créé sa fontaine miraculeuse. Son directeur de conscience, saint Beuno, était là, tout prêt à la ramener à la vie, mais la fontaine est restée et a opéré des miracles. Il est revenu aux oreilles du prieur qu'il y avait moyen de convaincre la dame de quitter Gwytherin, où elle était morte – pour la seconde fois – et enterrée, et de la décider à venir à Shrewsbury, où elle transporterait sa gloire. J'étais l'un de ceux qu'il a emmenés avec lui pour traiter avec la paroisse en question et les amener à nous remettre les ossements de la petite sainte.

– Je sais tout cela sur le bout du doigt, dit Hugh, intéressé et attentif à ses côtés, comme tout le monde dans la région.

– Certes ! Mais vous ne savez pas ce qui en est ressorti. Il y avait un seigneur gallois à qui ça ne plaisait pas du tout qu'on dérange la demoiselle ; il a refusé de se laisser persuader ou acheter ; les menaces sont restées inopérantes. Bref, il ne voulait pas la laisser partir. Et puis, il est mort, Hugh – assassiné. Par l'un des nôtres, un religieux sorti de la cuisse de Jupiter, et qui se voyait déjà évêque, enfin qui y comptait bien. Et quand nous en sommes pratiquement venus à l'accuser, c'était sa vie, ou celle de quelqu'un qui valait beaucoup mieux que lui. Il avait mis en grand danger certains jeunes gens du village, la fille du seigneur gallois assassiné et son ami. Le garçon a frappé sous le coup de la colère, non sans raison, quand il a vu son amie blessée, avec du sang sur elle. Il faut croire qu'il ne connaissait pas sa force car il a brisé la nuque de l'assassin.

– Combien êtes-vous à être au courant? interrogea Hugh, plissant les paupières en contemplant les massifs de rosiers au feuillage brillant.

– Quand les choses se sont produites, seulement les amoureux, le mort et moi. Et sainte Winifred qu'on avait sortie de sa tombe et déposée dans cette châsse que vous et tout le monde ici connaissez. *Elle* savait. Elle était là. A partir du moment où je l'ai sortie, et mon Dieu, c'est moi qui l'ai arrachée au sol où elle reposait, c'est moi aussi qui l'y ai remise – ce dont je suis toujours satisfait – à partir du moment où j'ai exhumé ces os minces, j'ai senti dans les miens qu'elle ne souhaitait qu'une chose : qu'on lui fiche la paix. Il était si petit, si sauvage, si calme, ce cimetière, avec sa petite église depuis longtemps désaffectée, ses fleurs des champs qui poussaient partout et ses monticules si modestes et verdoyants. Et en terre galloise! La demoiselle était galloise, comme moi, son église était celle des rites anciens; que savait-elle de ce comté anglais, au bout du monde? Et puis j'avais ces deux jeunes à protéger. Qui aurait accepté de les croire, ou moi, face à la toute-puissance de l'Église? On aurait resserré les rangs pour étouffer le scandale, et on aurait enterré le garçon dans la foulée alors qu'il n'était coupable de rien, sauf d'avoir défendu sa bien-aimée. J'ai donc pris les mesures qui s'imposaient.

– Alors là, vous m'épatez! s'exclama Hugh, dont les lèvres mobiles frémirent. Avec un religieux mort sur les bras et le prieur Robert à calmer...

– Vous savez, Robert est un être bien plus naïf qu'il ne le croit et puis ce religieux mort m'a donné un bon coup de main. Il s'était efforcé de se construire une réputation de saint et de transmettre les messages de Winifred en personne – c'est lui qui nous a dit qu'elle cédait sa tombe à la victime du meurtre –, il était somnambule, il avait des visions, et il priait ardemment pour quitter ce monde et être emporté vivant au paradis... On lui a accordé cette grâce, c'est le moins qu'on lui devait. Il avait veillé seul dans la vieille église, et le matin où tout s'est terminé, il y avait son habit et ses sandales, réunis devant son prie-Dieu comme si son corps venait de les quitter, et partout des odeurs balsamiques et une pluie de fleurs d'aubépine. C'est ainsi que, d'après lui, la petite sainte l'avait déjà visité; pourquoi Robert ne s'en serait-il pas souvenu et pourquoi n'y aurait-il pas cru? Il était parti, n'est-ce pas? A quoi bon le chercher? Un modeste religieux de notre maison irait-il folâtrer dans les bois, au pays de Galles, nu comme au jour de sa naissance?

– Qu'essayez-vous de me dire? demanda Hugh avec prudence. Que ce qui se trouve dans le reliquaire n'est pas... Donc la châsse n'avait pas encore été scellée?

Ses sourcils avaient rejoint ses mèches noires, mais sa voix douce n'exprimait plus aucune surprise.

– Eh bien... commença Cadfael, un peu gêné, triturant son nez brun et camus entre le pouce et l'index. Si, elle était scellée, mais si on sait s'y prendre on peut s'arranger avec un sceau sans que ça se voie. C'est l'un des petits talents dont je me souvenais, pas le plus honorable, mais sur le moment j'en ai quand même été drôlement content.

– Vous avez donc replacé la dame là où elle était primitivement avec son champion.

– C'était vraiment quelqu'un de très bien et il avait parlé en son nom avec beaucoup de dignité. Elle ne lui pleurerait pas la place qu'il prenait. J'ai toujours pensé qu'elle n'était pas fâchée contre nous, confia Cadfael. Depuis lors, elle a montré son pouvoir à Gwytherin, avec de nombreux miracles; ce qui me convainc qu'elle n'est pas en colère. Mais ce qui me chiffonne un peu, c'est que jusqu'à aujourd'hui elle n'a pas daigné nous donner une marque véritable de sa bienveillance ici, pour rendre heureux Robert et apaiser mes scrupules de conscience. Oh! il y a bien eu des petites choses, mais rien de véritablement significatif. Et si malgré tout je l'avais mécontentée? Tant pis pour moi, qui *sais* ce que nous avons là-dedans, sur l'autel, et *mea culpa* si j'ai mal agi! Mais qu'en sera-t-il de tous ces innocents qui eux ne *savent* pas, et qui viennent s'incliner en toute bonne foi, et qui espèrent ses faveurs? Et si c'était moi l'instrument de leur déconvenue et de leur échec?

– Je vois, dit Hugh, compatissant. Frère Mark serait bien inspiré de se dépêcher un peu pour les différents stades de son ordination et de revenir vite pour vous décharger de ce fardeau. A moins, ajouta-t-il avec un sourire brillant de ruse, que sainte Winifred ne commence par vous prendre en pitié et ne vous envoie un signe.

– Je ne vois toujours pas comment j'aurais pu procéder autrement, murmura Cadfael, méditatif.

Cette solution donnait satisfaction à tout le monde. Les jeunes étaient libres de se marier et d'être heureux, le village conservait sa sainte, et elle gardait ses compatriotes autour d'elle. Robert avait ce qu'il était allé chercher – du moins le croyait-il, ce qui revient au même. Quant à l'abbaye de Shrewsbury, elle avait sa fête, avec l'espoir justifié d'une hôtellerie pleine, d'un gain de prestige et d'argent.

« Ah si la sainte consentait seulement à montrer de

l'indulgence pour ma façon de voir les choses, m'adressait un clin d'œil pour me donner à comprendre que j'avais bien interprété ses intentions ! » se disait Cadfael.

– Et vous n'avez soufflé mot de cela à personne?

– Jamais de la vie ! Mais tout le village de Gwytherin est au courant, admit Cadfael. Personne n'a parlé, ni n'en a éprouvé le besoin, mais ils sont au courant. Pas un homme ne manquait à l'appel quand on a emporté le reliquaire et qu'on a pris le chemin du retour. Ils nous ont donné un coup de main pour le transporter, et une petite charrette pour l'emporter. Robert a cru qu'on leur avait damé le pion, même à ceux qui s'étaient opposés à nous le plus violemment au début. Ça lui a été une grande joie. Au fond, c'est une âme simple ! Ce serait infiniment regrettable de le perturber maintenant, alors qu'il est très occupé à écrire son livre sur la vie de Winifred et sur la façon dont il l'a ramenée à Shrewsbury.

– Je n'aurais pas le cœur de lui causer une telle souffrance, protesta Hugh. Moins on en dit et mieux c'est. Dieu soit loué, je n'ai rien à voir avec le droit canon, le droit commun d'un pays presque sans loi me donne déjà assez de mal.

Il n'éprouva pas le besoin de préciser à Cadfael que son secret serait bien gardé, cela allait de soi de part et d'autre.

– Enfin, ajouta-t-il, vous parlez la langue de la demoiselle, je ne doute pas qu'elle vous aura compris assez clairement, avec ou sans l'aide des mots. Qui sait ? Lorsque ce sera le jour de sa fête – le vingt-deuxième jour de juin, dites-vous ? –, elle vous prendra peut-être en pitié, et vous enverra un grand miracle pour que vous retrouviez la paix de l'esprit.

C'est qu'elle en était bien capable, songea Cadfael une heure plus tard, en se rendant à l'office des vêpres, où l'appelait la cloche. Non pas qu'il eût mérité un aussi grand honneur, mais il y avait bien quelqu'un parmi le flot incessant de pèlerins qui, lui, en était digne, et qu'en bonne justice on ne saurait rejeter. Cette solution le rendrait parfaitement heureux et satisfait, en toute humilité. Quelle importance si la sainte se trouvait à environ quatre-vingts milles de là, dans ce qui restait de son enveloppe charnelle? Elle qui avait vécu d'une vie miraculeuse, et avait été ressuscitée après avoir été brutalement assassinée, était-il possible d'enfermer un tel être dans les limites du temps et de l'espace? Si ça lui chantait, elle pouvait être heureuse de partager tranquillement sa tombe avec Rhisiart là-bas, bercée par le chant des oiseaux dans les buissons d'aubépines, et ici, attentive et désincarnée, elle était la petite flamme de l'esprit, dans le cercueil du misérable qui avait tué non pour sa gloire à elle, mais pour la sienne propre.

Cadfael se rendit à vêpres, curieusement soulagé d'avoir confié à son ami un secret qui remontait à une époque où ils ne s'étaient pas encore rencontrés, d'abord comme adversaires potentiels cherchant chacun subtilement à se montrer plus malin que l'autre; c'est seulement après qu'ils avaient découvert tout ce qu'ils avaient en commun, le vieillard – quand il était seul avec lui-même, Cadfael reconnaissait n'être plus tout à fait de première jeunesse – et le jeune homme qui commençait tout juste à s'affirmer, ayant reçu plus que sa part de perspicacité et d'esprit pour faire sa fortune et conquérir son épouse. Il avait réussi dans les deux cas, car maintenant il était shérif reconnu du

Shropshire, même si son roi était captif et impuissant, et ici même, en ville, sa femme et son fils, âgé d'un an, constituaient un refuge pour son bonheur personnel, une fois qu'il avait refermé sa porte sur ses tâches professionnelles.

Cadfael pensa à son filleul, ce robuste petit démon, qui s'arrangeait gaillardement pour explorer les chambres de la demeure de Hugh à Shrewsbury, grimpait par ses propres moyens sur les genoux de son parrain et commençait à exprimer d'une façon parfaitement compréhensible son approbation, sa curiosité, son indignation et son affection. Quel homme n'a pas demandé un fils au ciel? Hugh avait le sien, et ce jeune être était aussi prometteur que tant d'autres, sortis de la même lignée. Ainsi, par personne interposée, Cadfael avait un fils en Dieu.

En définitive, à considérer ce bas monde, le bonheur n'était pas la chose la moins partagée, même si le monde en question était déchiré et ravagé par les conflits, la cruauté et l'avidité. Il en avait toujours été ainsi, et ça n'allait pas changer de si tôt. Eh bien, ainsi soit-il, pourvu que ne s'éteigne jamais l'étincelle indomptable de la joie.

Au réfectoire, après le souper et les grâces, dans la tiédeur si agréable et la lumière qui se prolongeait en cette fin du mois de mai, alors que les moines reculaient leurs bancs pour quitter la table, Robert Pennant, le prieur, austère et maigre prélat à la tonsure d'argent et aux traits pâles comme l'ivoire, fut le premier à se lever, dominant les autres de sa haute taille.

– Mes frères, j'ai reçu un nouveau message de

notre père abbé. Il a déjà atteint Warwick et il compte être parmi nous le quatrième jour de juin, peut-être même plus tôt. Il nous demande de nous montrer diligents et de nous préparer avec toute la dignité qui convient à célébrer la translation de sainte Winifred, notre très gracieuse patronne.

Ces instructions étaient peut-être celles de l'abbé, dont c'était le devoir, mais cet accent, cette insistance étaient de Robert lui-même, qui se considérait en effet comme le patron de leur patronne.

Son grand œil aristocratique parcourut toutes les tables du réfectoire, s'arrêtant sur chacun de ceux dont la coopération était indispensable.

– Frère Anselme, avez-vous toute la musique en main ?

Frère Anselme, le premier chantre, qui consacrait le plus clair de son temps et de son attention à ses neumes et à ses instruments, leva la tête, un peu distrait, réveillé par cette question et le fixa, les pupilles dilatées.

– Tout est prêt, pour la procession tout entière et pour l'office, dit-il aimablement, un peu surpris qu'on puisse juger utile de poser la question.

– Et vous, frère Denis, avez-vous pris toutes vos dispositions pour remplir vos magasins et nourrir un nombre important de visiteurs ? Car nous aurons sans doute besoin de tous les lits et de tous les plats disponibles.

Frère Denis, habitué à ce genre de paniques et administrateur avisé de son domaine, assura calmement qu'il avait réuni toutes les provisions qu'il jugeait utiles, et de surcroît, il avait même constitué des réserves auxquelles on pourrait recourir si besoin était.

– Il y aura aussi de nombreux malades dont il faudra s'occuper, car c'est pour cela qu'ils viennent.

Sans attendre qu'on l'appelle, frère Edmond, l'infirmier, déclara d'un ton vif qu'il avait tenu compte des besoins probables et qu'il était prêt à répondre aux exigences qu'on pourrait formuler en matière de lits et de remèdes. Il signala aussi, puisqu'il était debout, que frère Cadfael avait fourni d'importantes quantités des médicaments dont il était probable qu'ils seraient les plus demandés, et qu'il se tenait prêt à satisfaire toute autre exigence s'il s'en présentait.

– C'est bien, dit le prieur. Maintenant notre père abbé a une requête particulière à nous adresser avant son retour. Il nous demande de dire des prières à chaque grand-messe pour le repos de l'âme d'un homme de bien, traîtreusement assassiné à Winchester, alors qu'il s'efforçait de maintenir la paix et de réconcilier les factions rivales, comme c'était son devoir de chrétien.

Pendant un moment, il sembla à frère Cadfael, et peut-être à la plupart de ceux qui étaient présents, que la mort d'un homme seul, là-bas dans le Sud, ne méritait pas vraiment une mention aussi solennelle ni une marque de respect aussi manifeste dans un pays où la mort était depuis si longtemps devenue banale, depuis le champ de bataille de Lincoln parsemé de cadavres jusqu'au sac de Worcester où le sang coulait dans les rues, depuis les massacres des barons sur une grande échelle perpétrés par des comtes sans allégeances jusqu'au sordide banditisme, dans les villages, là où la loi ne régnait plus. Puis il étudia la question de plus près, en essayant de se mettre à la place de l'abbé. Voilà un juste qu'on abattait dans la cité même où barons et prélats parlementaient et s'entretenaient de la paix et de la souveraineté, et qu'on abattait alors qu'il tentait d'empêcher les ennemis de se sauter à la gorge. Aux pieds mêmes, pour ainsi dire, de l'évêque-légat. C'était un sacrilège aussi noir que s'il avait été tué sur les marches de l'autel. Ce n'était pas la mort d'un homme dont il s'agissait, mais du symbole amer de la déréliction de la loi et du rejet de l'espoir et de la réconciliation. C'est ainsi que Radulphe avait interprété l'événement, et qu'il l'avait intégré aux offices de la communauté. Il s'agissait de l'hommage solennel qu'on devait à un mort, un mémorial dressé au ciel.

– On nous demande de dire des grâces pour la juste rétribution et des prières pour l'âme d'un certain Rainald Bossard, chevalier au service de l'impératrice Mathilde.

– Un ennemi à nous, remarqua, dubitatif, un jeune novice, évoquant cette question après, dans le cloître.

Ils avaient en effet tous totalement l'habitude de considérer la cause du roi comme la leur, car c'est sa loi qui régnait ici, harmonieusement, depuis quatre ans et qui protégeait ce coin de terre du chaos épouvantable dont souffrait tellement le reste de l'Angleterre.

– Pas vraiment, objecta frère Paul, le maître des novices, le reprenant gentiment. Aucun homme juste et honorable n'est un ennemi, bien que dans cette occurrence, il puisse choisir le camp opposé. La loyauté de ce monde n'est pas notre affaire, mais nous devons l'avoir toujours présente à l'esprit en tant que vraie valeur, aussi contraignante pour ceux qui la reconnaissent que nos vœux le sont pour nous. Les prétentions des deux cousins sont en quelque sorte justifiées les unes et les autres. Et on ne saurait reprocher à personne d'avoir gardé sa foi, envers le roi comme envers l'impératrice. Quant à cet homme, c'était sûrement quelqu'un de bien, sinon le père abbé ne nous aurait pas ainsi recommandé de prier pour lui.

Frère Anselme qui répétait sans cesse, pensivement, les syllabes de ce nom, et tapait du doigt, selon leur rythme, sur la pierre du banc où il était assis, chantonnait à mi-voix :

– Rainald Bossard, Rainald Bossard...

Cet iambe répétitif demeura dans l'oreille de frère Cadfael et se fraya un chemin dans son esprit. Un nom qui ne signifiait rien pour quiconque ici, qui ne correspondait ni à une silhouette, ni à un visage, à un âge ou à une personnalité jusqu'à présent ; un nom et rien de plus, c'est-à-dire soit une âme sans corps ou un corps sans âme. Ce nom l'accompagna jusqu'à sa cellule au dortoir, quand il récita ses dernières prières et se débarrassa de ses sandales avant de s'allonger pour dormir. Il en avait peut-être gardé un certain rythme dans son cerveau endormi, sans la nécessité d'un rêve pour le conserver, car sa première perception fut la double lueur silencieuse d'un éclair qui scandait le même iambe, et le réveilla sans qu'il eût encore ouvert les yeux, guettant la réponse du tonnerre – qui tarda tellement à venir qu'il crut d'abord l'avoir rêvée, et puis il l'entendit, très lointaine, très calme et cependant curieusement menaçante. Sous ses paupières closes, les éclairs paisibles étincelèrent puis moururent, et leur écho répondit si tard, si doucement, de tellement loin...

D'aussi loin peut-être que la cité légendaire de

Winchester où l'on avait débattu de questions d'importance; cet endroit, Cadfael ne l'avait jamais vu, et ne le verrait probablement jamais. Une menace émanant d'un endroit si lointain ne pouvait guère ébranler ni les fondations, ni les cœurs de la communauté, pas plus que le tonnerre lointain ne saurait abattre les murs de Shrewsbury. Il avait cependant gardé dans l'oreille ce murmure ininterrompu d'inquiétude quand il se rendormit.

2

L'abbé Radulphe revint dans son abbaye des saints Pierre et Paul le troisième jour de juin, escorté par son chapelain et secrétaire, frère Vitalis, et il fut accueilli avec plaisir par tous les cinquante-trois moines, les sept novices et les six écoliers de la maison, sans oublier les intendants et les serviteurs laïcs.

L'abbé, âgé d'une cinquantaine d'années, était grand, maigre, dur à la tâche, avec un visage décharné, ascétique, et le regard aigu d'un lettré; il était si vigoureux et résistant que, quand il descendit de cheval, il alla tout droit présider à la grand-messe avant de se retirer pour faire toilette et de prendre quelque rafraîchissement après sa longue chevauchée. Il n'omit pas non plus d'offrir la prière qu'il avait demandée à ses ouailles pour le repos de l'âme de Rainald Bossard, assassiné au matin du mercredi 9 avril de l'an de grâce 1141. Il était mort depuis deux mois, à des milles et des milles de distance. Quelle importance Rainald Bossard pouvait-il bien présenter pour Shrewsbury, qui avait d'autres chats à fouetter, ou pour les membres de cette lointaine communauté bénédictine?

Ce ne fut pas avant le chapitre du matin suivant que les religieux entendirent le compte rendu de leur abbé concernant le concile important qui s'était tenu dans le Sud pour décider du futur de l'Angleterre; mais quand Hugh Beringar rendit visite à Radulphe au milieu de l'après-midi et lui demanda audience, il ne resta pas longtemps à attendre. Les affaires exigeaient une coopération étroite entre le pouvoir spirituel et le pouvoir temporel pour défendre ce qui subsistait de la loi et de l'ordre dans le royaume.

Le parloir privé de l'abbé, meublé simplement, était aussi austère que celui qui l'occupait, mais les rayons du soleil, pénétrant par deux treillis ouverts à l'heure où il était à son zénith, jouaient sur le sol dallé et l'on pouvait voir un tapis d'herbes vertes et de fleurs resplendissantes dans le petit jardin clos à l'extérieur. Une luminosité frémissante apparaissait et disparaissait tour à tour et se reflétait sur les boiseries à l'intérieur, provenant de la sève qui recommençait à monter, de la brise fraîche, et de l'exubérant rayonnement du dehors. Hugh s'assit à l'ombre, observant le profil net d'oiseau de proie de l'abbé que sculptait la lumière mouvante.

– Vous savez à qui va ma fidélité, père, dit Hugh, admirant le calme de ce masque noble ainsi mis en valeur, tout comme je sais à qui va la vôtre. Mais nous avons beaucoup en commun vous et moi. J'ai grand besoin d'être mis au courant de ce qui s'est passé à Winchester.

– Et moi de comprendre, rétorqua Radulphe, avec un sourire contraint et mélancolique. J'ai été convoqué là-bas par celui qui en a le droit, et je suis parti en sachant comment les choses se présentaient alors : le roi prisonnier, l'impératrice maîtresse d'une bonne partie du Sud et bien placée pour réclamer la couronne par droit de conquête. Nous n'ignorions pas, vous et moi, de quoi on débattrait là-bas. Je ne puis que vous raconter ce que j'ai vu personnellement. Le premier jour où nous nous sommes réunis, c'était un lundi, le septième jour d'avril, nous n'avons absolument pas avancé, il y a eu les cérémonies d'accueil et la lecture des lettres d'excuse de ceux qui n'avaient pas pu venir – et croyez-moi, ça n'est pas ce qui manquait ! L'impératrice s'était logée en ville à ce moment, bien qu'elle ait effectué plusieurs déplacements dans la région, à Reading entre autres, pendant nos réunions, auxquelles elle n'a pas assisté. Elle sait se montrer discrète.

Il s'exprimait d'une voix sèche. Il était difficile de dire s'il voyait dans cette attitude un point positif ou, au contraire, un défaut.

– Le deuxième jour...

Il se tut, se rappelant ce dont il avait été témoin. Hugh attendit sans bouger, très attentif.

– Le deuxième jour, le 8 avril, le légat a fait son grand discours...

Ce n'était pas très difficile à imaginer. Henri de Blois, évêque de Winchester, légat du pape, frère cadet et jusqu'alors partisan du roi Étienne, réfugié en toute sécurité dans la maison du chapitre de sa propre cathédrale, maître incontesté de la vie politique en Angleterre, cerveau le plus intelligent de tout le royaume, se trouvant en outre sur le territoire qu'il s'était choisi – et cependant forcé d'adopter une position défensive, dans la mesure où ce contretemps pouvait arriver à un homme d'État aussi avisé. Hugh ne l'avait jamais rencontré personnellement, n'avait jamais mis les pieds dans la région où Henri exerçait son autorité; il ne le connaissait que par la manière dont on le lui avait décrit; pourtant c'était comme s'il le voyait à présent, présidant, le masque impérieux, une assemblée à moitié récalcitrante. Le rôle qu'il avait à jouer était loin d'être facile : il lui fallait se dégager de sa fidélité bien connue de tous envers son frère et cependant garder la face sans rien perdre de son statut ni de son influence sur ceux qui l'avaient suivi. Sans oublier une femme dure, expérimentée, qui étudierait de près chacune de ses paroles et garderait en réserve son tout nouveau pouvoir afin de l'épargner ou de le détruire, selon la façon dont il tiendrait en main les participants rebelles de cette conférence dans un contexte difficile.

– Il a parlé extrêmement longtemps, avoua l'abbé en toute candeur, mais c'est un orateur de première force. Il nous a clairement expliqué que si nous étions réunis, c'était pour tenter de préserver l'Angleterre du chaos et de la ruine. Il a évoqué l'époque du feu roi Henri, alors que la loi et l'ordre régnaient à travers tout le pays. Et il nous a rappelé les circonstances dans lesquelles le vieux roi, demeuré sans héritier mâle, avait ordonné à ses barons de prêter serment d'allégeance au seul enfant qui lui restait, sa fille, l'impératrice Mathilde, veuve à présent et mariée au comte d'Anjou.

Et c'était exactement ainsi que tous les barons avaient agi, enfin presque tous, à commencer par ce même Henri de Winchester. Hugh Beringar, qui n'avait jamais été soumis à pareille épreuve avant d'être en âge de choisir par lui-même, eut une moue où s'exprimaient le dédain et la commisération et, d'un mouvement de tête, indiqua qu'il comprenait.

– Sa Seigneurie avait quelques explications à fournir, marmonna-t-il.

L'abbé s'abstint de tout commentaire ou regard montrant qu'il était d'accord avec la critique sous-entendue ainsi formulée.

– Il a dit que le long retard qu'aurait pu occasionner le fait que l'impératrice se trouvait en Normandie a donné lieu à un souci bien compréhensible pour le bien-être de l'État. Un intérim d'incertitude était dangereux. C'est ainsi, a-t-il poursuivi, qu'on a accepté son frère, le comte Étienne, quand il s'est proposé et qu'il est devenu roi par le consentement de chacun. Il a reconnu sa propre responsabilité dans cette acceptation. Car c'est lui qui a engagé sa parole devant Dieu et les hommes que le roi Étienne honorerait et révérerait la Sainte Église et qu'il maintiendrait les bonnes et justes lois du pays. Entreprise dans laquelle, a dit Henri, le roi a lamentablement échoué. A son immense chagrin, a-t-il déclaré, car c'est lui qui s'était porté garant pour son frère devant Dieu.

Voilà donc comment il avait évité de changer de camp d'une façon humiliante, se dit Hugh. On allait rendre Étienne responsable de tout, lui qui avait tellement trompé les espérances de son révérend frère en faillant à toutes ses promesses, si bien qu'on ne saurait reprocher à un homme de Dieu de se sentir à bout de patience et poussé à accueillir un nouveau souverain avec un soulagement qui atténuerait son chagrin.

– Il a en particulier rappelé comment le roi, en s'en prenant à certains évêques, les avait conduits à la ruine et à la mort.

Il fallait reconnaître qu'il y avait du vrai là-dedans, même si la seule mort en question était celle de Robert de Salisbury, que la vieillesse et le désespoir avaient naturellement causée, après la disparition de son pouvoir.

– Donc, *je le cite,* poursuivit l'abbé avec une froide détermination, le jugement de Dieu s'est clairement manifesté contre le roi en le faisant tomber aux mains de ses ennemis. Et lui, tout au service de la Sainte Église, devait choisir entre sa dévotion à son frère mortel et celle due à son Père immortel. Il ne pouvait donc que s'incliner devant la volonté du ciel. En conséquence, il nous a tous réunis pour s'assurer qu'un royaume ayant perdu son chef ne sombrerait pas dans la ruine totale et complète. Et c'est cette question précisément, a-t-il révélé à notre assemblée, qui avait été fort gravement débattue la veille parmi le clergé d'Angleterre, comme ayant, *je le cite encore,* une prérogative supérieure à toutes les autres pour l'élection et la consécration d'un roi.

Quelque chose dans l'intonation de cette voix sèche et mesurée força Hugh à dresser l'oreille. Car c'était là une prétention énorme et sans précédent que Radulphe, selon toute apparence, jugeait plus que suspecte. Le légat devait sauver la face; il avait la langue bien pendue et s'était arrangé pour que les mots lui servent efficacement de couverture.

– Cette réunion a-t-elle eu lieu? Y avez-vous assisté, père?

– Oui, oui. Mais elle ne s'est pas prolongée et ce qui s'y est dit réellement n'est pas très clair. Le légat a mobilisé l'essentiel du temps de parole. L'impératrice y avait ses partisans.

Ce fut révélé calmement, sans malveillance, mais il était clair que lui n'était pas au nombre desdits partisans.

– Je ne me souviens pas qu'à ce moment il aurait revendiqué cela, ni même qu'on ait compté les voix.

– L'a-t-on seulement demandé? Ce genre de comptage n'aboutirait à rien.

Il serait trop simple d'en organiser un autre avec des résultats opposés et de les confondre.

– Il a continué en disant que nous avions choisi comme Dame d'Angleterre la fille du feu roi, héritière de sa noblesse et de sa volonté de paix, déclara Radulphe avec la même froideur sèche. Comme les mérites du souverain étaient restés inégalés à notre époque, sa fille pourrait bien réussir à ramener la paix comme lui-même, dans ce pays troublé où nous lui offrons aujourd'hui – *c'est encore lui qui parle* – notre fidélité du fond du cœur.

Ainsi le légat s'était sorti aussi adroitement que possible d'une situation impossible. Malgré cela, une dame aussi courageuse, décidée et vindicative que l'impératrice éprouverait sans doute quelque méfiance envers cette fidélité pleine et entière déjà promise jadis puis reprise d'un cœur aussi léger sous la pression des événements et la même chose pourrait encore se reproduire tout aussi légèrement. Si elle était maligne, elle reléguerait sa rancune au second plan et veillerait à ménager le légat tout comme lui éviterait de la provoquer. Mais elle n'oublierait pas plus qu'elle ne pardonnerait.

– Et il n'y a pas eu une seule voix pour s'élever contre cette attitude? demanda doucement Hugh.

– Pas une. On ne nous en a guère laissé l'occasion, et encore moins poussés. Là-dessus, l'évêque nous a annoncé qu'il avait invité une délégation de la cité de Londres dont il attendait l'arrivée le jour même. Il était donc souhaitable d'ajourner nos discussions jusqu'au lendemain. N'empêche que les Londoniens ne se sont pas montrés avant le jour suivant, et on s'est réunis un peu plus tard que les fois précédentes. Enfin, ils sont venus, l'air passablement morose et l'allure crispée. Ils ont affirmé représenter toute la commune de Londres où de nombreux barons étaient rentrés après la bataille de Lincoln en tant que membres et sans du tout chercher à contester la légitimité de notre assemblée ils tenaient tous, unanimement, à exprimer la requête que l'on remît le roi en liberté.

– Ils ne manquaient pas d'audace, s'écria Hugh, haussant les sourcils. Comment Sa Seigneurie a-t-elle réagi? A-t-il perdu contenance?

– Je pense que ça l'a troublé, mais pas irrémédiablement, pas encore. Il nous a gratifiés d'un long discours – c'est une manière d'imposer silence aux autres, au moins un moment – où il a reproché à la cité d'avoir accepté des hommes qui avaient abandonné leur roi au combat après l'avoir égaré si grossièrement par leurs mauvais conseils, au point qu'il en avait oublié Dieu et son droit, et qu'il avait subi l'épreuve de la défaite et de la captivité, d'où les prières de ces mêmes amis déloyaux avaient été incapables de le sortir. Quel but ces hommes poursuivent-ils! a-t-il dit, ils vous flattent à présent car ils ne cherchent qu'à satisfaire leur propre intérêt.

– S'il voulait parler des Flamands qui se sont enfuis de Lincoln, il n'a dit que la vérité. Mais dans quelle intention ferait-on des grâces et des ronds de jambe à la cité? Et ensuite? Est-ce qu'ils ont eu l'audace de continuer à lui tenir tête?

– Eh bien, ils hésitaient un peu sur la meilleure façon de lui répondre et ils se sont retirés pour se concerter. Et pendant ce moment de calme, un homme s'est soudain avancé parmi les clercs et il a tendu un parchemin à Mgr Henri en lui demandant de le lire à voix haute, avec tant de confiance que je me demande pourquoi il ne s'est pas exécuté sur-le-champ. Au lieu de cela, il l'a ouvert et a commencé à le lire en silence, et puis presque tout de suite, il s'est mis dans une rage folle, prétendant que ce document était une insulte à la révérende compagnie ici présente, qu'il traitait de choses déshonorantes, que ses témoins étaient des ennemis déclarés de la Sainte Église et qu'il se refusait à en lire un seul mot dans une enceinte aussi sacrée que cette maison du chapitre. Là-dessus, poursuivit l'abbé, la mine sombre, le clerc lui a repris son parchemin sans douceur, et il a commencé à nous le lire à haute et intelligible voix, s'arrangeant pour couvrir celle de l'évêque quand il a voulu le réduire au silence. Il s'agissait d'une supplique de la reine adressée à tous les membres présents et tout particulièrement au légat en tant que frère du roi leur demandant de redevenir loyaux et de restaurer le roi en le délivrant de la vile captivité à laquelle des traîtres l'avaient condamné. Et moi, a dit ce brave lecteur, je suis clerc au service de la reine Mathilde, et si vous me demandez mon nom, je m'appelle Chrétien et je suis aussi bon chrétien que quiconque ici, et fidèle à mes origines.

– Un homme courageux, en vérité! murmura Hugh, en sifflotant doucement. Mais je crains qu'il n'en ait pas retiré que des avantages.

– Le légat lui a infligé toute une tirade en reprenant bon nombre des arguments qu'il nous avait donnés la veille mais il était très en colère, et il a tant et si bien intimidé les Londoniens qu'ils ont rentré leurs cornes et accepté, en rechignant, de rapporter à leurs concitoyens la décision du concile et de l'appuyer du mieux qu'ils pourraient. Quant à ce garçon, Chrétien, qui avait tant indisposé Mgr Henri, il a été attaqué dans la rue le soir même, comme il se préparait à repartir chez la reine, les mains vides. Quatre ou cinq ruffians lui sont tombés dessus dans l'obscurité, personne ne sait qui, car ils se sont enfuis lorsqu'un des chevaliers de l'impératrice et ses hommes se sont portés à son secours et ont mis ses agresseurs en fuite, leur criant que c'était une honte de recourir au meurtre pour défendre une cause, surtout à l'encontre d'un honnête homme qui avait rempli son rôle ouvertement au vu et au su de tous. Le clerc avait simplement écopé de quelques horions. C'est le chevalier qui a pris le coup de couteau entre les côtes, par-derrière, et le cœur a été atteint. Il est mort dans le ruisseau d'une rue de Winchester. C'est une honte pour nous tous qui prétendions ramener la paix et réconcilier les partis ennemis.

A en juger par l'ombre de colère qui passa sur son visage ce sentiment était resté profondément ancré en lui : ce seul acte inique réduisait à néant tous les efforts de bonne volonté pour restaurer la justice et la conciliation. Attaquer un homme qui affichait ouvertement son appartenance au parti ennemi, puis en frapper un autre, suffisamment impartial et chevaleresque pour prévenir cet outrage, voilà qui n'était pas du meilleur augure pour l'avenir de paix voulu par le légat.

– Et on n'a arrêté personne pour ce meurtre? demanda Hugh, fronçant les sourcils.

– Personne. Ils se sont enfuis dans l'obscurité. Et si quelqu'un connaît leur nom ou l'endroit où ils se cachent, il n'en a pas soufflé mot. La mort est devenue si banale aujourd'hui, même si elle vient furtivement, traîtreusement, dans l'ombre! On oubliera celle-là comme les autres. Le jour suivant, notre concile s'est achevé par l'excommunication d'un bon nombre de fidèles d'Étienne. Le légat a dit que ceux qui béniraient le nom de l'impératrice seraient bénis et maudits ceux qui le maudiraient. C'est ainsi qu'il nous a renvoyés, conclut Radulphe, sauf les gens d'Église qu'il a invités à rester près de lui quelques semaines de plus.

– Et l'impératrice?

– Elle s'est retirée à Oxford pendant les longues négociations avec la cité de Londres où l'on a parlé du moment où elle serait admise à franchir les portes, dans quelles conditions, quel nombre d'hommes elle pourrait emmener avec elle à Westminster... Sur tous ces points on a chicané pied à pied. Mais d'ici neuf ou dix jours, elle sera installée là-bas et après, son couronnement ne tardera guère, dit-il, levant une longue main puissante qu'il laissa retomber dans les plis de sa robe. Du moins c'est ce qu'il semble. Que puis-je vous apprendre de plus à son sujet?

– Racontez-moi comment elle se comporte dans ce lent processus. Comment traite-t-elle les barons fraîchement ralliés? Et eux, comment se conduisent-ils les uns envers les autres? Ce n'est pas facile de maintenir la paix entre les fidèles de longue date et les nouveaux convertis, et de les empêcher de se sauter à la gorge. Un manoir qu'on se dispute ici ou là, des terres qu'on a prises à Pierre pour les donner à Paul... Enfin, vous voyez parfaitement de quoi je parle, père.

– Eh bien, je ne dirais pas qu'elle agit sagement, déclara Radulphe après réflexion. Elle sait trop bien combien d'entre eux lui ont juré fidélité avant de se tourner vers Étienne, qui aujourd'hui reviennent vers elle sans cas de conscience, parce qu'elle a le vent en poupe. Je comprends parfaitement qu'elle puisse prendre plaisir à les asticoter chaque fois que l'occasion s'en présente. Ce n'est pas raisonnable, mais c'est humain. Mais qu'elle devienne hautaine et froide envers ceux qui l'ont toujours servie, ajouta l'abbé avec un étonnement teinté de respect, car il y en a, et depuis le début malgré ce que ça leur a coûté, et qui même maintenant ne failliront pas quoi qu'elle fasse, c'est non seulement stupide, mais très injuste. Les traiter avec autant de légèreté alors qu'ils lui ont toujours servi de bras droit, et même de bras gauche, c'est folie !

« Vous me réconfortez, songea Hugh en observant attentivement le maigre visage calme de Radulphe. Elle a perdu la tête si elle néglige quelqu'un comme Robert de Gloucester, maintenant qu'elle se sent à un pas du trône. »

– Elle a gravement offensé l'évêque-légat en n'autorisant pas le fils d'Étienne à recevoir les droits et titres seigneuriaux de son père sur Boulogne et Mortain maintenant que son père est prisonnier. Ce n'aurait été que justice. Mais non, elle n'a pas voulu en entendre parler. Sa Seigneurie a quitté la cour pendant quelque temps et elle a eu toutes les peines du monde à le décider à revenir.

« De mieux en mieux, pensa Hugh, assurant sa position avec soin. Si elle est assez obtuse pour chasser même Henri, elle est très capable de défaire tout ce que lui et les autres font pour elle. Qu'on lui mette seulement la couronne en main, qui sait si elle ne va pas, non pas la laisser tomber, mais la jeter à la tête du premier avec qui elle aura un compte à régler. » Il se mit en devoir d'apprendre comment elle s'était conduite après et il reçut en cela un encouragement prudent. Elle avait pris des terres à qui les détenait pour les donner à d'autres. Elle avait reçu avec arrogance ses nouveaux partisans, un peu gênés, et leur avait rappelé d'un ton menaçant leur hostilité passée. Elle en avait même repoussé d'autres avec colère en se remémorant de vieilles rancœurs. Des candidats à une couronne disputée devraient se montrer plus accommodants et savoir oublier. Parfait, qu'elle continue ainsi ! Si quelqu'un pouvait la conduire à sa ruine, c'était bien elle-même.

Au bout d'une grande heure, il se leva pour prendre congé avec dans l'esprit une idée suffisamment claire des possibilités qu'il lui fallait envisager. Même les impératrices peuvent apprendre et elle pouvait encore parvenir jusqu'à Westminster et coiffer la couronne. Il serait imprudent de sous-estimer la petite-fille de Guillaume le Conquérant et fille de Henri Ier. Cependant la rancune pourrait bien amener cette famille à la catastrophe.

Il ne sut jamais au juste pour quelle raison il s'était tourné pour demander :

– Père abbé, ce Rainald Bossard qui a été tué... Vous avez dit que c'était un chevalier de l'impératrice. Qui était son suzerain ?

Tout ce qu'il avait appris, il le confia à Cadfael dans la cabane du jardin aux herbes médicinales, afin d'essayer sur le calme imperturbable de son ami ses doutes et ses sentiments comme un homme qui aiguise une faucille sur une bonne pierre. Cadfael avait maille à partir avec un vin trop exubérant et semblait ne pas écouter, mais cela ne trompa pas Hugh. Son ami avait l'oreille fine et enregistrait tout, parfois même il lui adressait un rapide coup d'œil histoire de voir s'il avait bien compris, deux précautions valant mieux qu'une.

– Moi, si j'étais vous, je resterais tranquille et j'attendrais de voir venir, finit par dire Cadfael. J'imagine que vous pouvez aussi vous arranger pour envoyer un homme sûr du côté de Bristol. Après tout, elle n'a pas d'autre otage. Si le roi était libéré ou que Robert, Brian FitzCount ou un autre d'importance semblable soit fait prisonnier, la situation serait plus égale et votre position serait plus solide. Dieu me pardonne, qu'est-ce qui me prend de vous donner de tels conseils, moi qui n'ai pas de souverain en ce bas monde?

Mais là, il n'était pas trop sûr de dire la vérité car il se rappelait avoir eu brièvement affaire à Étienne en personne et l'homme lui avait plu, même quand, particulièrement mal inspiré, il avait envoyé à la potence toute la garnison du château de Shrewsbury, geste qu'il avait regretté aussi longtemps que sa mémoire capricieuse l'avait tracassé à ce propos *. A l'heure qu'il était, dans sa prison de Bristol, il avait peut-être oublié cette brutalité qui ne lui ressemblait pas.

– Et savez-vous à qui était ce chevalier, ce Rainald Bossard qu'on a laissé se vider de son sang dans une ruelle de Winchester? Celui pour qui on vous a demandé de prier? demanda Hugh lentement.

Cadfael se détourna de sa mixture qui bouillonnait à grosses bulles et fixa son ami en rétrécissant les paupières.

– Pas encore, mais je sens que ça ne va pas tarder. On nous l'a seulement présenté comme un homme de l'impératrice.

– Il était de la suite de Laurence d'Angers.

Cadfael se redressa trop vite, sans précaution, et il poussa un grognement à cause de ses vieux os. C'était le nom d'un homme que ni lui ni Hugh n'avaient

* Voir *Un cadavre de trop* du même auteur dans la même collection.

jamais vu, et pourtant il leur rappelait bien des souvenirs à tous les deux.

– Eh oui, comme je vous le dis! C'est un baron du Gloucestershire et un fidèle de l'impératrice. Un des rares à n'avoir pas encore tourné casaque dans toutes ces allées et venues; c'est l'oncle de ces deux enfants que vous avez aidés à quitter Bromfield pour le rejoindre et qui se sont égarés après le sac de Worcester. Vous vous rappelez? Il a fait un froid de canard cet hiver-là! Et le vent emportait des collines de neige en une nuit pour les déposer ailleurs avant le lever du jour. Rien que d'y penser, je le sens encore...

Il n'y avait rien dans ce voyage d'hiver que Cadfael oublierait jamais *. Il n'y avait pas tout à fait un an et demi qu'avait eu lieu l'attaque sur Worcester, que le frère et la sœur s'étaient enfuis vers le nord en direction de Shrewsbury, alors qu'on n'avait pas vu un hiver aussi rigoureux depuis des années. A l'époque, tout comme aujourd'hui, Laurence d'Angers n'avait été qu'un nom. Comme il avait pris parti pour l'impératrice, il n'avait pas été autorisé à entrer sur le territoire d'Étienne pour se mettre à la recherche de ses jeunes parents, mais il avait en secret dépêché un envoyé pour les retrouver et les ramener. Avoir joué un rôle dans la façon dont ces trois êtres s'en étaient sortis constituait un événement à jamais inoubliable. Cadfael se les rappelait fort bien, le petit Yves – il avait treize ans à l'époque – ingénu, courageux, attachant, qui tendait le menton devant le danger, en bon Normand obstiné, sa sœur aînée, Ermina, qui venait de devenir femme, toujours prête à accepter les conséquences de ses erreurs. Quant au troisième...

* Voir *la Vierge dans la glace* du même auteur dans la même collection.

– Je me suis souvent demandé comment ils se sont débrouillés après, dit Hugh, pensif. Je savais que vous leur trouveriez un moyen de s'enfuir si je restais dans mon coin, mais quand même la route était loin d'être sûre. Vous croyez qu'on aura un jour la réponse? Mais plus tard on entendra sûrement parler d'Yves Hugonin...

En pensant à l'enfant, il eut un sourire amusé et affectueux.

– Quant au jeune homme brun qui les a délivrés, qui s'habillait comme un forestier et se battait comme un des neuf preux... j'ai toujours pensé que vous en saviez plus sur lui que ce que vous m'avez dit.

Cadfael sourit, penché sur son brasero, sans essayer de nier.

– Alors c'était un membre de la mesnie de l'impératrice, hein? répliqua-t-il. Et ce chevalier assassiné était au service de Laurence d'Angers? C'est un événement des plus regrettables, Hugh...

– C'est bien l'opinion de votre abbé, acquiesça Hugh, la mine sombre.

– Dans la confusion de la nuit, ils se sont tous échappés sans dommage, y compris celui qui a joué du couteau. Quelle vilenie, car il ne s'agit certainement pas d'un malheureux accident!

– Chrétien, le clerc, leur a filé entre les doigts, alors l'un d'eux s'est retourné contre son sauveur. Voilà un geste qui témoigne d'une bonne dose de haine : frustré d'un premier crime il en commet un second avant de se sauver! Et personne n'a levé le petit doigt? Alors que Winchester était pleine de gens qui devraient avoir à cœur de ne pas voir la justice bafouée.

– Allons donc! Certains d'entre eux n'auraient pas été fâchés de voir le clerc partager le sort du chevalier! C'est peut-être eux qui ont lâché les chiens sur lui.

– Encore heureux pour la réputation de l'impératrice qu'un de ses hommes ait eu assez de cœur au ventre pour respecter un adversaire honnête et le protéger jusqu'à la mort. Il serait scandaleux que l'assassin s'en sorte les braies nettes, dit Cadfael.

– Mon vieil ami, riposta Hugh tristement en se levant pour prendre congé, ces dernières années, les scandales de ce genre n'ont pas manqué. On prend l'habitude de soupirer, de hausser les épaules... et d'oublier. Oui, je sais, ce genre de choses n'est pas votre fort. Et je vous ai vu plus d'une fois vous en prendre à cette coutume, et j'en suis bien heureux. Mais même vous ne pouvez guère aider Rainald Bossard à présent, sauf en priant pour le repos de son âme. Winchester, ça n'est pas la porte à côté.

– Ça n'est peut-être pas aussi loin, il s'en faut de beaucoup, qu'il y ait une heure, murmura-t-il, autant pour lui-même que pour son ami.

Il alla d'abord à vêpres, puis soupa au réfectoire avant de se rendre aux collations et à complies, sans cesser de se rappeler un visage, si bien qu'il n'accorda qu'une attention distraite aux différentes lectures et qu'il éprouva quelques difficultés à se concentrer sur ses prières. Cependant c'est une sorte de prière qui montait sans arrêt de son cœur, où se mêlaient la gratitude, la louange et l'humilité.

Ce visage si harmonieux, si jeune, brun, plein de vie, d'une beauté si frappante quand il l'avait vu pour la première fois par-dessus l'épaule de la jeune fille, c'était celui du jeune écuyer que leur oncle et tuteur avait envoyé au secours des enfants Hugonin. C'était un visage long, maigre, au front large, avec un nez courbé comme un cimeterre, une bouche mobile et bien dessinée, et le regard doré, farouche, impavide d'un faucon. Sa tête était couverte de beaux cheveux souples, d'un noir tirant sur le bleu, formant des boucles sur ses tempes et encadrant ses joues comme des ailes repliées. Ce visage éclatait de jeunesse et aussi de maturité; son possesseur était à l'aise à l'est comme à l'ouest, il était rasé de près comme un Normand, avec la peau mate d'un Syrien. Le moine retrouvait en un seul être tous ses souvenirs de Terre sainte. C'était l'écuyer favori de Laurence d'Angers, Olivier de Bretagne, qui était rentré de croisade avec lui.

Si son seigneur était dans le Sud avec sa suite, accompagnant l'impératrice, il était vraisemblable qu'Olivier soit avec lui. L'abbé l'avait peut-être croisé sans le savoir, ou, l'ayant vu passer aux côtés de son maître, il avait peut-être admiré sa beauté d'une façon détachée. « Peu de visages se différencient aussi nettement de ceux du commun des mortels, songea Cadfael, le doigt de Dieu nous force à les remarquer et ses serviteurs ne peuvent que le reconnaître et apprécier.

» Et ce Rainald Bossard, mort aujourd'hui, qui s'était conduit honorablement envers un adversaire honorable, était un compagnon d'Olivier, relevant du même maître, à qui il avait aussi promis fidélité. Sa mort aura causé du chagrin à Olivier. Et ce qui cause du chagrin à Olivier m'en cause à moi aussi. Aussi loin que puisse être Winchester me voilà à porter le deuil dans cette ruelle obscure où un homme est mort, victime de sa générosité mais pas pour rien, si on va par là, car Chrétien, le clerc, est resté en vie pour retourner vers sa souveraine, la reine, après avoir fidèlement rempli sa mission. »

Les légers bruits divers du dortoir se changèrent en

soupir de l'autre côté de la mince paroi délimitant la cellule de Cadfael bien avant qu'il ne terminât ses prières et retirât ses sandales. La petite lampe près de l'escalier de matines projetait une lueur très douce en travers des poutres du toit et le plafond gris perle couronnant sa cellule obscure et qui était maintenant son domaine depuis combien de temps déjà ? Dix-huit ou dix-neuf ans ? C'était comme si une partie de lui-même, son esprit, son cœur, son âme, ou quelle que puisse être cette essence, ne s'était pas seulement retirée mais était rentrée chez elle pour recueillir l'héritage qui lui revenait depuis sa naissance. Il ne reniait pas pour autant les années qu'il avait passées dans le siècle, son enfance brûlant de vie et sa jeunesse aventureuse, le jour où il avait pris la croix, la passion de la croisade, les femmes qu'il avait connues et aimées, l'époque où il était marin et parcourait les côtes du royaume franc de Jérusalem, tout ce pèlerinage qui l'avait finalement conduit à la retraite qu'il avait choisie, il s'en souvenait avec un sentiment de reconnaissance joyeuse. Rien de tout cela n'avait été vain, même s'il s'était parfois trompé, rien n'en avait été perdu ; d'une manière mystérieuse tout avait concouru à l'amener à cette niche étroite où à présent se trouvait sa mission. Dieu lui avait envoyé un signe, il n'avait aucune raison de regretter quoi que ce fût, il s'agissait simplement de ne rien cacher, tout reconnaître comme sien. Aux yeux de Dieu et non à ceux des hommes.

Il reposait calmement dans l'obscurité, immobile et droit comme un gisant, les bras allongés le long du corps, et sous ses paupières à demi fermées il rêvassait à l'abri de la voûte au-dessus de sa tête, là où la lumière très douce jouait parmi les poutres.

Il n'y eut pas d'éclair cette nuit-là, seulement plusieurs bons coups de tonnerre à la fois avant et après matines et laudes, si peu inquiétants que nombreux parmi les religieux furent ceux qui ne les remarquèrent pas. Cadfael les entendit en se levant. Il y vit un rappel et l'assurance que Winchester s'était bel et bien rapproché de Shrewsbury. Cela le consola de penser que son chagrin n'avait pas été négligé mais remarqué au ciel, et qu'apparemment il pourrait jouer un rôle dans la dette contractée envers Rainald Bossard. Fort de cette assurance, il s'endormit.

3

Le dix-septième jour de juin le cercueil en chêne ouvragé de sainte Winifred, incrusté d'argent et doublé de plomb sous ses scellés intacts, fut retiré de sa place d'honneur et porté avec tout le respect qui lui était dû à la chapelle de l'hospice de Saint-Gilles – ce n'était pas la première fois – pour y attendre le grand jour, c'est-à-dire le 22 juin. Le temps était beau, ensoleillé et calme, le ciel était pratiquement sans nuage, et cependant pas trop chaud pour les voyageurs, en un mot, c'était le temps idéal pour les pèlerins. Et le 18 juin, les pèlerins commencèrent à se montrer, francs-tireurs dispersés annonçant l'arrivée de la marée humaine.

Frère Cadfael, en voyant le reliquaire partir pour son voyage commémoratif, éprouva quelque remords, malgré la sincérité de ce qu'il avait dit à Hugh, à savoir qu'il lui aurait été assez difficile de procéder différemment à Gwytherin, pendant cette fameuse nuit d'été. Il avait senti si fort en lui-même le sang gallois de Winifred, l'attachement qu'elle ne pouvait manquer d'avoir pour sa langue maternelle que chacun pratiquait autour d'elle, le cycle tranquille des saisons dans sa solitude, où elle dormait depuis si longtemps et si bien dans sa béatitude et où elle avait opéré tant de petits miracles pleins de tendresse pour ses compatriotes. Non, il n'arrivait pas à se convaincre de n'avoir pas fait le bon choix en cette occasion. Si seulement elle pouvait lui adresser un clin d'œil, et d'un sourire lui exprimer sa satisfaction !

Le tout premier des voyageurs arriva, cherchant le jardin clos aux herbes médicinales, avec frère Denis pour guider ses pas à la recherche d'un collègue voué aux mêmes recherches. En cette fin d'après-midi, Cadfael était occupé à nettoyer les plates-bandes où le thym, la sauge et la menthe poussaient serrés ; c'était un travail pénible, minutieux, dans la plénitude de ce mois de juin favorable après que le soleil et la pluie s'étaient répartis équitablement et les parterres étaient un champ de bataille de verdure. Il s'écarta d'un endroit tout propre et se heurta à une silhouette solide ; surpris il se releva, se tourna et vit, lui faisant face, un moine massif, vêtu de noir, d'une corpulence assez semblable à la sienne propre, mais qui avait sans doute une quinzaine d'années de moins. Les deux religieux étaient tous deux puissamment bâtis, trapus et ils appartenaient au même ordre. Ils se dévisagèrent, et dans l'instant se comprirent et s'apprécièrent.

– Vous devez être frère Cadfael, dit l'étranger d'une voix basse, forte et mélodieuse. Le frère hospitalier m'a dit où je vous trouverais. Je m'appelle Adam et je viens de Reading où j'ai les mêmes attributions que vous ici. J'ai entendu parler de vous, bien que mon couvent soit loin dans le sud.

Tout en parlant, il parcourait quelques-uns des joyaux de Cadfael, les pavots d'Orient qu'il avait rapportés de Terre sainte et dont il s'était occupé avec un soin jaloux, le figuier délicat qui encore à ce jour s'arrangeait pour pousser, à l'abri du mur nord. Cadfael apprécia la vivacité de son coup d'œil ainsi que l'envie innocente qui illumina son visage rond et rasé de près. L'homme était robuste, vigoureux; sa confiance en lui se devinait à ses mouvements et, en cas de besoin, il était sûrement capable de se défendre efficacement. De plus, à en juger par son teint, il devait être plus souvent dehors que dedans.

Cadfael lui souhaita cordialement la bienvenue.

– Vous serez encore ici le jour de la fête? s'enquit-il. On vous a trouvé une place au dortoir, j'imagine. Il reste quelques cellules libres au cas où comme vous un de nos frères nous rendrait visite.

– Mon abbé à Reading m'a chargé d'une mission auprès de notre communauté de Leominster, expliqua frère Adam, enfonçant un pied connaisseur dans le riche terreau du parterre de menthe dont la qualité lui arracha une grimace d'approbation. J'ai demandé si je pourrais prolonger mon séjour jusqu'à la translation de sainte Winifred et on m'a dit oui. Je n'aurais jamais osé espérer être envoyé si loin dans le nord et ce serait dommage de manquer une telle occasion.

– On vous a donné une cellule, non?

Un tel homme, bénédictin, jardinier, herboriste, trouverait sûrement place dans un lit de l'hôtellerie. Cadfael ne le quittait pas des yeux, notant la façon dont son regard s'éclairait pour saluer chacune des merveilles botaniques.

– Le frère hospitalier a été très gentil. Il m'a mis dans une chambre près des novices.

– On sera quasiment voisins, constata Cadfael, satisfait. Maintenant venez, que je vous montre ce qu'il y a à voir ici, car les jardins principaux se trouvent de l'autre côté de la Première Enceinte, le long de la berge du fleuve. Mais c'est ici que j'ai mon jardin à moi. Et s'il y a quoi que ce soit que vous puissiez rapporter sans risque à Reading, prenez toutes les boutures que vous voudrez, j'en serai ravi.

Là-dessus ils se lancèrent dans une conversation enthousiaste, parcourant toutes les allées du jardin clos et comparant leurs expériences sur la culture et l'usage des simples. Frère Adam avait le coup d'œil pour les plantes rares et il rentrerait probablement chez lui les bras chargés de dons. Il admira la propreté et l'ordre régnant dans l'atelier de Cadfael, les nombreux bouquets d'herbes sèches et bruissantes accrochés aux poutres et aux auvents, le branle-bas de pots, de bouteilles et autres flacons couvrant les étagères. Il avait lui aussi des idées, des suggestions à proposer et leurs échanges aimables les occupèrent tout l'après-midi. Quand ils revinrent de concert dans la grande cour avant vêpres, un décor très animé s'offrit à eux, comme si l'effervescence de la fête commençait déjà. Il y avait des chevaux qu'on menait en main à l'écurie, des paquets qu'on apportait à l'hôtellerie. Un homme d'un certain âge, habillé de pied en cap pour monter à cheval, se dirigea à grands pas vers l'église pour y accomplir ses premiers devoirs dès l'arrivée, suivi d'un domestique qui trottait derrière lui.

Les plus jeunes élèves de frère Paul, l'œil aux aguets et l'oreille tendue, se postèrent près du portail pour guetter les nouveaux arrivants; frère Jérôme les en délogea à coups de botte, tout occupé qu'il était à faire les courses du prieur. Les enfants cependant n'allèrent pas bien loin et reprirent leur faction dès que Jérôme fut hors de vue. Quelques citadins de la Première Enceinte s'étaient rassemblés dans la rue pour regarder, des chiens tout excités leur couraient dans les jambes.

– Demain, dit Cadfael, observant tout cela, ils seront bien plus nombreux. Ce n'est que le commencement. Si le temps continue ainsi, nous aurons une belle fête pour célébrer notre sainte patronne.

« Elle comprendra que tout cela, c'est en son honneur, pensa-t-il en son for intérieur, même si elle repose loin d'ici. Et qui sait si elle ne daignera pas nous rendre une petite visite, parce que c'est quelqu'un de très bon. La distance n'est rien pour les saints qui peuvent aller où bon leur semble en un clin d'œil. »

Au matin, l'hôtellerie était passablement pleine. Toute la journée il y avait eu des arrivées, les unes individuelles, les autres en groupe, selon que les gens s'étaient rencontrés et avaient sympathisé en chemin ; certains étaient à pied, d'autres à cheval, d'aucuns qui ne travaillaient pas se portaient à merveille, il y en avait qui n'avaient parcouru que quelques milles, et d'autres qui venaient de très loin parmi lesquels certains se déplaçaient avec des béquilles ou étaient guidés par des amis qui y voyaient mieux qu'eux, d'autres enfin étaient atteints d'infirmités graves, de maladies de peau ou d'affections très sérieuses et tous espéraient repartir soulagés.

Cadfael, comme tous les jours, accomplit ses devoirs qu'il partageait entre l'herbarium et l'église, tout en observant avec intérêt ce qui se passait à chaque fois qu'il traversait la grande cour où régnait à présent une activité débordante. Chaque nouvel arrivant, chaque visage retenait son attention, bien que d'une façon un peu distante pour le moment puisqu'il ne pouvait rattacher aucun nom à aucun visage. On ne manquerait pas de lui adresser ceux qui avaient besoin de lui et il leur accorderait tous ses soins, d'une manière désintéressée.

C'est la femme qu'il remarqua la première. Franchissant le portail, elle traversa la grande cour d'un bon pas, en route vers l'hôtellerie, un panier au bras. Elle arrivait tout juste du marché de la Première Enceinte, peu après prime, avec du pain tout frais et des petits gâteaux. Il fallait être bonne ménagère pour aller au marché si tôt, même un jour chômé, ne pas avoir les deux pieds dans le même sabot et ne pas tout attendre de la boulangerie de l'abbaye. Elle avait l'air solide, confiant, la cinquantaine épanouie, avec un teint tout rose. Elle portait non sans grâce une robe simple, unie, mais de bon drap ; sous sa coiffe de tissu blanc sa guimpe était d'une blancheur de neige. Elle n'était pas grande mais se tenait si droite qu'elle aurait pu passer pour telle ; elle avait un visage rond, de grands yeux, de bonnes joues et un menton au dessin très ferme.

Elle s'engouffra dans l'hôtellerie où Cadfael put encore l'apercevoir brièvement, mais elle était assez remarquable pour qu'il pensât à elle durant les offices et son travail de la matinée. Tandis que les fidèles quittaient l'église après la messe, il la vit encore en passant, les bras étendus, évoquant une mère poule penchée sur sa couvée ; apparemment elle conduisait deux poussins, l'un et l'autre en bonne partie cachés dans ses jupes et abrités par son ample stature. Rien à dire, elle avait une taille imposante, sa coiffe était sans doute plus haute et large que nécessaire, ses jupons amplifiaient ses hanches, elle donnait l'impression d'être pleine de vie et de savoir prendre les choses en main, mais aussi d'être généreuse et expansive. Cadfael éprouva pour elle une sympathie due à son énergie et sa vigueur, non sans en réserver un peu pour les poussins qu'elle protégeait et dissimulait sous ses grandes ailes un peu étouffantes.

Dans l'après-midi il s'occupa de son petit royaume et de réunir les médicaments qu'il faudrait emporter à Saint-Gilles le lendemain matin afin d'être sûr qu'on ne manquerait de rien là-bas pendant la fête. Il ne pensait plus à la femme, ni du reste à aucun des occupants de l'hôtellerie puisque aucun d'entre eux n'avait eu encore l'occasion de recourir à lui. Il emballait des pastilles dans une petite boîte, elles serviraient à calmer ceux qui auraient la gorge sèche et irritée, quand une ombre massive remplit l'encadrement de la porte ouverte de son atelier.

– Je vous prie de m'excuser, mon frère, dit une voix vive et légère, mais frère Denis m'a conseillé de vous voir et m'a envoyée ici.

C'était elle qui occupait tout l'espace avec ses larges épaules, les mains jointes à hauteur de la taille, la tête droite et le visage avenant. Ses grands yeux très écartés étaient d'un bleu fort clair, mais ses cils pâles étaient peu fournis, ce qui n'en rendait pas son regard moins ferme ni décidé.

– C'est au sujet de mon jeune neveu, poursuivit-elle, mise en confiance, le fils de ma sœur qui a été assez bête pour épouser un vagabond de Gallois de la région de Builth. Aujourd'hui il est mort et elle aussi la pauvre, et je me retrouve avec deux petits orphelins dont je suis seule à pouvoir m'occuper. Moi aussi mon mari est mort, et il faut bien que je fasse tourner le commerce qu'il m'a laissé, sans enfants à moi pour égayer mes vieux jours. Oh ! ce n'est pas que je ne m'en sorte pas avec le travail et les ouvriers ; en vingt ans j'en ai appris des choses sur le métier de tisserand, mais quand même j'aurais bien aimé avoir un fils à moi. Apparemment ce n'était pas dans l'ordre des choses et le fils de ma sœur est le bienvenu, je vous assure, malgré ses ennuis de santé, car c'est le plus gentil garçon du monde. Seulement voyez-vous, mon frère, il souffre et ça me fait mal de le voir comme ça, même s'il ne se plaint jamais. Alors je suis venue vous consulter.

Cadfael se hâta de profiter de quelques secondes de silence dans ce flot de paroles pour placer un mot à son tour.

– Entrez donc, vous êtes la bienvenue. Dites-moi un peu de quoi souffre ce garçon et je ferai tout ce qui est en mon pouvoir pour lui et pour vous. Maintenant il conviendrait que je l'examine, lui, et que je lui parle, car il sait mieux que personne ce qu'il a. Asseyez-vous, mettez-vous à l'aise, je vous écoute.

Elle entra volontiers, s'installa sur le banc contre le mur en disposant autour d'elle ses amples jupes d'un air décidé. Elle parcourut du regard les étagères bien garnies, les bouquets d'herbes sèches qui oscillaient à la brise, ainsi que les pots et les flacons. Elle était curieuse et intéressée, mais nullement effrayée par Cadfael et ses mystérieuses activités.

– Je suis du pays du drap, près de Campden, mon frère. Mon mari s'appelait Weaver * et il était tisserand de son état, comme son grand-père et son père avant lui ; quant à moi je m'appelle Alice

* En anglais *weaver* signifie tisserand. *(N.d.T.)*

Weaver et j'ai repris son commerce. Mais la jeune sœur dont je vous ai parlé est partie avec un Gallois. Ils sont morts tous les deux et ses deux enfants sont venus vivre avec moi. La petite a dix-huit ans à l'heure qu'il est, c'est une bonne fille, dure à la tâche et je suis sûre qu'elle finira par trouver un bon mari, mais elle me manquera, je vous le jure, car elle est devenue très adroite, et puis elle est solide et en bonne santé, pas comme son frère. On lui a donné le nom d'une sainte galloise, un nom à coucher dehors. Melannguell, ça vous dit quelque chose?

– Je suis gallois moi-même, répondit Cadfael amusé, et les noms gallois ne sont pas faciles à prononcer pour les Anglais, je sais.

– Oui enfin... le garçon, lui, a un nom court et assez simple. On l'a appelé Rhunn. Il a seize ans maintenant, deux ans de moins que sa sœur, mais le pauvre, il n'est pas moitié aussi solide. Il est assez grand, plutôt joli garçon, mais il a des ennuis à la jambe droite depuis son enfance. Elle est toute faible et tordue, il ne peut que poser le bout du pied sur le sol, et encore tout tourné d'un côté, et impossible de s'appuyer dessus. Il marche sur deux béquilles. Je l'ai amené ici dans l'espoir que la bonne sainte Winifred pourra l'aider un peu. On a eu beau partir il y a trois semaines, il a eu du mal à arriver jusqu'ici, et on est venus à petites étapes.

– Il a parcouru toute la route à pied? demanda Cadfael effaré.

– Je ne roule pas sur l'or, je n'ai pu m'offrir qu'un seul cheval et on en a besoin pour le travail à la maison. Sur la route un charretier obligeant nous a pris avec lui et déposés une fois arrivé chez lui. Le reste, le petit l'a fait sur ses béquilles. Et vous savez, mon frère, il n'est sûrement pas le seul par les temps qui courent, et il n'est peut-être pas le plus à plaindre. Mais le voici maintenant en sécurité à l'hôtellerie, et si mes prières ont la moindre efficacité, il rentrera à la maison sur ses deux jambes, comme n'importe qui de normal et en bonne santé. Mais en attendant ces derniers jours, il souffre autant qu'avant.

– Vous auriez dû l'amener avec vous, dit Cadfael. Où a-t-il mal au juste et quand? Quand il bouge ou quand il reste immobile? Cette douleur est-ce dans ses os qu'il la sent?

– Le pire, c'est la nuit pendant qu'il repose. Chez nous, je l'ai souvent entendu pleurer, tant il souffrait, même s'il s'efforçait de rester silencieux pour éviter de nous déranger. Très souvent, il ne dort pas, ou si peu. Il a mal dans les os, c'est vrai, mais il a aussi de telles crampes dans le mollet qu'il en gémit.

– On peut sûrement arranger ça, déclara Cadfael après réflexion. En tout cas, on peut essayer. Et puis il y a des potions capables d'atténuer la douleur et de procurer une bonne nuit de sommeil.

– Ce n'est pas que je n'aie pas confiance en sainte Winifred, expliqua dame Weaver, inquiète, mais pendant qu'il se repose un peu si c'est possible, je me suis dit : pourquoi ce garçon qui souffre le martyre ne chercherait-il pas de l'aide auprès de simples mortels comme vous par exemple, les bonnes gens qui ont la foi savent aussi des choses.

– Mais absolument, pourquoi pas? acquiesça Cadfael. Le plus humble d'entre nous peut aussi être un instrument de la grâce même si ce n'est pas dû à ses propres mérites. Le mieux est que ce garçon vienne me voir ici, dans un endroit où on pourra parler tranquillement. Il y aura beaucoup de monde et de bruit à l'hôtellerie, ici on sera au calme.

Elle se leva, satisfaite, pour prendre congé, mais il lui restait bien des choses à dire, même en partant, sur ce lent et long voyage, la gentillesse qu'on leur avait montrée en chemin et leurs compagnons de pèlerinage, dont certains les avaient dépassés et étaient arrivés avant eux.

– Il y en a plus d'un ici, mon frère, qui aura besoin de vos services, sans parler de mon Rhunn, affirma-t-elle en désignant de la tête le haut mur fermant l'hôtellerie. Il y a deux jeunes gens qui nous ont accompagnés les derniers jours, on pouvait marcher au même rythme qu'eux, car ils n'étaient pas en mesure d'aller plus vite que nous. Oh ! l'un d'eux éclatait bien de santé, mais il ne voulait pas s'éloigner d'un pas de son compagnon, et lui, le malheureux, était venu pieds nus de bien plus loin que Rhunn et je vous laisse imaginer dans quel état il était ! Et vous croyez qu'il se serait au moins enveloppé dans des chiffons ? A d'autres ! Il a dit qu'il avait promis d'aller sans chaussures jusqu'au bout du voyage. Et pardessus le marché, il portait au cou une grosse croix bien lourde, et sa peau était tout irritée à cause du frottement, mais ça aussi, c'était compris dans son serment. Je ne vois pas pourquoi un beau jeune homme irait s'imposer de pareilles tortures de son propre chef, mais dans ce domaine, les gens sont capables des plus grandes excentricités. Pour moi, j'imagine qu'avec ces horreurs, il espère une plus grande indulgence pour lui-même. Cependant, il me semble qu'il pourrait passer un peu de pommade sur ses pieds pendant qu'il se repose ici. Vous voulez que je lui demande de venir vous voir ? Je serai heureuse de leur rendre un petit service à ces deux-là. L'autre, Matthieu, celui qui est solide, il a donné un bon coup de main à la petite, et il lui a évité d'avoir un accident quand des cavaliers à moitié fous et qui galopaient à toute allure ont failli nous envoyer dans le fossé, et ensuite il lui a porté ses paquets car elle était drôlement chargée tandis que moi je m'occupais de Rhunn. A dire vrai, il me semble que notre Melannguell ne l'a pas laissé indifférent, car une fois qu'ils nous ont rejoints, il l'a vraiment tenue à l'œil, plus que son compagnon en tout cas, bien qu'il ne se soit jamais éloigné de lui, il faut le reconnaître. Un vœu est un vœu, je suppose, et si un homme a décidé de s'infliger toutes ces souffrances, je ne vois pas comment on pourrait l'en empêcher. Il ne reste qu'à lui tenir compagnie, et c'est bien ce que fait son ami, car il ne le quitte pas d'un pas.

Elle avait franchi la porte et respirait à pleins poumons les herbes que chauffait le soleil quand elle se retourna et ajouta :

– Il y en a d'autres parmi tout ce beau monde qui peuvent répéter à qui veut l'entendre qu'ils sont venus en pèlerinage, mais personnellement je ne leur confierais pas ma bourse ! Les gredins s'insinuent partout, j'imagine, même parmi les saints.

– Tant que les saints ont de l'argent ou des objets de valeur susceptibles d'être volés, il y aura toujours des canailles pas loin, acquiesça Cadfael avec un sourire sarcastique.

Dame Weaver avait-elle parlé ou non à son étrange compagnon de voyage ? Toujours est-il que ce fut lui qui arriva à l'atelier de Cadfael dans la demi-heure qui suivit, avant même que le petit Rhunn ne montrât le bout de son nez. Cadfael s'occupait de nouveau à arracher les mauvaises herbes quand il les entendit venir ou plus exactement quand il entendit les pas lents, patients de celui qui était valide faire remuer le gravier de ses allées. L'autre marchait sans bruit, car il foulait doucement, prudemment la bordure d'herbe, fraîche et douce à ses pieds blessés. S'il y avait un bruit qui trahissait sa venue, c'était sa respiration longue et pénible où l'on distinguait comme un soupir, un léger sifflement retenu, trahissant la souffrance. Dès que Cadfael se fut redressé et eut tourné la tête, il sut qui lui rendait visite.

Ils étaient à peu près du même âge, et il y avait une certaine ressemblance entre eux dans la stature et la complexion; d'une taille au-dessus de la moyenne, mais l'un d'eux marchait difficilement, le corps penché en avant. Ils avaient les yeux et les cheveux noirs, et ils devaient avoir dans les vingt-cinq, vingt-six ans. Cependant, on n'aurait pas pu les croire frères, ou proches parents. Celui qui allait bien avait la peau plus mate, comme s'il était resté plus longtemps à l'air et au soleil, ses pommettes et sa mâchoire étaient plus marquées; son visage était obstiné, fier, secret, d'un calme déconcertant et ne trahissait aucun sentiment. Le visage de l'invalide était allongé, mobile, passionné, les pommettes hautes surplombaient les joues creuses; sa bouche aux lèvres minces exprimait la souffrance du moment ou la douleur constante. La colère était peut-être bien l'une de ses compagnes habituelles ainsi qu'une ardeur brûlante. Le jeune Matthieu, son compagnon qui le suivait comme son ombre, le couvait constamment d'un œil jaloux.

Se rappelant les confidences de la loquace dame Weaver Cadfael l'examina depuis les pieds blessés et gonflés jusqu'à son cou irrité. Sous le col de sa simple tunique sombre, le pèlerin avait glissé un morceau de tissu pour atténuer les effets du frottement de la mince cordelette d'où pendait sur sa poitrine une lourde croix de fer, enchâssée dans un motif de feuille apparemment en or. A en juger par le sillon rouge qui marquait le tissu, ce rembourrage était tout récent ou ne s'était guère avéré efficace. La cordelette était terriblement fine et la croix certainement pesante. Dans quelle intention désespérée un jeune homme pouvait-il s'imposer pareil tourment? Et quel plaisir pensait-il que Dieu ou sainte Winifred prendraient à contempler ses souffrances?

– Vous êtes frère Cadfael? demanda-t-il d'une voix basse, le fixant d'un regard brûlant et fiévreux. C'est le nom que m'a donné le frère hospitalier. Il a dit que vous auriez des baumes et des onguents capables de me réconforter. Dans la mesure où je peux trouver du réconfort quelque part, ajouta-t-il, contemplant Cadfael d'un œil fixe et brillant.

Cadfael, surpris par cette réflexion, le dévisagea longuement, sans rien lui demander avant d'entrer dans son atelier et d'avoir installé le blessé de façon à l'examiner tout à loisir. Le jeune Matthieu prit place près de la porte ouverte; il évita soigneusement de se mettre dans la lumière, mais refusa d'entrer plus avant.

– Vous avez fait une sacrée route sans chaussures, constata Cadfael, à genoux pour examiner les dégâts. Une telle cruauté était-elle nécessaire?

– Absolument. Je ne me hais pas au point de supporter cela sans raison.

Le jeune homme près de la porte eut un léger mouvement, mais ne souffla mot.

– J'ai fait un vœu, poursuivit son compagnon, et je ne puis le rompre.

Il semblait avoir besoin de se justifier et répondait avant qu'on l'interroge.

– Je m'appelle Ciarann, je suis gallois par ma mère, et je retourne là où je suis né, pour terminer ma vie comme je l'ai commencée. Vous voyez les blessures que j'ai aux pieds, mon frère, mais ce dont je souffre le plus ne se voit pas sur moi. J'ai une maladie terrible, qui ne menace personne d'autre, mais qui m'amènera vite à ma fin.

Il y avait peut-être du vrai là-dedans, songea Cadfael, s'affairant à nettoyer à l'huile les plantes des pieds gonflées et les orteils déchirés par les pierres et les graviers. Le feu qui brillait dans les yeux profondément enfoncés dans les orbites correspondait peut-être à un feu intérieur encore plus dévastateur. Il est vrai que le jeune homme, qui se détendait et se reposait maintenant, était bien bâti; il n'avait pas maigri, mais ce n'était pas une preuve absolue de santé. La voix de Ciarann demeurait basse et très ferme. S'il savait que sa mort était proche, il semblait s'être fait une raison.

– Ainsi je reviens en pèlerinage, en pénitence, pour le salut de mon âme, ce qui pour moi compte beaucoup plus. Pieds nus et avec cette croix au cou, je marcherai jusqu'à la maison des chanoines à Aberdaron, de façon qu'après ma mort, je puisse être enterré dans l'île sainte d'Ynis Enlli où le sol est constitué des os et de la poussière de milliers et de milliers de saints.

– J'aurais pensé que ce genre de privilège peut aussi s'obtenir en se rendant là-bas bien chaussé et humble de cœur, comme tout un chacun, répliqua Cadfael un peu moqueur.

Certes, mais malgré tout c'était une ambition

compréhensible de la part d'un dévot d'origine galloise, sachant que sa fin approchait. Aberdaron, située à l'extrémité de la péninsule de Lleyn, faisait face à la pleine mer, et dans cette île sacro-sainte de l'Église galloise, nombreux étaient ceux qui dormaient de leur dernier sommeil; les chanoines n'y refusaient l'hospitalité à personne.

– Je ne mets nullement votre sacrifice en doute, mais ces souffrances que l'on s'impose me paraissent une manière d'arrogance et non de l'humilité, poursuivit Cadfael.

– C'est possible, riposta Ciarann, distant. Mais il est trop tard pour y revenir. Je suis lié par mon serment.

– C'est vrai, intervint Matthieu, de l'endroit où il se tenait, près de la porte. C'est exactement le mot! D'ailleurs, nous le sommes tous les deux, au même degré.

– Mais pas par les mêmes vœux, objecta sèchement Cadfael, car Matthieu portait de bonnes chaussures solides, aux talons un peu usés, mais qui le protégeaient des pierres de la route.

– Non, c'est exact. Mais ils n'en sont pas moins contraignants. Et je n'oublierai pas plus le mien que lui le sien.

Cadfael reposa le pied qu'il venait de soigner, le plaça sur un linge replié et s'apprêta à s'occuper du second.

– Dieu me garde de pousser quiconque à rompre un serment. Vous agirez l'un et l'autre comme vous le devez. Mais reposez au moins un peu vos pieds pendant la fête, ce qui leur laissera trois jours pour guérir, et ici dans la clôture, le sol n'est pas si dur. Une fois guéri, j'ai un remède qui aidera à durcir la plante de vos pieds quand vous reprendrez la route. Qu'en dites-vous? A moins que vous n'ayez renoncé à l'aide de vos semblables. J'imagine que ça n'est pas le cas, sinon vous ne seriez pas là. Allons, restez encore assis un moment, que tout ça puisse sécher.

Il se releva et regarda son travail d'un œil critique. Puis il s'intéressa au linge qui enveloppait le cou de Ciarann. Il posa doucement les deux mains sur la cordelette où pendait la croix et commença à la passer par-dessus la tête du jeune homme.

– Non, non, n'y touchez pas!

Et poussant un petit cri effarouché, Ciarann, inquiet, agrippa d'une main la cordelette, la croix de l'autre, les serrant farouchement.

– N'y touchez pas! Laissez cela!

– Quel mal y a-t-il à la soulever pendant que je soigne la plaie que ça vous a valu? C'est l'affaire d'un instant. Pourquoi non? demanda Cadfael, stupéfait.

– Non! s'exclama Ciarann, les poings toujours crispés sur la croix qu'il pressait contre sa poitrine. Même pas pour un moment ni le jour, ni la nuit! Non! N'y touchez pas!

– Alors, soulevez-la, dit Cadfael, résigné, et tenez-la pendant que je soigne cette coupure. Non, ne vous inquiétez pas, je ne tricherai pas. Laissez-moi simplement défaire ce linge et voir un peu ce qui se passe là-dessous.

– Il serait préférable de l'enlever, comme je le lui demande sans arrêt, murmura Matthieu. Sinon, comment pourrait-il vraiment guérir?

Cadfael déroula le bandage, examina le sillon de sang à demi séché qui suintait encore et entreprit, avec une lotion alcoolisée, d'enlever la poussière et les petits morceaux de peau morte, puis il appliqua un baume cicatrisant de grateron. Il replia soigneusement le linge et l'enroula sous la cordelette.

– Eh bien, vous n'avez pas rompu votre serment. Reprenez donc votre fardeau. Si vous en allégez le poids dans vos mains en partant et que vous évitez de tirer dessus, vous serez débarrassé de cette plaie avant de partir.

Il lui sembla qu'ils avaient tous les deux hâte de s'en aller, car l'un reposa précautionneusement les pieds sur le sol dès qu'il fut libre, soutenant, comme on le lui avait dit, le poids de sa croix dans ses deux mains et l'autre, passant le seuil de la porte, émergea dans la lumière du jardin et s'arrêta pour attendre que son ami sorte.

– J'aimerais quand même vous rappeler, dit Cadfael en leur lançant un regard pensif à tous deux, que vous assistez désormais à la fête d'une sainte qui a opéré de nombreux miracles, allant même jusqu'à défier la mort. Une sainte qui a peut-être la possibilité de donner la vie, ajouta-t-il nettement, même à un être déjà condamné à mort. Gardez cela en mémoire, qui sait si elle n'écoute pas en ce moment.

Ils ne soufflèrent mot, n'échangèrent pas même un coup d'œil. Depuis le jardin lumineux et odorant ils le regardèrent à leur tour, surpris, méfiants, puis, comme un seul homme, ils tournèrent les talons et s'éloignèrent, l'un boitillant, l'autre à grands pas.

4

Il y eut un intermède si court qu'il lui laissa peu de temps pour travailler au jardin avant l'arrivée du second couple et que Cadfael se rendit à l'évidence que ses quatre visiteurs s'étaient très probablement rencontrés au coin de son herbarium pour échanger quelques mots aimables, puisqu'ils avaient parcouru ensemble les derniers milles du trajet.

Pleine de sollicitude la jeune fille marchait près de son frère, lui laissant la partie la moins rude du chemin et le soutenant à hauteur du coude gauche, prête à l'aider si besoin était, mais le touchant à peine. Son visage attentif, aimant, était constamment tourné vers lui. S'il était l'enfant chéri dont on s'occupait et elle la bête de somme en pleine santé, elle n'y trouvait manifestement rien à redire. Une fois seulement elle tourna la tête, regardant par-dessus son épaule, avec un sourire différent, plus hésitant. Elle avait l'air toute simple dans sa robe de drap tissé; ses cheveux étaient nattés sévèrement mais son visage était resplendissant, ouvert comme une rose et ses mouvements, même adaptés au pas de son frère, avaient une grâce et une souplesse propres à un esprit aussi ardent qu'élevé.

Elle avait le teint clair pour une Galloise, ses cheveux étaient d'un blond cuivré, ses sourcils plus sombres dessinaient un arc plein d'espoir au-dessus de ses grands yeux bleus. Dame Weaver ne se trompait sans doute pas en supposant qu'un jeune homme qui avait tiré du danger cette jolie jeune fille en la prenant dans ses bras n'était pas près d'oublier cette expérience agréable et ne rechignerait pas à recommencer. A condition bien sûr de détourner assez longtemps le regard de la belle de son compagnon de pèlerinage pour pouvoir essayer.

Le garçon arriva, s'appuyant lourdement sur ses béquilles; sa jambe droite pendait inerte, le bout du pied tordu, tourné vers l'intérieur, effleurant à peine le sol. S'il avait pu se tenir droit, il aurait dépassé sa sœur d'une bonne largeur de main mais, ainsi voûté, il semblait encore plus petit qu'elle. Il était cependant bien proportionné, c'est du moins ce que pensa Cadfael en le voyant approcher. Il avait le regard méditatif, de larges épaules, des hanches minces et sa bonne jambe était longue, vigoureuse et bien faite. Il n'avait pourtant que la peau sur les os, un peu de poids supplémentaire ne lui aurait pas nui, mais s'il passait ses journées à souffrir, il ne fallait pas s'attendre à ce qu'il mange comme quatre.

Cadfael avait commencé son examen par le pied déformé pour, en remontant, terminer par le visage du garçon qui avait le teint plus clair que sa sœur; ses cheveux et ses sourcils évoquaient l'or des blés, son visage mince et lisse, l'ivoire, et quand il croisa le regard de Cadfael, ses yeux gris-bleu, très clairs, brillaient comme du cristal entre ses longs cils noirs. Son expression tranquille, très calme, montrait qu'il avait appris la patience et qu'il s'attendait à en avoir besoin pour le restant de ses jours. Dès le premier regard Cadfael comprit sans ambiguïté que Rhunn n'espérait aucune guérison miraculeuse, quels que puissent être les espoirs de dame Weaver.

– S'il vous plaît, dit timidement la jeune fille, je vous ai amené mon frère, comme ma tante me l'a demandé. Il s'appelle Rhunn et moi Melannguell.

– Elle m'a parlé de vous, répondit Cadfael qui, d'un geste, les invita à les suivre dans son atelier. Vous venez de bien loin, dites-moi. Entrez donc, je vais vous installer aussi confortablement que possible pendant que je jette un coup d'œil à cette jambe. Qu'est-ce qui a provoqué ça? Une blessure, une chute, un coup de pied de cheval? Ou un accès de fièvre osseuse?

Il fit asseoir le garçon sur le grand banc, lui enleva ses béquilles qu'il disposa à côté de lui et le plaça de façon qu'il puisse enfin allonger ses jambes et se détendre.

Le garçon posa sur Cadfael un grave regard attentif et secoua lentement la tête.

– Non, rien de tel, souffla-t-il d'une voix basse, claire, virile. C'est venu petit à petit, je pense, mais je ne me rappelle pas avoir jamais été ingambe. Il paraît que j'ai commencé à trébucher et à tomber quand j'avais trois ou quatre ans.

Melannguell hésitait sur le pas de la porte, curieusement semblable au compagnon fantomatique de Ciarann, et son menton reposait à présent sur son épaule.

– Rhunn vous racontera toute son histoire, dit-elle, se tournant presque trop vite. Il vaudrait mieux qu'il soit seul avec vous. Je reviendrai plus tard; j'attendrai dehors, sur le siège, jusqu'à ce que vous ayez besoin de moi.

Rhunn, dont le regard clair et brillant évoquait le

soleil traversant un glacier, lui adressa un sourire chaleureux par-dessus l'épaule de Cadfael.

– Va, dit-il, c'est une si radieuse journée. Pour une fois que je ne jouerai pas la mouche du coche, tu devrais en profiter.

Elle lui jeta un long regard inquiet, mais elle était déjà à moitié convaincue et, satisfaite de le savoir en de bonnes mains, elle s'inclina hâtivement et se sauva.

Les deux hommes restèrent seuls, encore étrangers l'un à l'autre, mais désireux de se connaître mieux.

– Elle va rejoindre Matthieu, dit Rhunn, certain d'être compris. Il s'est montré bon envers elle – et envers moi aussi. Une fois il m'a porté sur son dos pendant la dernière partie de la route, jusqu'à notre logement. Il lui plaît bien et elle aussi lui plairait si seulement il la regardait vraiment. Mais il ne prête attention qu'à Ciarann.

Cette candeur naïve pourrait bien lui valoir une réputation d'innocent, ce qui serait mal le juger car – du moins Cadfael l'espérait-il – le jeune homme disait ce qu'il pensait à condition d'avoir pris la mesure de son interlocuteur – et il voyait plus clair que beaucoup, tant il avait besoin d'observer et d'enregistrer pour occuper ses journées.

– Ils étaient là? demanda Rhunn, bougeant obligeamment pour permettre à Cadfael de lui enlever ses longs hauts-de-chausses, depuis les hanches jusqu'à sa mauvaise jambe.

– Ils étaient là. Oui, je suis au courant.

– J'aimerais qu'elle soit heureuse.

– Elle a en elle de quoi être très heureuse, répondit Cadfael sur le même ton, presque sans le vouloir.

Le garçon répandait une qualité de lumière qui rendait les réponses spontanées naturelles, presque inévitables. Il y avait en lui, semblait-il, une légère insistance à parler d'« elle ». Rhunn n'espérait guère être heureux un jour, mais il tenait à ce que sa sœur le fût.

– Fais attention, maintenant, dit Cadfael, se penchant sur l'objet de ses soins. C'est important. Ferme les yeux, mets-toi autant que possible à l'aise et dis-moi quand je trouverai un endroit douloureux. D'abord, comme ça, au repos. Tu as mal, là?

Docile, Rhunn ferma les yeux et attendit, respirant doucement.

– Non, pas pour l'instant.

Parfait, car il était détendu et confiant, et au moins pour l'instant, il ne souffrait pas. Cadfael se mit en devoir de lui palper attentivement toute la cuisse et le mollet de sa jambe blessée, pour comprendre de quoi il s'agissait. Ainsi étendu au repos, le membre tordu retrouva partiellement son alignement normal et s'avéra bien formé, même s'il ne souffrait pas la comparaison avec la jambe gauche. Ici les orteils se tournaient en dedans et des contractions de muscles durcissaient le mollet. Cadfael les situa, y enfonçant profondément les doigts, luttant avec ces tissus rigides.

– Là, je sens quelque chose, dit Rhunn, respirant profondément. Ça ne ressemble pas à ce que je sens ordinairement, mais c'est douloureux. Pas de quoi pleurer, cependant. Une douleur franche...

Cadfael se huila les mains, passa doucement la paume sur le mollet atrophié, et se mit à l'ouvrage en se servant fermement de ses doigts, forçant à travailler des tendons inertes depuis des années, si l'on exceptait ces orteils crispés, touchant à peine le sol. Il prit tout son temps, cherchant patiemment les nœuds de résistance. Il sentit des tensions anormales, qui refusaient de céder pour le moment. Laissant ses doigts œuvrer sans brutalité, il s'intéressa à d'autres questions.

– Tu t'es retrouvé orphelin de bonne heure. Depuis combien de temps es-tu chez ta tante Weaver?

– Sept ans, répondit Rhunn presque endormi, bercé par ce massage apaisant. On est une charge pour elle, je le sais, mais elle ne le dit jamais, et elle ne permet à personne de le dire. Elle a un bon métier, mais qui ne lui permet que de subvenir à ses besoins et d'employer deux ouvriers; elle n'est pas riche. Melannguell travaille dur à s'occuper de la maison et de la cuisine, elle gagne son pain. J'ai bien appris à tisser, mais je ne vais pas vite. Je ne peux rester debout ni assis longtemps. Je ne lui sers à rien. Seulement elle n'en parle jamais, et pourtant quand ça lui prend, elle n'a pas la langue dans sa poche.

– Je le crois sans peine, acquiesça tranquillement Cadfael. Une femme qui a tant de soucis, il est bien normal qu'elle ait parfois la dent dure, sans méchanceté de sa part. Tu sais qu'elle t'a amené ici pour qu'un miracle s'accomplisse? Sinon pourquoi seriez-vous venus chez nous tous les trois, à petites étapes, jour après jour? Il me semble pourtant que tu n'attends rien de tel. Tu ne crois pas que sainte Winifred puisse faire des merveilles?

– Moi?

Surpris, le garçon ouvrit de grands yeux plus clairs que les eaux transparentes sur lesquelles Cadfael avait navigué bien des années auparavant sur les bords orientaux de la mer du Milieu, le long des sables d'une pâleur lumineuse.

– Vous vous méprenez sur moi, j'y crois. Mais pourquoi moi? Des gens dans mon cas, il y en a des milliers qui viennent, et des centaines pour qui c'est pire. Comment oserais-je demander à être parmi les premiers? En outre, ce que j'ai est supportable. Il y en a qui ne peuvent endurer leurs maux. La sainte saura bien qui choisir. Il n'y a pas de raison qu'elle me choisisse moi.

– Alors pourquoi as-tu accepté de venir? demanda Cadfael.

Rhunn détourna la tête, et ses paupières aux veines bleues comme des pétales d'anémone voilèrent ses yeux.

– Elles le souhaitaient, j'ai donc accepté! Et puis il y avait Melannguell...

Eh oui, Melannguell, songea Cadfael, qui était si jolie, si vivante, une joie pour les yeux. Son frère savait qu'elle était sans dot et voulait la voir un peu heureuse, bien mariée. Là-bas chez eux, elle travaillait dur à la maison et à la cuisine, on savait que la nièce était sans le sou, et les prétendants n'étaient pas légion. En s'aventurant si loin sur les routes, en se mêlant à une compagnie aussi variée, qui sait si la chance ne montrerait pas le bout de son nez?

En se déplaçant Rhunn avait mis en branle un nerf coincé et douloureux; il soulagea sa douleur en s'appuyant précautionneusement contre la paroi. Cadfael remonta les hauts-de-chausses en drap tissé sur la nudité du garçon, le rhabilla décemment et l'aida doucement à poser les pieds, le bon et le mauvais, sur le sol en terre battue.

– Reviens me voir demain après la grand-messe; je pense pouvoir t'aider, même si ce n'est pas grand-chose. Maintenant reste assis, le temps que je voie si ta sœur t'attend; sinon, tu peux rester là tranquille jusqu'à ce qu'elle arrive. Et puis je te donnerai une seule potion à prendre cette nuit quand tu iras au lit. Elle calmera la douleur et t'aidera à dormir.

La jeune fille était là, immobile, solitaire, contre le mur chauffé par le soleil; une ombre planait sur son visage lumineux comme si quelque chose dont elle attendait beaucoup s'était avéré très décevant; mais quand elle vit sortir Rhunn, elle se leva, en lui adressant un sourire décidé et sa voix était aussi gaie et réconfortante qu'à l'ordinaire tandis qu'ils s'éloignaient lentement.

Il eut l'occasion de les observer tous le lendemain, à la grand-messe, même si, indubitablement, son esprit aurait dû être occupé à des choses plus hautes; mais il s'obstinait à ne pas dépasser la crête frémissante de la coiffe de dame Weaver et les épaisses boucles brunes de la tignasse de Matthieu. Presque tous les occupants de l'hôtellerie, les nobles qui avaient des appartements séparés tout comme les pèlerins, hommes et femmes, qui partageaient les deux dortoirs communs, revêtaient leurs plus beaux atours uniquement pour cet office de la journée, sans savoir ce qui suivrait. Dame Weaver attachait une attention dévote à chaque parole du service, et à plusieurs reprises elle envoya un coup de coude dans les côtes de Melannguell pour la rappeler à ses devoirs, car celle-ci tournait souvent la tête de côté et son regard se portait plutôt sur Matthieu que sur l'autel. Il était hors de doute que son affection, voire son cœur, était très attirée dans cette direction. Quant à Matthieu, il était tout près de Ciarann, toujours à portée de main. Pourtant, par deux fois au moins, il jeta un coup d'œil à la ronde, et son regard mélancolique se posa, sans se troubler le moins du monde, sur Melannguell. Cependant la seule fois où leurs yeux se croisèrent, ce fut Matthieu qui se détourna brusquement.

Cadfael jugea, en le voyant se comporter ainsi, que

ce jeune homme avait une mission à accomplir : convoyer son compagnon en toute sécurité jusqu'à la fin de son voyage à Aberdaron; et il n'autoriserait aucune jeune fille à s'en mêler ou l'en détourner.

C'était déjà quelqu'un de célèbre dans la clôture, ce Ciarann. Il n'y avait rien de secret à son sujet. Il parlait volontiers et humblement de lui-même. Il avait d'abord voulu entrer dans les ordres, mais il n'avait jamais pu dépasser le stade de sous-diacre; il n'était pas parvenu et ne parviendrait jamais à la tonsure. Frère Jérôme, qui aimait à s'insinuer dans le sillage, et d'aussi près que possible, de ceux qui manifestaient une vertu ou une sainteté évidentes l'avait pratiqué, interrogé et répétait à profusion ce qu'il avait appris à qui voulait l'entendre, parmi les religieux. L'histoire de la maladie mortelle de Ciarann et de son pèlerinage pénitentiel à Aberdaron était connue de tous. Les rigueurs qu'il pratiquait sur lui-même impressionnaient tout un chacun. Frère Jérôme considérait comme un honneur pour l'abbaye de recevoir un tel homme. Et en vérité, que de force, de ferveur et de véhémence dans ce visage maigre, passionné, dans ces yeux brûlants sous les cheveux noirs un peu trop longs!

Rhunn ne pouvait s'agenouiller; il resta debout, immobile, stoïque sur ses béquilles pendant tout l'office, ses grands yeux brillants fixés sur l'autel. Dans la douce lumière tamisée de l'église dont chaque pierre réfléchissait déjà l'apaisement d'une journée sans nuages au-dehors, Cadfael remarqua combien le garçon était beau. Les méplats de son visage avaient la grâce et la suavité de ceux d'une fille, l'ondulation de ses cheveux blonds autour des joues et des oreilles frappait par sa pureté angélique. Si cette femme sans enfant était folle de lui et acceptait de négliger son gagne-pain pendant plusieurs semaines en espérant – qui sait? – qu'un miracle le guérirait, y avait-il lieu de s'en étonner?

Puisque son regard et son attention s'égaraient, Cadfael renonça à lutter et les laissa s'égailler à leur guise parmi tous ces dévots réunis en assemblée et remplissant la nef de l'église. Il y a dans un grand pèlerinage bien des ressemblances avec une foire; lui aussi attire tous les badauds qui fréquentent ce genre d'endroits : les tire-laine, les inévitables marchands de reliques, de sucreries, de médicaments, les diseurs de bonne aventure, les joueurs professionnels, sans oublier les escrocs de tout poil. Certains d'entre eux, d'allure plus respectable, préfèrent exercer leur industrie à l'intérieur de la clôture plutôt que de s'installer sur la Première Enceinte comme sur un marché. Il n'était jamais inutile de jeter un coup d'œil dans les rangs des fidèles, comme les sergents de Hugh examinaient les gens du dehors, très probablement, pour déceler d'éventuels fauteurs de troubles avant qu'ils ne commencent à en causer.

La congrégation avait incontestablement un air de parfaite innocence. Mais quelques exceptions méritaient un examen approfondi. Tiens, par exemple, ces trois modestes artisans qui étaient arrivés presque ensemble et qui n'avaient pas tardé à lier ouvertement connaissance alors qu'ils semblaient ne s'être jamais vus avant : Walter Bagot, le gantier, John Shure, le tailleur et le maréchal-ferrant William Hales. De petits ouvriers qui s'offraient quelques jours chômés en été, et qui en profitaient sans ostentation, quel mal à cela? Oui, mais Cadfael avait remarqué les mains que le tailleur joignait dévotement; il nota qu'il avait les ongles longs et bien entretenus d'un voleur à la tire, ce qui n'est guère recommandé pour un tailleur. Il rangea leurs visages dans un coin de son esprit, celui, rond et brillant du gantier, comme s'il utilisait la même huile que celle dont il se servait pour ses peaux; le tailleur, maigre et paisible, dont les cheveux plats encadraient un visage lugubre; quant au maréchal-ferrant, il était trapu, brun et ses yeux pétillants respiraient l'honnêteté et la bonne humeur.

Peut-être étaient-ils vraiment ce qu'ils prétendaient être; peut-être pas. Hugh ouvrirait sûrement l'œil, ainsi que les taverniers prudents de la Première Enceinte et de la ville, qui ne tenaient nullement à la visite de gredins et autres truands qui se proposaient de dépouiller leurs voisins et clients.

Très méditatif, Cadfael sortit de la messe avec les autres moines, et il trouva Rhunn qui l'attendait déjà dans l'herbarium.

Le garçon, assis immobile, laissa Cadfael s'occuper de lui sans dire un mot après qu'il l'eut salué respectueusement. Le rythme des doigts inquisiteurs, massant patiemment les tissus rigides qui provoquaient sa boiterie, avait un effet apaisant, même quand ils s'enfonçaient assez profondément dans les muscles pour lui faire mal. Il reposa sa tête contre la paroi de bois, et petit à petit, ses yeux se fermèrent. La tension de ses joues et de ses lèvres indiquait qu'il ne dormait pas, mais Cadfael put étudier à loisir le visage du garçon tout en lui prodiguant ses soins; il remarqua sa pâleur et les cernes sombres sous ses yeux.

– Eh bien, as-tu pris ce que je t'avais donné pour la nuit? demanda-t-il tout en devinant la réponse.

– Non, répondit Rhunn, l'air inquiet comme si on

allait le gronder, mais ni reproche ni surprise n'apparurent sur le visage de Cadfael.

– Pourquoi cela?

– Je ne sais pas. J'ai eu soudain le sentiment de ne pas en avoir besoin. J'étais heureux, dit Rhunn, fermant de nouveau les yeux pour mieux analyser ses actes et ses mobiles. J'avais prié. Non pas que je doute des pouvoirs de sainte Winifred. Tout d'un coup, il m'a semblé que je n'avais même pas besoin de souhaiter d'être guéri... que ce serait mieux d'offrir mon infirmité et ma souffrance, comme ça, et non pour en attendre une récompense. Les gens apportent des cadeaux, moi je n'ai rien d'autre à donner. Pensez-vous que ça puisse être un don acceptable? C'était en toute humilité.

Il eût sans doute été difficile de trouver, parmi tous les fidèles, une offrande plus coûteuse, songea Cadfael. Il a parcouru un long chemin, suivi une route pénible pour en arriver à comprendre que les privations, la souffrance et les infirmités ne comptent pas, comparées au sentiment intérieur de la grâce et à la paix secrète de l'âme. Acceptation à laquelle chaque être ne peut parvenir que pour lui-même, jamais pour quelqu'un d'autre. La souffrance d'autrui demeure intolérable, si on ne peut la soulager d'une manière quelconque.

– Et tu as bien dormi?

– Non, mais ça n'avait aucune importance. Je suis resté allongé toute la nuit. J'ai essayé de m'en accommoder dans la joie. D'ailleurs, je ne suis pas le seul à n'avoir pas fermé l'œil.

Il couchait dans la salle commune réservée aux hommes, et plusieurs de ses compagnons souffraient très probablement d'une affection quelconque, sans parler des malades, peut-être contagieux, que frère Edmond avait isolés à l'infirmerie.

– Ciarann n'a pas dormi non plus, reprit Rhunn, d'un ton méditatif. Quand il y a eu le silence complet, après laudes, il s'est levé tout doucement de son lit, en essayant de ne déranger personne et il a commencé à se diriger vers la porte. Ce qui m'a paru vraiment curieux à ce moment-là, c'est qu'il a emporté sa ceinture et sa besace...

A présent, Cadfael l'écoutait très attentivement. Pourquoi diable un homme irait-il s'encombrer de tout ce qu'il possédait s'il cherchait simplement un soulagement quelconque pendant la nuit? Bien sûr, il se méfiait des voleurs et cette attitude persistait peut-être dans une telle promiscuité, même à moitié endormi, et dans un couvent par-dessus le marché.

– Tu m'en diras tant! Et ensuite?

– Matthieu a sa paillasse tout à côté de celle de Ciarann, et même pendant la nuit, il ne s'éloigne jamais de lui. En outre, voyez-vous, il semble savoir d'instinct ce qui contrarie Ciarann. Il s'est levé aussitôt, et il a pris Ciarann par le bras. Ciarann a sursauté, bouche bée, et il a regardé autour de lui en clignant des yeux comme s'il venait de se réveiller. Il a dit tout bas qu'il s'était endormi et qu'il rêvait, et dans son rêve il était temps de reprendre la route. Matthieu lui a pris sa besace, l'a rangée; ils se sont recouchés tous les deux et tout est redevenu calme. Mais à mon avis, Ciarann n'a pas bien dormi, même après cela; son rêve a dû trop l'impressionner, je l'ai entendu bouger et se retourner un bon moment.

– Est-ce qu'ils savaient que tu étais aussi réveillé et que tu entendais tout? demanda Cadfael.

– Je ne peux pas vous dire. Je n'ai pas cherché à me

cacher, et j'avais mal. J'imagine qu'ils ont dû m'entendre remuer. Mais bien sûr, je suis resté immobile, ça aurait été un manque de courtoisie.

Ainsi donc, il prétendait avoir rêvé, peut-être pour donner le change à Rhunn ou à quiconque eût été éveillé, comme lui. Il est exact qu'un malade insomniaque pouvait très bien se lever en catimini, par délicatesse, pour ne pas déranger son ami. Mais en ce cas, s'il avait besoin de se détendre un peu, il aurait été obligé de s'expliquer et de sortir, quand son ami s'était réveillé pour l'en empêcher. Au lieu de cela, il avait attribué son geste à un rêve trompeur et s'était recouché. D'ailleurs les somnambules se déplacent silencieusement, un peu comme des voleurs. Et si les apparences correspondaient tout simplement à la réalité?

– Tu as parcouru une partie du chemin avec ces deux-là, Rhunn. Comment vous comportiez-vous tous ensemble, sur la route? Tu as dû finir par les connaître mieux que personne ici.

– Ce qui nous a rapprochés, c'est qu'ils allaient lentement comme nous, après que ma sœur a failli être piétinée. Matthieu s'est mis à courir, l'a prise à bras-le-corps et a sauté dans le fossé avec elle. Les autres s'apprêtaient à nous dépasser, à petite vitesse; après ça nous sommes tous restés groupés. Mais de là à dire qu'on a fini par les connaître... ils sont complètement pris l'un par l'autre. Et puis Ciarann avait mal, et ça ne le rendait pas bavard; cependant il nous a dit où il comptait se rendre, et pourquoi. C'est vrai, Matthieu et Melannguell se sont mis à marcher les derniers, derrière nous, et il a porté à sa place les quelques paquets qu'on avait, car lui n'avait pas grand-chose. Je ne me suis jamais demandé pourquoi Ciarann parlait si peu, poursuivit Rhunn, avec simplicité, en voyant ce qu'il lui fallait supporter. Et ma tante Alice est très capable de parler pour deux, conclut-il en toute innocence.

Ça oui, et elle s'était sans aucun doute livrée à son péché mignon jusqu'à Shrewsbury.

– Matthieu et Ciarann vous ont-ils jamais raconté comment ils ont fini par se retrouver ensemble? demanda Cadfael continuant à le masser délicatement. S'ils étaient parents, amis, ou si s'étant simplement rencontrés sur la route, ils avaient décidé de cheminer de compagnie... ? Ils sont à peu près du même âge, ils se ressemblent beaucoup, et en outre, ils ont en gros reçu la même éducation, j'imagine, afin de devenir clercs ou écuyers. Cependant, ils ne sont pas parents, ou ils ne l'avouent pas, et à leur façon ils sont très différents. On se demande même comment ils en sont arrivés à s'embarquer ensemble. C'est au sud de Warwick que vous les avez rencontrés. Ils venaient donc du sud, mais d'où au sud, je l'ignore.

– Ils n'ont jamais parlé de tout ça, reconnut Rhunn, s'intéressant à ce sujet pour la première fois. C'était bon d'avoir de la compagnie en chemin, au moins quelqu'un de solide. Les routes peuvent être dangereuses pour deux femmes avec seulement un infirme comme moi. Mais au fait, maintenant que vous en parlez, on n'a jamais su d'où ils venaient, ni ce qui les liait l'un à l'autre. A moins que ma sœur n'en sache davantage. Certains jours, confia Rhunn, se déplaçant pour permettre à Cadfael de mieux lui masser les muscles de la cuisse, Matthieu et elle étaient très proches et bavardaient dans notre dos.

Cadfael doutait que leurs conversations aient eu le moindre rapport avec la personnalité des deux hommes; ils avaient plaisir à marcher côte à côte le long des routes de l'été; la jeune fille se rappelait sans cesse le moment où il l'avait prise dans ses bras et projetée dans le fossé en la serrant contre sa poitrine, lui n'arrêtait pas de contempler cette créature délicieuse, qui avançait d'un pas dansant près de lui et il se souvenait du poids de ce corps mince, tiède et tremblant dans ses bras.

– Mais pour le moment, il la regarde à peine, avoua Rhunn à regret. Il est trop préoccupé par Ciarann, et Melannguell s'interpose entre eux. Pourtant, il en a du mal à se détourner d'elle.

Cadfael abandonna la jambe déformée et se leva pour nettoyer ses mains pleines d'huile.

– Bon, ça suffit pour aujourd'hui. Mais reste assis un moment et repose-toi avant de partir. Et tu prendras ta potion ce soir? Garde-la au moins près de toi, et fais ce que tu crois être le mieux. Mais rappelle-toi, c'est parfois une marque de bonté d'accepter de l'aide, de la bonté envers celui qui veut t'aider. Tu tiens vraiment à t'infliger les mêmes tortures que Ciarann? Non, pas toi, tu es trop modeste pour vouloir passer pour plus brave que tu ne l'es afin que les autres te vénèrent. Alors ne crois pas que ce soit mal de s'épargner une souffrance. Enfin, c'est à toi de juger, et de savoir ce qui te paraît juste.

Quand le garçon reprit ses béquilles et s'éloigna, au long du chemin, en direction de la grande cour, Cadfael le suivit à distance pour voir comment il se déplaçait, sans lui causer d'embarras. Il ne pouvait remarquer aucun changement. Le bout du pied tordu, encore tourné vers le dedans, osait à peine effleurer le sol. Et cependant, il y avait de la force dans ces muscles, malgré les crampes dont il souffrait. Ils n'étaient ni flétris, ni atrophiés, comme on aurait pu s'y attendre. S'il était là assez longtemps, se dit le moine, je pourrai l'aider à retrouver l'usage de sa jambe et aussi un peu de souplesse. Mais il partira comme il est venu. D'ici trois jours, tout sera terminé, l'hôtellerie se videra. Ciarann et son compagnon fantôme continueront vers le nord, puis l'ouest en direction du pays de Galles, et dame Weaver ramènera ses petits à Campden. Quant à ces deux-là, qui auraient pu se marier et être heureux si les choses avaient tourné autrement, ils s'en iront chacun de leur côté, et ne se reverront jamais. Comme toujours ceux qui se réunissent en grand nombre à l'occasion des fêtes de l'Église se disperseront après pour vaquer à leurs occupations. Il n'est cependant pas inévitable que rien de tout cela n'ait eu d'effet sur eux.

5

Se trouvant logé au dortoir avec les religieux de la maison, frère Adam de Reading n'avait eu le loisir d'observer ses compagnons de pèlerinage, qui étaient à l'hôtellerie, que lors des offices et quand ils vaquaient à leurs occupations dans l'enceinte de l'abbaye. Comme il revenait par hasard des jardins avec Cadfael, vers le milieu de l'après-midi, il croisa Ciarann et Matthieu qui traversaient la cour et se dirigeaient vers le cloître, afin de se chauffer au soleil une heure ou deux avant vêpres. Ils étaient loin d'être les seuls; des religieux, des serviteurs laïcs et des hôtes s'affairaient à diverses tâches, mais Ciarann avait une allure particulière, et sa démarche lente, douloureuse, précautionneuse forçait l'attention.

– Mais, je les ai déjà vus, ces deux-là, constata frère Adam, marquant le pas. A Abingdon, où j'ai passé ma première nuit après avoir quitté Reading, et où ils logeaient en même temps que moi.

– Abingdon, vraiment! s'exclama Cadfael, comme un écho. Ils viennent donc de si loin! Et vous ne les avez pas rencontrés de nouveau après Abingdon?

– Aucune chance. Je n'étais pas à pied. Et puis

mon abbé m'avait envoyé en mission à Leominster, de sorte que je n'ai pas pris la route directe. Non, je ne les avais pas revus avant aujourd'hui. Mais il faut reconnaître qu'ils ne sont pas faciles à oublier.

– Quelle impression donnaient-ils à Abingdon? insista Cadfael, suivant des yeux les deux inséparables jusqu'à ce qu'ils disparaissent dans le cloître. A votre avis, étaient-ils sur la route depuis longtemps, quand ils se sont arrêtés cette nuit-là? Cet homme a juré d'aller nu-pieds à Aberdaron; il n'a sûrement pas tardé à porter les marques de l'épreuve.

– Il n'était pas très gaillard, même à ce moment. Ils étaient tous les deux couverts de poussière. Bien sûr, c'était peut-être la fin de leur première journée de marche, mais j'en doute.

– Il est venu me voir hier pour que je lui soigne les pieds, expliqua Cadfael, et je dois le revoir avant ce soir. Deux ou trois jours de repos le remettront d'aplomb, pour continuer son voyage.

Depuis le sud, à plus d'une journée de marche d'Abingdon, même en se pressant, jusqu'à l'extrême pointe du pays de Galles, il y a un sacré bout de chemin.

– Cette piété dévoyée me semble bizarre; s'infliger des tourments de cette manière ostentatoire alors qu'il y a tant de malheureux au monde qui souffrent sans avoir rien demandé à personne, et qui le supportent avec humilité!

– Les âmes simples pensent que ça leur vaudra une récompense, répondit frère Adam, compréhensif. Et puis c'est peut-être sa seule manière de manifester une vertu remarquable, et il s'y accroche.

– Mais ça n'est pas une âme simple, quoi qu'on puisse dire de lui! s'exclama Cadfael avec conviction.

Il m'a dit souffrir d'une maladie mortelle, vouloir terminer ses jours dans la paix et la béatitude à Aberdaron et que ses os reposent à Ynis Enlli, ambition louable quand on est de sang gallois. Choisir la souffrance avant le jour fatidique représente peut-être un geste de défi, une manière de provoquer la mort. Cette attitude, je pourrais la comprendre. Mais pas l'approuver.

– Il est très naturel qu'elle vous déplaise, acquiesça frère Adam avec un sourire indulgent qui s'adressait à son compagnon comme à lui-même, puisque vous avez été formé à soulager la douleur et à la considérer comme l'ennemi suprême dont vous triomphez grâce précisément à ces plantes dont nous nous servons.

Il passa la main sur la besace de cuir pendue à sa ceinture, et en réponse, il y eut un doux bruissement de graines à l'intérieur. Ils venaient d'opérer un tri parmi les soucoupes d'argile où Cadfael mettait les graines de l'année nouvelle et Adam en avait pris deux ou trois qui ne poussaient pas dans son propre jardin.

– Ça vaut de combattre tous les dragons du monde, la lutte contre la souffrance, ajouta-t-il.

Ils avaient avancé de quelques pas vers les marches de pierre menant à la porte principale de l'hôtellerie, sans se presser, tout au plaisir que leur donnait le spectacle de l'agitation qui y régnait quand frère Adam s'arrêta net, l'œil aux aguets.

– Eh bien dites-moi, vous avez hérité de quelques-uns de nos pécheurs du Sud en plus de nos saints éventuels.

Surpris, Cadfael suivit le regard d'Adam, attendant les explications qui n'allaient pas manquer de suivre, car il eût été difficile, à première vue, de trouver un être plus banal que l'individu en question. Il se tenait tout près de la loge du portier, parmi un petit groupe toujours posté là pour dévisager les nouveaux arrivants et les allées et venues de chacun. Il était grand et fort, mais si bien bâti qu'on ne le remarquait guère. Il avait passé les pouces dans la ceinture de son ample robe unie, qui était bien coupée et signifiait clairement qu'il n'était pas noble; mais ce n'était pas n'importe qui non plus; on aurait dit qu'il s'agissait d'un bourgeois solide et respectable, qui ne manquait de rien. Un marchand ou un commerçant. Un homme avec qui il faut compter dans plus d'une ville d'Angleterre et qui, à titre de repos mérité, peut s'offrir un pèlerinage à l'occasion. Son visage bien rasé était rond, et de son regard pénétrant, il contemplait avec bienveillance les gens qui s'agitaient autour de lui, en répandant sur toute la création un large sourire satisfait.

– Si mes renseignements sont exacts, cet homme s'appelle Simon Poer, dit Cadfael, considérant son compagnon d'un œil brillant de curiosité. C'est un marchand de Guildford qui a entrepris ce pèlerinage pour le salut de son âme, et parce que cet été se trouve être une saison fort agréable. Voyez-vous une raison pour douter de tout cela?

– Peut-être s'appelle-t-il vraiment Simon Poer, répondit frère Adam. Il doit avoir à sa disposition une demi-douzaine d'autres noms, en cas de besoin. D'ailleurs, j'ignore son nom, mais je connais bien cette tête-là. Le père abbé a souvent besoin de moi en dehors de la clôture, ce qui m'a donné l'occasion de visiter la plupart des foires et des marchés du comté et au-delà. J'ai vu ce bonhomme – pas avec la robe de prévôt qu'il a maintenant sur le dos, croyez-moi, mais apparemment il s'est bien débrouillé, ces derniers temps – sur tous les champs de foire, cultivant la compagnie de tous ces jeunes fêtards naïfs qui fréquentent ce genre d'endroit. C'est ce qu'ils ont en poche qui l'intéresse. Vraisemblablement il joue aux dés. Aux dés pipés encore plus vraisemblablement. Si les affaires ne marchent pas fort, il doit être capable de voler une bourse ou deux. C'est plus risqué, mais plus rapide pour gagner de l'argent.

Un moine si savant et doté d'un tel esprit pratique, Cadfael n'en avait pas rencontré depuis belle lurette. Bien évidemment les missions effectuées dans le monde par frère Adam pour son abbé lui avaient permis d'en apprendre des choses. Cadfael le considéra avec un respect teinté de sympathie, et se tourna pour observer de plus près le marchand au sourire bienveillant.

– C'est lui, vous en êtes sûr?

– Oh! c'est bien lui, aucun doute là-dessus! Mais quant à l'accuser ouvertement de pratiques malhonnêtes, c'est une autre paire de manches. On ne l'a encore jamais pris sur le fait et il s'est toujours montré assez malin pour glisser entre les doigts du bailli. Tenez-le constamment à l'œil; c'est peut-être ici qu'il commettra l'erreur que finissent par commettre les gens de son acabit, et il aura ce qu'il mérite.

– Si vous avez raison, suggéra Cadfael, ne s'est-il pas beaucoup éloigné de chez lui? D'après ce que je sais, ce genre d'individu quitte rarement le lieu de ses exploits qu'il connaît comme sa poche. A moins que le Sud ne soit devenu si dangereux pour lui qu'il doive chercher ailleurs à exercer sa coupable industrie. Ce qui suppose quelque chose de plus grave que de tricher aux dés.

– Possible, dit frère Adam, avec un haussement d'épaules dubitatif. Parmi la racaille du Sud, d'aucuns ont trouvé profitable cette rivalité entre les factions, d'une manière ou d'une autre; tout comme les seigneurs et les nobles d'ailleurs. Ils ne se mêlent pas aux combats – bien trop dangereux! Mais quand dans les villes les gens des partis rivaux se trouvent ensemble, c'est du pain bénit pour eux. Il y a des bourses à voler, des émeutes à provoquer – discrètement, de loin –, d'inoffensifs vieillards apparemment riches qu'on peut assommer, poignarder dans le dos, ou voler dans la confusion... C'est tellement plus simple et plus sûr aussi que de se réfugier dans les bois et de vivre comme des sauvages, en attendant une proie, ainsi que leurs semblables, à la campagne.

C'était exactement ce qui s'était produit à Winchester, songea Cadfael, où un homme au moins avait été poignardé dans le dos et tué. Et si cet homme était recherché dans le Sud? C'était peut-être pour ça qu'il était si loin de son terrain de chasse habituel. Quelque chose de plus sérieux que de dépouiller des jeunes naïfs aux dés, d'accord, mais quoi? Un meurtre par exemple?

– Il y a également deux et trois bonshommes à l'hôtellerie qui me paraissent louches, dit-il, mais cet homme ne s'est pas approché d'eux pour autant que je sache. Néanmoins, j'en ai pris bonne note, j'ouvrirai l'œil et m'en vais inviter frère Denis à en faire autant. J'en toucherai également un mot à Hugh Beringar avant la fin de la soirée. Il sera certainement content d'avoir été prévenu, ainsi que le prévôt.

Puisque Ciarann se reposait tranquillement assis dans la cour du cloître, il aurait été dommage de le forcer à traverser les jardins pour se rendre à l'herbarium, alors que Cadfael avait des pieds en excellent état et que de plus, il veillait à se munir de solides sandales. Il prit donc le baume dont il s'était servi pour les plaies de Ciarann ainsi que la lotion qui aiderait à durcir les plantes fragiles de ses pieds, et il apporta le tout au cloître. Il y faisait bon au soleil de l'après-midi, et le gazon épais était élastique et doux à qui n'avait pas de souliers. Les roses commençaient à être en pleine floraison et leur parfum se répandait dans l'air comme une bénédiction. Mais, ah ces deux visages sombres, fermés ! L'un était-il vraiment condamné à une mort précoce et l'autre à perdre et à pleurer un ami si cher ?

Lorsque Cadfael approcha, Ciarann était en train de parler, et même quand il vit qu'un visiteur approchait, il continua jusqu'au bout, sans se troubler.

– ... tu perds ton temps, un point c'est tout. Ça n'arrivera pas. Rien ne changera, n'y compte pas. Jamais ! Tu serais bien mieux inspiré de me laisser et de rentrer chez toi.

L'un d'eux croyait-il au pouvoir de sainte Winifred et la priait-il dans l'espoir d'un miracle ? Tandis que l'autre, le malade, passionnément d'accord avec Rhunn, était bien décidé à offrir volontairement le sacrifice de son destin malheureux, plutôt qu'à demander à être guéri.

Matthieu n'avait pas encore remarqué l'approche de Cadfael.

– Épargne ton souffle ! Car je resterai avec toi, sans te quitter d'un pas, jusqu'à la fin, dit-il d'une voix profonde, calme et décidée, à peine audible.

Comme Cadfael arrivait tout près d'eux, ils se rendirent tous deux compte de sa présence. S'efforçant d'échapper à leurs angoisses personnelles, ils respirèrent à fond, et se contrôlèrent pour offrir au monde extérieur un visage normal. Ils s'écartèrent un peu l'un de l'autre et s'arrangèrent tant bien que mal pour accueillir Cadfael d'un sourire.

– Il n'y avait pas de raison à ce que je vous oblige à venir me voir, dit ce dernier, s'agenouillant et ouvrant sa besace sur l'herbe verte et lumineuse, alors que je marche plus facilement que vous. Restez donc assis, détendez-vous, et voyons les progrès qui restent à accomplir avant que vous puissiez repartir d'un cœur léger.

– C'est très aimable à vous, mon frère, dit Ciarann se reprenant avec un soupir. Soyez assuré que je pars sans y être obligé, car mon pèlerinage sera court et la fin sans surprise.

– Amen ! murmura Matthieu, à l'autre bout du banc.

Après quoi, c'est dans un silence complet que Cadfael soigna les plantes gonflées, et passa vigoureusement sa lotion sur cette peau martyrisée qui jusqu'alors avait toujours été protégée par de bonnes chaussures ; pour terminer il appliqua sur les plaies en voie de cicatrisation son onguent de grateron.

– Voilà ! Évitez de trop marcher jusqu'à demain, sauf pour vous rendre aux offices que vous jugerez indispensables. Ici, vous n'avez nul besoin d'aller loin. Je reviendrai demain, et je m'arrangerai pour que vous puissiez rester debout plus longtemps le jour suivant, quand on ramènera sainte Winifred chez elle.

A présent quand il parlait d'elle, il ne savait plus s'il évoquait vraiment les restes mortels de sainte Winifred dont on pensait généralement qu'ils se trouvaient dans ce reliquaire d'argent, ou, il fallait l'espérer, d'une émanation de son esprit, parfaitement capable d'exercer sa sainteté même dans un cercueil vide, un coffret, qui pis est, contenant les restes pitoyables d'un pécheur, indigne de sa charité, sujet cependant, comme tous les mortels, aux grâces souriantes et incompréhensibles de ceux d'en-haut. Si la logique pure était capable d'expliquer un miracle, il ne s'agirait plus d'un miracle, n'est-ce pas vrai?

Il s'essuya les mains à une poignée de laine et se releva. D'ici une vingtaine de minutes il serait temps d'aller à vêpres.

Il avait dit au revoir aux deux hommes et était presque arrivé à la voûte menant à la grande cour quand il entendit des pas rapides derrière lui et se sentit saisir par la manche. C'était Matthieu.

– Vous avez oublié ça.

Il s'agissait de son pot d'onguent, dont la grossière matière verdâtre se distinguait à peine de l'herbe et qui reposait dans la main du jeune homme, une main élégante, large, puissante, comme celle d'un artisan, avec de longs doigts. De ses yeux sombres, réservés mais ne dissimulant par leur curiosité, il scrutait le visage de Cadfael.

Ce dernier prit le pot en le remerciant et le remit dans sa besace. Ciarann était assis là où Matthieu l'avait laissé; il tournait vers eux un visage et un regard brûlants; ils étaient assez loin de lui, lui cachant un peu la lumière du jour, et il eut pendant un moment l'air d'une âme laissée à une solitude totale parmi la multitude.

Cadfael et Matthieu restèrent à s'examiner sans trop savoir quoi penser l'un de l'autre. Ainsi donc, c'était là ce jeune homme capable et décidé qui était entré en action quand il le fallait et à qui Melannguell avait donné son jeune cœur inexpérimenté, l'homme dont Rhunn avait espéré qu'il serait un soutien pour sa sœur, quoi qu'il puisse lui arriver à lui. Il semblait venir d'une bonne famille de gens cultivés, de petite noblesse terrienne sans doute. On lui avait appris un peu de latin et la pratique des armes. Comment expliquer alors, à moins de mettre cela au compte d'un amour exorbitant, qu'il en soit arrivé à courir les routes comme un vagabond sans le sou, avec un mourant pour seules racines et unique lien?

– Dites-moi la vérité, le pria Cadfael. Est-il absolument sûr et certain que Ciarann marche vers la mort?

Il y eut un bref moment de silence, les yeux profondément enfoncés de Matthieu s'agrandirent et s'assombrirent. Quand il parla, ce fut d'une voix douce et décidée.

– C'est vrai. Il en porte déjà la marque. A moins d'un miracle de votre sainte, il n'est rien qui puisse le sauver. Ni moi! conclut-il abruptement, et d'un mouvement brusque, il se détourna pour retourner vers celui qu'il veillait jalousement.

Cadfael décida de sauter le souper au réfectoire. Au lieu de manger, il s'engagea sur la Première Enceinte, se dirigeant vers la ville. Il passa le pont qui enjambait la Severn, franchit la porte et, gravissant la pente incurvée de la Wyle, se dirigea vers la maison que Hugh Beringar avait en ville, où il prit un siège et cajola Gilles, son filleul. L'enfant solide, superbe, ne manquait pas de caractère. Il avait la blondeur de sa mère, avec des membres longs; un jour il serait plus grand que son père, qui avait la peau douce, et un sourire sarcastique. Aline apporta du vin et de quoi manger pour son époux et son ami, avant de s'asseoir et de tirer l'aiguille, couvant de temps à autre les deux hommes d'un regard souriant, serein et satisfait. Quand son fils s'endormit sur les genoux de Cadfael, elle se leva et emporta doucement le petit garçon. Il était lourd pour elle, mais elle avait appris à le porter sans fatigue en le prenant sur son bras et son épaule. Cadfael la regarda avec affection emmener son fils au lit, dans la pièce voisine dont elle ferma la porte.

– Comment cette jeune femme peut-elle devenir chaque jour plus radieuse et plus ravissante? J'ai vu plus d'une jolie fille se faner au cours de son mariage. Mais elle, cet état lui convient aussi bien qu'un halo à une sainte.

– Oh! mais le mariage n'a pas que des inconvénients! dit Hugh tranquillement. Est-ce que j'ai l'air si malheureux, moi qui vous cause? Bien qu'il s'agisse d'un sujet étrange pour un vieux célibataire comme vous... malgré toutes vos aventures dans le siècle avant de prendre l'habit! Vous ne deviez pas avoir une opinion bien haute du mariage, sinon vous auriez essayé vous-même. Vous n'avez prononcé vos vœux qu'après la quarantaine alors que, quand vous étiez jeune et gaillard, vous avez écumé tout l'Orient avec les meilleurs chevaliers. Est-ce que je sais, moi, si vous n'avez pas une Aline, quelque part dans vos souvenirs, que vous chérissez autant que moi la mienne? Peut-être même un petit Gilles à vous, ajouta-t-il avec un sourire plus malicieux maintenant...

Cadfael eut beau se montrer calme, parfaitement à l'aise et bienveillant, son silence n'en fut pas moins comme un avertissement muet pour Hugh qui ne manquait pas d'intuition. Alors qu'il était à demi assoupi sur ses coussins, après une longue journée passée dehors, il ouvrit un œil noir et attentif, étudia le visage pensif de son ami, et revint avec tact à des problèmes d'ordre pratique.

– Ainsi ce Simon Poer est une célébrité dans le Sud. Un grand merci à vous et à frère Adam pour le coup de main, bien que jusque-là, le bonhomme se soit tenu à carreau par ici. Mais quant aux autres que vous m'avez décrits... A la taverne de Wat, sur la Première Enceinte, on a l'habitude de remarquer les étrangers qui viennent à l'occasion des foires ou des fêtes et qui se répandent à travers la ville. Wat a dit à mes hommes qu'il y a un groupe de nouveaux clients, des joyeux lurons, dont certains sont des étrangers. Il pourrait parfaitement s'agir des gens dont vous parlez. Évidemment, on y trouve, comme d'habitude, des jeunes freluquets de la ville et de la Première Enceinte, avec plus d'argent que de bon sens. Ils boivent comme des trous et jouent aux dés. Et Wat n'apprécie guère la façon dont tournent les parties.

– C'est bien ce que je supposais, soupira Cadfael, avec un hochement de tête. A chacune de nos messes, ils célèbrent ailleurs l'office des joueurs. Et bien entendu, puisque ces jeunes idiots ont de l'argent et peu de cervelle, ils les aident à le dépenser; ça rétablit l'équilibre. Mais je ne doute pas que Wat soit capable de reconnaître des dés plombés.

– Il est également capable de se débarrasser de ce fléau. Il a glissé à l'oreille d'un des étrangers que sa taverne était surveillée et qu'ils seraient bien inspirés d'aller exercer leurs talents ailleurs. Pour ce soir, un de ses serveurs ouvrira l'œil, histoire de voir où ils vont se retrouver. Demain soir, on leur tombera dessus et, si tout va bien, on se débarrassera d'eux au bon moment, juste pour le jour de la fête.

Ce coup de balai serait une bonne chose, songea Cadfael, qui rebroussait chemin et repassait le pont à cette heure limpide du début du crépuscule. A ses pieds l'eau du fleuve enroulait ses volutes dont le soleil reflétait les éclats et le niveau des eaux, plus bas en été, accentuait le dessin des îles, entourées de plantes aquatiques brunes, noyées dans le courant. Mais jusqu'à présent la lumière ne renvoyait aucun de ses rayons, même fantomatiques, pour éclairer ce meurtre, commis loin dans le Sud, au pays dont venait Simon Poer, le marchand. Pèlerinage entrepris par une âme respectable? Ou fuite devant la justice, trop pointilleuse pour sa sécurité et qu'un acte plus grave que de dépouiller des imbéciles avait mise en branle? Cadfael cependant se sentait trop vieux pour se bercer d'illusions hautaines même à ce sujet, même s'il est vrai – oh! combien! – que les joueurs méritent tout ce qui leur arrive.

La grande porte de l'abbaye était fermée, mais le guichet était resté ouvert, qui laissait pénétrer les rayons du soleil qui venaient de l'ouest. Un peu ébloui, Cadfael heurta légèrement un autre arrivant et fut quelque peu étonné quand une main ferme et respectueuse le prit par le coude.

– Je vous souhaite une bonne nuit, mon frère, dit à son oreille une voix mélodieuse, dont le propriétaire, qui rentrait, le suivait de près.

Et Simon Poer, solide, massif, vêtu d'une ample robe de laine, qui se prétendait marchand à Guilford, le dépassa d'un pas vif et, traversant la grande cour, se dirigea vers l'escalier de pierre de l'hôtellerie.

6

Ce matin du 21 juin, veille de la translation de sainte Winifred, les fidèles sortaient de la grand-messe. A l'extérieur, la matinée était radieuse. L'abbé qui regagnait ses appartements d'un pas mesuré fut brutalement dérangé par un hurlement soudain exprimant l'effarement, jailli du sein de la foule qui se dispersait. Une silhouette frénétique en sortit se dandinant gauchement sur ses pieds nus et l'homme agrippa la robe de l'abbé, en jetant un grand cri d'indignation.

– Père abbé, assistez-moi en ami et rendez-moi justice, car on m'a volé ! Un voleur, il y a un voleur parmi nous !

Étonné autant que préoccupé l'abbé regarda le visage convulsé de Ciarann, tout rouge de colère et de détresse.

– Je vous en prie, père, que justice soit faite ! Je suis perdu si vous ne m'aidez pas !

Avec un peu de retard, il se rendit compte de ce que cette violence avait de déplacé et il tomba à genoux, aux pieds de l'abbé.

– Je vous demande pardon ! Je fais trop de bruit et je dérange tout le monde, je ne sais plus ce que je dis !

Le cortège de fidèles, joyeux et bruyants, qui sortait juste de l'église devint aussitôt silencieux mais, au lieu de se disperser, se groupa autour des deux hommes pour regarder et écouter, dévoré de curiosité. Les moines de la communauté, empêchés de se retirer en bon ordre, s'immobilisèrent, vaguement ennuyés. Cadfael chercha derrière Ciarann, agenouillé et suppliant, son alter ego et découvrit Matthieu qui se frayait un chemin dans la foule, la bouche et les yeux grands ouverts, manifestement stupéfait. Il s'immobilisa à quelques pas, son regard aux sourcils froncés allant sans cesse de l'abbé à Ciarann, cherchant à comprendre la cause de ce soudain remue-ménage. Se pouvait-il que quelque chose fût arrivé à l'un des deux inséparables, sans que l'autre n'en sût rien?

– Relevez-vous! dit l'abbé, très calme. Inutile de vous mettre à genoux. Dites ce que vous avez à dire et l'on vous rendra justice.

Un profond silence se répandit partout, jusque dans les endroits les plus lointains de la grande cour. Ceux qui en étaient déjà presque sortis revinrent sur leurs pas et se rapprochèrent discrètement, l'œil aux aguets, l'oreille tendue, pour se fondre dans la foule déjà rassemblée.

Ciarann se releva, déversant un flot de paroles avant d'être debout.

– J'avais une bague, père, la réplique exacte de celle que monseigneur l'évêque de Winchester garde pour les grandes occasions, et qui porte sa devise et son sigle. Il se sert de ces répliques comme sauf-conduits pour ceux qu'il envoie pour ses affaires ou avec sa bénédiction, afin qu'elles leur ouvrent les portes ou leur tiennent lieu de protection sur la route. Cette bague a disparu, père.

– Vous avait-elle été donnée par Henri de Blois lui-même ? demanda Radulphe.

– Non, père, pas personnellement. J'étais au service du prieur de l'abbaye de Hyde, c'est un laïc, quand cette maladie mortelle m'a frappé. J'ai alors promis de passer le temps qui me restait parmi les chanoines d'Aberdaron. Mon prieur – vous savez qu'il n'y a pas d'abbé à Hyde, et que cette situation dure depuis plusieurs années – mon prieur a demandé à monseigneur l'évêque, dans sa grande bonté, de me fournir toute la protection possible pour le voyage...

Voilà donc le point de départ de ce drôle de pèlerinage, songea Cadfael, qui y voyait plus clair : il s'agit de Winchester même, ou de son voisinage immédiat, ce qui ne changeait pas grand-chose, car le moutier neuf de cette ville qui depuis toujours jalousait l'ancien, où présidait l'évêque Henri, avait été forcé d'abandonner son siège au centre trente ans auparavant, et avait été relégué à Hyde Mead, faubourg au nord-ouest de la cité. La communauté de Hyde et l'évêque ne débordaient pas d'affection réciproque : en effet c'était grâce aux manœuvres de ce dernier que Hyde était privé d'abbé depuis si longtemps, Henri ayant l'ambition de transformer la communauté en monastère épiscopal. Le combat durait depuis un bout de temps, l'évêque utilisait tous les stratagèmes possibles et imaginables pour parvenir à ses fins, et le prieur faisait flèche de tout bois pour contrer ses manœuvres. Il semblait cependant que Henri fût encore capable de compassion, même envers un serviteur d'une maison hostile, si celui-ci se trouvait menacé par la maladie et la mort. Le voyageur sur qui l'évêque-légat avait posé sa main protectrice passerait sans dommage partout où l'on gardait quelque respect pour la loi. Seules d'indécrottables canailles oseraient s'en prendre au pèlerin.

– La bague a disparu, père, on me l'a volée ce matin même. Regardez, on a coupé les cordons auxquels elle était attachée! s'exclama Ciarann en montrant la besace de tissu banal qu'il avait à sa ceinture, ainsi que les deux bouts de cordonnet qui pendaient, coupés net. Avec un couteau bien aiguisé! Quelqu'un ici a une arme de ce genre. Et ma bague a disparu!

Le prieur Robert était maintenant aux côtés de l'abbé, mais si agité que ses cheveux d'argent flottaient en désordre.

– Cet homme dit vrai, père. Il m'a montré l'anneau qu'on lui avait donné pour lui assurer secours et hospitalité en route. C'est très regrettable, très grave. Puisque la bague a disparu, ne faudrait-il pas fermer la porte pendant qu'on la cherche?

– Soit, répondit Radulphe et, silencieux, il vit frère Jérôme, toujours prêt à lécher les sandales du prieur, courir demander qu'on exécutât cet ordre. Maintenant reprenez-vous, ce que vous avez perdu ne doit pas être loin. Donc, vous ne portiez pas cette bague que vous gardiez attachée par cette cordelette dans votre besace?

– Oui père. Je ne saurais vous dire combien elle m'était précieuse.

– Quand l'avez-vous vue, sans aucun doute possible, pour la dernière fois?

– Je l'avais encore ce matin, père, j'en suis certain. Les quelques biens que je possède, vous les avez sous les yeux. Si cette cordelette avait été coupée cette nuit, pendant mon sommeil, comment aurais-je pu ne pas m'en rendre compte? Ce n'est pas possible. Ce matin tout ce que j'avais était intact, comme quand je me suis couché. On m'a demandé de me reposer à cause de mon vœu. Aujourd'hui, je ne suis sorti que pour aller à la messe. Dans l'église même, un être malveillant a bafoué les lois les plus sacrées et m'a dérobé ma bague.

Il est vrai, songea Cadfael en regardant attentivement chacun des curieux, qu'il ne serait pas difficile, au sein de cette foule, de trouver les cordons qui retenaient l'anneau, de le sortir de sa cachette, de sectionner le cordonnet et de se sauver avec l'objet du délit sans attirer l'attention, sans que personne ne remarque rien, pas même la victime. Le travail avait été parfaitement exécuté, avec tant de maîtrise que Matthieu, à qui rien n'échappait de ce qui touchait son ami, n'y avait vu que du feu. Car Matthieu était là, l'œil rond, manifestement stupéfait et ne semblant pas avoir encore enregistré ce qui venait d'arriver. Son visage, immobile et fermé, était indéchiffrable et il suivait attentivement Ciarann, l'abbé ou le prieur quand ils prenaient la parole. Cadfael constata que Melannguell s'était subrepticement rapprochée de lui et l'avait saisi par la manche, non sans hésitation. Il ne chercha pas à se dégager. A en juger par la façon imperceptible dont il releva la tête et dont ses yeux s'agrandirent, il savait qui se trouvait là ; sa main chercha et serra celle de la jeune fille, mais toute son attention demeurait fixée sur Ciarann. Dans leur dos, pas très loin, se dressait Rhunn, appuyé sur ses béquilles, et son visage ouvert exprimait l'effarement, tandis que celui de sa tante Alice, tout proche du sien, était rose de curiosité. « Nous sommes tous là, se dit Cadfael, et aucun de nous ne sait ce qui se passe dans la tête du voisin, ni qui est coupable de ce larcin, ni ce qui en sortira pour tous les curieux ici présents. »

– Ne pourriez-vous nous dire qui se trouvait près de vous pendant le service? suggéra le prieur. Si en effet un mécréant a utilisé à ses fins le saint office pour commettre un vol pendant l'heure sacrée de la messe...

– Je n'avais d'yeux que pour l'autel, père!

Tremblant de ferveur contenue, Ciarann tenait sa besace ouverte afin qu'on y vît les quelques objets qu'il possédait.

– Nous étions si nombreux, serrés les uns contre les autres... comme il convient dans un pareil sanctuaire... Matthieu était derrière moi, tout près, comme toujours. Comment pourrais-je vous dire qui d'autre il pouvait bien y avoir? Il n'y avait personne, homme ou femme, à ne pas être serré de près.

– C'est la vérité, opina Robert, le prieur, à qui cette foule causait un incontestable plaisir. Les portes sont fermées, père, tous ceux qui étaient présents à l'office sont là. Et nous voulons tous, n'est-ce pas, voir cette affaire éclaircie.

– Oui, certes, répliqua sèchement Radulphe. A une exception près, il y a quelqu'un qui a introduit dans nos murs un couteau assez tranchant pour sectionner net ces cordonnets. Quelles que soient les autres raisons qu'il ait pu avoir, je lui demande de réfléchir, pour le salut de son âme. Tous les hommes de bonne volonté en ces lieux auront à cœur de nous aider en montrant d'eux-mêmes ce qu'ils possèdent. Ainsi que tous nos hôtes qui n'ont ni vol ni sacrilège sur la conscience. Nous veillerons à ce qu'il y ait une enquête afin d'établir si d'autres objets de valeur n'ont pas disparu. Car là où il y a vol, il y a nécessairement un voleur.

– Comptez sur nous, père, déclara Robert, avec ferveur. Aucun pèlerin honnête ne refusera de nous prêter main-forte. Comment pourrait-il accepter de loger sous le même toit qu'un voleur?

Il y eut un murmure général d'assentiment avec un peu de retard peut-être, car chacun tenait son voisin à l'œil, avant de s'efforcer hâtivement d'être le premier à parler. Ils venaient de partout, ne se connaissant ni d'Ève ni d'Adam; ils s'étaient réunis, avaient lié amitié comme toujours en pareilles circonstances, mais comment savoir qui était innocent et qui suspect, maintenant que le monde désignait ce troupeau humain d'un doigt impitoyable?

– Père, supplia Ciarann qui suait et tremblait encore sous le coup du désarroi, voici, dans cette besace, tout ce que j'ai apporté dans cette enceinte, pour que vous l'examiniez. Vous constaterez qu'on m'a effectivement volé. Je suis venu ici sans même des chaussures aux pieds, tout ce que je possède est entre vos mains. Matthieu, mon compagnon, agira de même tout aussi volontiers, à titre d'exemple pour inciter tous ceux qui tiennent à montrer qu'ils sont sans tache à se comporter comme nous. Ils ne refuseront pas de suivre notre exemple.

A ces mots, Matthieu retira sèchement sa main de celle de Melannguell. Il fit glisser sa besace en tissu écru, très semblable à celle de Ciarann, sur sa hanche. Le maigre équipement de voyage de Ciarann était ouvert, entre les mains du prieur. Robert remit en place ces quelques objets et suivit le regard angoissé de Ciarann.

– Voici, père, et c'est de tout cœur, dit Matthieu, délivrant le petit sac de ses attaches et le tendant.

Robert le remercia d'un grave signe de tête, l'ouvrit et le fouilla avec beaucoup de tact. Il évita de montrer ce qu'il y avait à l'intérieur, se contentant d'examiner le contenu : une chemise de rechange, des caleçons de toile, froissés d'avoir été ainsi rangés, et qu'on avait lavés en chemin, apparemment plus d'une fois. Quelques objets de toilette, comme en ont les gentilshommes, un rasoir, un morceau de savon de lessive, un bréviaire à la reliure de cuir, une bourse plate, un trophée de ruban brodé et plié! Robert sortit uniquement l'objet qu'il lui semblait nécessaire de montrer : un poignard dans son fourreau, comme tous les gentilshommes en portent à la hanche droite, un peu plus long qu'une main.

– C'est bien à moi, affirma Matthieu, regardant l'abbé droit dans les yeux. Je ne m'en suis pas servi pour couper ces cordonnets, ni ne l'ai sorti depuis mon arrivée parmi vous, père abbé.

Radulphe examina l'arme, puis son propriétaire, et eut un bref signe de tête.

– Je comprends fort bien qu'un jeune homme ne tienne pas à s'aventurer sur les routes aujourd'hui, sans rien pour se défendre. A plus forte raison s'il doit défendre quelqu'un qui, lui, ne porte pas d'arme. Si je comprends bien, c'est votre cas, mon fils. Dans ces murs, pourtant, vous n'êtes pas censé être armé.

– Certes, mais alors qu'aurais-je dû faire? demanda Matthieu, se raidissant et il y avait dans sa voix quelque chose comme du défi.

– Ce que vous devez faire maintenant, répondit Radulphe avec fermeté. Confiez donc votre poignard au frère portier, à la loge, vous ne serez pas le premier. Et quand vous repartirez, il vous suffira de le demander.

Il n'y avait qu'à s'exécuter, de bonne grâce, à baisser la tête, et à céder courtoisement. Matthieu ne s'en tira pas mal, mais sans enthousiasme.

– Très bien, père; je vous prie de m'excuser de ne pas avoir demandé conseil auparavant.

– Mais père, supplia Ciarann, très inquiet, ma bague... Comment parviendrai-je au bout de mon voyage, si je n'ai plus mon sauf-conduit?

– Nous chercherons votre anneau partout dans l'abbaye et quiconque se sait innocent de ce vol, dit l'abbé, élevant la voix pour que chaque membre de l'assistance, fût-il loin de lui, puisse l'entendre, aura à cœur de montrer ce qu'il possède pour qu'on l'examine. Veillez-y, Robert!

Sur ce, il continua son chemin et la foule, après l'avoir regardé s'éloigner en silence, se dispersa. Des murmures soudains éclatèrent où se mêlaient excitation et commentaires. Le prieur prit Ciarann sous son aile, se dirigeant avec lui vers l'hôtellerie pour demander à frère Denis de l'aider à rechercher la bague de l'évêque, et Matthieu, non sans un regard hésitant vers Melannguell, tourna les talons, s'empressant de les suivre.

Trouver des gens plus innocents et coopératifs que les hôtes de l'abbaye de Shrewsbury ce jour-là n'eût pas été chose facile. Chacun ouvrit son paquetage ou son coffret pour exposer à tous son inaltérable vertu. L'enquête, que l'on conduisit aussi discrètement que possible, se prolongea tout l'après-midi, mais on ne trouva nulle trace de la bague. De surcroît, un ou deux occupants du dortoir, gens plutôt à l'aise, qui n'avaient pas eu jusqu'alors l'occasion d'examiner leurs bagages à fond, ne furent guère récompensés de leurs efforts. Un petit propriétaire de Lichfield s'aperçut que la bourse qu'il avait emportée en cas de besoin avait sérieusement diminué depuis le jour de son départ. Maître Simon Poer, un des premiers à montrer ce qu'il avait, et dont la condamnation d'un crime aussi affreux avait été particulièrement vive, prétendit qu'on lui avait dérobé une chaîne d'argent qu'il comptait présenter à l'autel le lendemain. Un pauvre prêtre de campagne, pour qui ce pèlerinage était le couronnement de ses rêves, resta à se lamenter sur la disparition d'un petit coffret qu'il avait fabriqué de ses propres mains depuis plus d'un an, décoré d'incrustations d'argent et de verre, et dans lequel il avait espéré rapporter un souvenir de sa visite, une fleur séchée du jardin, voire un ou deux fils pris aux franges de la nappe de l'autel sur lequel reposerait le reliquaire de sainte Winifred. Un marchand de Worcester fut incapable de retrouver la superbe ceinture de cuir de sa plus belle tunique qu'il s'était réservée pour le lendemain. Un ou deux autres, enfin, soupçonnèrent qu'on avait fouillé dans leurs affaires, sans rien y trouver d'intéressant, ce qui était pire que tout.

L'inspection touchait à sa fin, sans aucun résultat, quand Cadfael retourna à sa cabane, juste à temps pour attendre l'arrivée de Rhunn. Le garçon ne tarda pas à se présenter, à l'heure, les yeux grands ouverts, pensif, et il laissa Cadfael s'occuper de lui passivement, sans souffler mot. Le moine put fouiller un peu plus fermement dans la chair contractée.

– Vous n'avez pas trouvé d'autre couteau, cet après-midi, mon frère? dit-il enfin, en levant la tête.

– Non, aucun.

On était bien sûr tombé, c'était très compréhensible, sur quelques petits canifs, du genre de ceux qu'on utilise pendant la halte du soir pour couper le pain ou la viande, ou quand on s'arrête sous une haie. Beaucoup d'entre eux étaient suffisamment aiguisés pour cette sorte de tâche, mais quant à s'en servir pour trancher net deux solides cordelettes sans laisser aucune trace, c'était une autre histoire.

– Les hommes imberbes emportent aussi des rasoirs, et un rasoir qui ne coupe pas serait une abomination. Quand un voleur pénètre dans nos murs, mon petit, il est bien difficile aux honnêtes gens de prendre leurs précautions. Celui qui n'a pas de scrupule a toujours l'avantage sur ceux qui respectent les règles. Mais toi, au moins, tu n'as pas à t'en faire, tu n'as causé de tort à personne. Et il ne faut pas que cette mésaventure te gâche la journée de demain.

– Non, non, acquiesça le garçon, nullement apaisé. Mais mon frère il y a ici au moins un autre couteau. Avec son fourreau et tout et d'une bonne longueur qui plus est. Je le sais, je me suis retrouvé serré contre son propriétaire, hier à la messe. Vous pensez bien qu'il faut que je tienne fort mes béquilles quand je dois rester debout longtemps. Lui, il avait à la ceinture une grosse bourse en tissu, qui pesait contre mon bras au milieu de toute cette foule. J'ai senti la forme de ce couteau, avec sa garde cruciforme. Vous pouvez me croire! Mais vous ne l'avez pas trouvé.

– Et qui donc portait cette arme sur lui à la messe? demanda Cadfael, continuant à masser les tissus qui résistaient sous ses doigts.

– C'était ce grand marchand avec sa robe en belle laine de la vallée. J'ai appris à connaître les étoffes. Mais vous n'avez pas trouvé son couteau. Peut-être l'a-t-il donné au frère portier, tout comme Matthieu y a été obligé maintenant.

– Possible, murmura Cadfael. Dis-moi, quand as-tu découvert ça? Hier? Et aujourd'hui, est-ce qu'il était encore près de toi?

– Non, pas aujourd'hui.

Eh non, aujourd'hui il était resté sans broncher, pour voir comment les choses allaient se dérouler, prêt à ouvrir sa bourse avant tout le monde, en cas de besoin, avec un sourire bienveillant envers l'abbé qui ordonnait que l'on désarmât un autre que lui. A ce moment-là, l'homme n'avait certainement pas de couteau sur lui. Cependant, il s'en était bien débarrassé entre-temps. Dans l'abbaye ce n'étaient pas les endroits qui manquaient pour dissimuler un poignard et de petits objets de valeur. Cette fouille n'avait été qu'un leurre, à moins que les autorités ne fussent prêtes à garder les portes fermées et les hôtes prisonniers jusqu'à ce qu'on eût retourné chaque pouce carré des jardins et mis en pièces tous les lits et bancs du dortoir. Au début, les malandrins l'emportent toujours sur les honnêtes gens.

– C'était injuste d'obliger Matthieu à se séparer de son poignard alors qu'un autre avait toujours le sien, affirma Rhunn. Et Ciarann a tellement peur de continuer sa route maintenant qu'il n'a plus sa bague! Il ne veut même plus sortir du dortoir avant demain. Ce vol l'a rendu malade.

Oui, cela semblait plausible. Et soudain Cadfael se rendit compte que l'histoire ne tenait pas debout : voilà un homme soi-disant mort de peur qui vient de déclarer tranquillement qu'il est condamné à mort. Alors que craignait-il, lui qui semblait accepter sa fin prochaine?

Cependant, les êtres sont étranges, se dit Cadfael après coup. Et puis mourir bien tranquillement à Aberdaron, entouré par les prières et la compassion de ceux qui avaient prononcé le même vœu, n'a, a priori, aucun rapport avec un crime crapuleux commis par des étrangers ou des bandits de grand chemin, sur une route déserte.

Mais ce Simon Poer, bon, il détenait hier un couteau bien tranchant, pourquoi ne l'aurait-il pas eu sur lui aujourd'hui, dans la foule qui se pressait à la messe? A quoi diable l'avait-il utilisé avant que Ciarann ne se rendît compte du vol? Et comment avait-il su qu'il lui fallait s'en débarrasser, et vite encore? Qui, sinon le voleur, pouvait prendre une telle précaution?

– Arrête de te mettre martel en tête et pour Matthieu et pour Ciarann, dit Cadfael, regardant le beau visage vulnérable du garçon. Pense seulement à demain, quand tu t'approcheras de sainte Winifred. Dieu et elle te voient parfaitement, ils n'ont nul besoin qu'on leur dise de quoi tu as besoin. Tout ce qui importe, c'est d'attendre calmement ce qui va se passer. Quoi qu'il arrive, ça ne viendra pas par hasard. As-tu pris ta potion la nuit dernière?

Rhunn écarquilla ses yeux, pâles et brillants, comme un soleil à travers un glacier, d'une clarté aveuglante.

– Non. La journée a été bonne, je voulais rendre grâce. Ce n'est pas que je n'apprécie pas l'aide que vous pouvez m'apporter. Seulement, j'aimerais aussi donner quelque chose. Et j'ai dormi, c'est vrai, j'ai bien dormi...

– Fais-en autant cette nuit, ordonna doucement Cadfael, qui, passant le bras autour de la taille du garçon, l'aida à se remettre sur pied. Récite tes prières, pense sérieusement à la meilleure façon de te comporter, agis en conséquence, et dors. Aucun homme au monde, ni roi, ni empereur, n'a le pouvoir d'en faire davantage ou mieux, ni de se remettre en de meilleures mains.

Pendant toute la journée, Ciarann refusa de quitter l'hôtellerie; contrairement à Matthieu qui, par extraordinaire, sortit du passage voûté. Il se tenait au sommet de l'escalier de pierre menant à la grande cour, tendant les mains pour toucher la surface de la lourde porte, puis il rejeta la tête en arrière pour respirer avidement l'air du soir. Le souper était terminé; comme chaque soir un léger frémissement se répandit dans la cour, où s'exprimait le plaisir apaisant que procurait ce moment de fraîcheur précédant complies.

Devant s'occuper de menus travaux à l'herbarium, frère Cadfael avait quitté la salle capitulaire avant la fin des lectures. Il se dirigeait vers le jardin quand, du coin de l'œil, il vit un jeune homme debout en haut de l'escalier, qui aspirait profondément avec un plaisir évident. Pour une raison mystérieuse, Matthieu paraissait plus grand du fait qu'il était seul, plus jeune aussi. Dans la douce lumière du soir, son visage impassible était calme. Quand il se mit en marche et commença à descendre vers la cour, instinctivement Cadfael chercha la silhouette de celui qui aurait dû se tenir près de lui, ou plus exactement, à sa place ordinaire, c'est-à-dire légèrement devant lui; mais pas de Ciarann. Bon, on lui avait suggéré de se reposer, il avait probablement obéi de bon cœur, mais jamais encore Matthieu ne l'avait laissé seul, ni de jour ni de nuit, pendant la veille ou le repos. Pas même pour suivre Melannguell ou alors malgré lui et seulement d'un regard morose.

« Les gens, songea Cadfael, passant son chemin sans se presser, les gens n'en finissent pas de nous surprendre... ni moi d'être curieux. » Il faudrait peut-être se confesser de ce péché, qui lui vaudrait une pénitence. Mais tant qu'un homme s'intéresse à ses semblables, cette attitude seule l'empêche de s'étioler.

Pourquoi les gens font-ils ce qu'ils font? Pourquoi, si l'on se sait malade, à l'article de la mort, et si l'on souhaite atteindre un havre de paix, avant la fin, pourquoi se condamner à parcourir tout ce chemin nu-pieds, et se charger d'un poids autour du cou? Est-ce que l'on se rend ainsi plus aimable envers Dieu, alors qu'on aurait pu, en route, aider un infirme de naissance et non par sa propre faute? Qui mérite davantage la compassion que ce petit Rhunn par exemple?

Et pourquoi consacrer sa jeunesse et sa force à suivre un autre homme pas à pas, à travers tout le pays, et pourquoi cet autre homme accepte-t-il cette situation, alors qu'il ne devrait songer qu'à trouver la paix, à se séparer décemment de ses amis, et non à imposer ses propres peines à autrui?

Il s'arrêta net, au moment de tourner le coin de la haie d'ifs et de pénétrer dans la roseraie. Ce n'était pas son frère humain qu'il vit assis dans l'herbe, de l'autre côté des parterres de fleurs, contemplant l'étendue des champs de pois au loin, et les flots argentés, pierreux et bas de la Meole, mais la compagne de celui-ci immobile, solitaire, les genoux repliés sous le menton, et les bras serrés autour de ses jambes. La tante Alice était probablement en pleine conversation avec une demi-douzaine de dignes matrones de son âge; quant à Rhunn, il était sûrement déjà couché. Melannguell s'était subrepticement éloignée pour être seule au jardin et penser à ses rêves déçus, à ses espoirs irréalisables. Elle formait comme une petite ombre entourée d'un halo d'or sur fond de soleil couchant. A en juger par l'aspect du ciel, la journée du lendemain, consacrée à sainte Winifred, serait belle et sans nuages.

Ils se trouvaient séparés par toute la largeur de la roseraie, si bien qu'elle ne l'entendit pas emprunter le sentier couvert d'herbe pour finir à l'atelier son travail de la journée. Il vérifierait que tout était bien rangé, tous ses pots et flacons correctement bouchés; il s'assurerait enfin que le brasero, qu'il avait utilisé tout à l'heure, était bien éteint. Frère Oswin, tout jeune, enthousiaste et dévoué qu'il fût, était très capable de négliger ce genre de détails, même si la période où il cassait n'importe quoi était terminée. Cadfael vérifia tout; il n'y avait rien à redire. Il disposait de son temps à présent, y compris celui de s'asseoir dans la pénombre qui sentait bon le bois et de réfléchir. Ces moments, d'autres les consacreraient à se chercher ou à se fuir, mettraient à profit ces derniers instants de la journée ou les laisseraient perdre. Pour les trois marchands d'une vertu parfaite, Walter Bagot, le gantier, John Shure, le tailleur et le maréchal-ferrant William Hales, ils se rendraient là où leur partie de dés devrait avoir lieu cette nuit, et se jetteraient tête baissée dans le piège tendu par Hugh. Quant à Simon Poer, personnage plus ambigu, il se servirait de ce répit pour se sauver ou bien pour vaquer à l'une de ses occupations nocturnes. Cadfael avait vu deux membres du trio franchir le portail suivi par le troisième larron quelques minutes plus tard. Il était d'ailleurs certain que le pseudo-marchand de Guildford ne tarderait pas à les suivre. Il était également temps pour ce mystérieux jeune homme solitaire, provisoirement libéré de sa chaîne, de parcourir tout le territoire qui s'offrait soudain à lui et de tomber sur la jeune fille solitaire, elle aussi.

Cadfael posa les pieds sur le banc de bois et, profitant de ce bref répit, ferma les yeux.

Matthieu fut derrière elle avant qu'elle ne s'en rendît compte. Elle sursauta en entendant sous ses pas le bruissement soudain des longues herbes desséchées par le soleil. Inquiète, elle se retourna, se mit maladroitement à genoux, et leva vers le visage du garçon ses yeux agrandis, à moitié éblouie par l'éclat du couchant qu'elle fixait sans ciller depuis un moment. Elle avait un visage très ouvert, vulnérable et enfantin. Elle le regarda comme elle l'avait regardé le jour où il l'avait saisie dans ses bras en l'entraînant dans le fossé, pour éviter les chevaux lancés au galop. De la même manière, elle avait écarquillé les yeux et l'avait regardé, encore étourdie, effrayée, et de la même façon, ses craintes s'étaient changées en un plaisir mêlé d'admiration, tant elle l'avait trouvé rassurant, bon, merveilleux.

Ce simple échange de regards ne dura pas longtemps. Elle cligna des paupières, secoua un peu la tête pour retrouver une vision claire et regarda derrière lui, surprise, incapable de croire qu'il pût être seul.

– Ciarann...? Tu as besoin de quelque chose pour lui?

– Non, dit Matthieu d'une voix brève, et l'espace d'un moment, il tourna la tête. Il est au lit.

– Mais tu ne quittes jamais son chevet! s'exclama-t-elle innocemment, un peu inquiète.

Elle avait beau en vouloir à Ciarann, elle avait pitié de lui et ne l'en comprenait pas moins.

– Comme tu vois, je l'ai laissé, répliqua sèchement Matthieu. J'ai moi aussi besoin... de respirer un peu. Il est très bien où il est, et il ne bougera pas.

– Je savais bien que ce n'est pas pour moi que tu es venu, dit-elle, amère et résignée.

Elle fit mine de se lever, avec autant de vivacité que de grâce mais, presque contre sa volonté apparemment, il tendit la main, pour la prendre par le poignet et la soulever. Il s'écarta tout aussi vite en remarquant qu'elle évitait son contact et se remettait seule sur pied.

– Au moins, dit-elle sans ambages, ne t'es-tu ni détourné, ni enfui quand tu m'as vue. Je devrais t'en être reconnaissante.

– Je ne suis pas libre, protesta-t-il, piqué au vif. Tu le sais mieux que personne.

– Tu ne l'étais pas non plus quand nous étions ensemble sur la route, riposta Melannguell, farouche, ni quand tu portais mes paquets, que tu marchais à côté de moi, et que tu laissais Ciarann se traîner devant, pour qu'il ne puisse pas voir comme tu me souriais alors, comme tu étais courtois, et comme tu m'aidais quand la route était dure. Tu me parlais doucement comme si tu avais plaisir à être à mes côtés. Pourquoi ne m'as-tu pas prévenue, à ce moment-là, que tu n'étais pas libre? Ou mieux, pourquoi n'as-tu pas pris une autre route, en nous laissant nous débrouiller? Là j'aurais eu le loisir de comprendre de quoi il en était. J'aurais fini par t'oublier. Maintenant c'est trop tard! Je ne t'oublierai jamais, jusqu'à mon dernier jour!

Les lèvres et tout le visage du jeune homme se crispèrent devant elle. Mais était-il furieux? Souffrait-il? Elle n'aurait pas pu le dire. Elle le dévisageait de trop près, avec trop de passion, pour y voir très clair. Il détourna brusquement la tête pour échapper à son regard.

– Tes reproches sont justifiés, murmura-t-il d'une voix dure, tout est de ma faute. Je n'aurais jamais dû croire que je pourrais être heureux ainsi, sans histoire. J'aurais dû te quitter, mais je n'en ai pas eu la force...

O mon Dieu! Tu crois que j'aurais pu l'entraîner? Il s'accrochait à toi, à ta brave femme de tante... J'aurais cependant dû être assez fort pour m'écarter de vous et vous laisser tranquilles...

Aussi brusquement qu'il s'était détourné, il revint vers elle, tendant la main pour la prendre par le menton et la forcer à relever la tête vers lui, si rudement qu'elle éprouva une légère souffrance sous la pression de ses doigts.

– Est-ce que tu te rends compte de ce que tu me demandes? Non! Ton visage, tu ne l'as jamais vu, n'est-ce pas, sauf à travers le regard d'autrui? Qui t'aurait donné un miroir pour que tu t'y regardes? Un étang, peut-être, si tu as jamais eu le loisir de t'y pencher et de t'examiner. Comment soupçonnerais-tu l'effet que risque de produire ton visage sur un homme qui a déjà tout perdu? Et tu t'étonnes que j'aie pris ce que j'ai pu, comme quelqu'un qui meurt de soif et trouve une fontaine près de lui? J'aurais dû mourir plutôt que de rester près de toi, à troubler ta tranquillité! Que Dieu me pardonne!

Elle était plus jeune que lui – plus enfant – de cinq bonnes années, même si l'on tient compte de l'avantage de deux ans au moins que possède une fille par rapport à un garçon du même âge. Elle resta là, émerveillée, un peu effrayée par sa véhémence, et émue plus qu'elle n'aurait su dire par l'impression qu'il donnait de se noyer. La longue main qui lui tenait le menton se mit à trembler violemment, puis tout le corps du garçon. A son tour, elle leva doucement la main et la referma sur la sienne. Elle avait oublié sa propre détresse, car elle le sentait tellement plus malheureux, et si mystérieusement.

– Je n'ose pas parler pour Dieu, dit-elle fermement,

mais s'il y a quoi que ce soit à te pardonner, je te pardonne. Ce n'est pas ta faute si je t'aime. Tu t'es contenté d'être plus gentil que les autres hommes l'ont jamais été envers moi, depuis mon départ du pays de Galles. Et je savais, mon amour, tu me l'as dit mais je n'ai pas écouté, que tu avais prononcé un vœu. Tu ne m'as jamais confié de quoi il s'agissait mais ne t'inquiète pas, mon cœur, ne te mets pas en peine...

Tandis qu'elle était là, comme enchantée, les couleurs du crépuscule s'accentuèrent pour se changer silencieusement en braise rougeoyante, puis, léger comme une plume, le soir approcha et, tel le coup d'aile d'un martinet, leur passa sur le visage, dans le soudain éclat radieux d'une lumière gris perle. Les yeux immenses de Melannguell débordaient de larmes, et ceux du garçon leur ressemblaient. Quand il se pencha vers elle, il fut impossible de dire qui avait provoqué ce baiser.

La soirée était si limpide que la petite cloche de complies résonna très clairement dans le jardin, arrachant Cadfael à son assoupissement. Il avait coutume, dans ce refuge qu'offrait l'âge mûr tout comme dans sa jeunesse, quand il guerroyait, de se réveiller frais et dispos, et il s'endormait tout aussi facilement, profitant au mieux du double univers du jour et de la nuit. Il se leva, sortit dans les prémisses du soir et ferma la porte derrière lui.

Il ne lui fallait qu'un moment pour traverser l'herbarium et la roseraie et se rendre à l'église. Il partit d'un bon pas, heureux de cette belle soirée qui était une promesse pour le lendemain, et il ne sut jamais pourquoi, en passant, il tourna la tête vers le couchant, à moins que ce ne fût à cause de la grande étendue de ciel de ce côté, l'horizon aussi délicat, pur et tiède que le visage d'une jeune fille. Ils étaient là, deux ombres distinctes mais serrées l'une contre l'autre, se dessinant sur le crépuscule de feu, au sommet de la crête surplombant la pente qui menait au ruisseau invisible. Matthieu et Melannguell, encore crispés, mais aisément reconnaissables, étroitement enlacés, liés en un baiser qui dura tout le temps que mit Cadfael pour arriver, passer, puis s'éloigner afin de se rendre aux offices, mais sans que cette image indélébile, fixée sur sa rétine, le quittât un instant.

7

L'éclaireur du messager de l'évêque-légat – à moins qu'il ne fallût le considérer comme envoyé par l'impératrice – pénétra dans la ville et la porte du château en ce même jour, le 21 juin, afin d'être présenté à Hugh Beringar. A ce moment précis, ce dernier donnait ordre à une demi-douzaine de ses hommes de se rendre au pont et de se mêler aux activités de Simon Poer et de ses acolytes qui n'avaient rien prévu de tel. Comme ils étaient loin de leurs bases et dans un territoire jusqu'alors inexploré, ils seraient probablement armés. Hugh trouva le visiteur passablement encombrant, mais parfaitement au fait des nombreuses difficultés que rencontraient les fidèles du roi, il se garda bien de se débarrasser du héraut sans cérémonie. Quelle que fût la raison de cette ambassade, il lui fallait savoir de quoi il s'agissait et s'y préparer dans les formes.

Dans la salle des gardes de la loge, il se trouva confronté à un chevalier très calme, frisant la quarantaine, qui lui transmit son message en termes choisis.

– Messire Shérif, la Dame des Anglais et Sa Seigneurie l'évêque de Winchester vous prient de recevoir leur messager, courtoisement, car il vient à vous avec une offre de paix au nom de l'ordre et en leur nom propre, et toujours en leur nom, il sollicite votre aide afin de mettre un terme aux souffrances du royaume. Je suis ici pour annoncer sa venue.

Ainsi donc, l'impératrice avait pris le titre traditionnel d'une reine élue avant son couronnement! Les événements semblaient singulièrement s'accélérer.

– Le héraut de Mgr de Winchester sera le bienvenu, dit Hugh, et il sera reçu ici, à Shrewsbury, avec tous les honneurs. Je prêterai une oreille attentive à tout ce qu'il aura à me dire. Mais pour le moment j'ai, sur les bras, une affaire qui ne peut attendre. Dans combien de temps votre seigneur sera-t-il là?

– D'ici une couple d'heures, peut-être, répondit le chevalier, après réflexion.

– Bien, alors je peux veiller à ce que tout soit prêt pour le recevoir, et ça me laisse le temps d'éclaircir une petite chose que je n'ai pas terminée. De combien de suivants sera-t-il accompagné?

– Seulement deux hommes d'armes, monsieur, et moi-même.

– Alors je vais charger mon adjoint de tout cela, il va vous trouver un logement pour vous-même et vos deux hommes ici, au château. Pour ce qui est de votre seigneur, il viendra chez moi, et mon épouse se fera un plaisir de le recevoir. Ne m'en veuillez pas si je ne m'attarde pas pour le moment, car je dois agir au crépuscule et ça ne peut pas attendre. Je vous promets de me montrer meilleur hôte plus tard.

Le messager fut tout heureux de voir qu'on emmenait son cheval aux écuries pour s'occuper de lui, tandis qu'Alan Herbard le conduisait à un logement confortable, où il put retirer ses bottes, sa veste de cuir et se mettre à l'aise. Puis quand il fut à l'aise, il fit fête au vin et à la nourriture qu'on lui présenta. Le jeune adjoint de Hugh jouerait bientôt à la perfection son rôle d'amphitryon. Il manquait encore un peu d'expérience, et mettait trop d'enthousiasme à exécuter les ordres qu'on lui donnait. Hugh les laissa tous les deux et se hâta d'emmener ses six hommes hors de la ville.

L'office de complies était terminé; la lumière hésitait entre l'ombre et la clarté sans pouvoir se décider. Au moment où ils parvinrent à la Croix Haute et prirent le virage pour descendre la pente prononcés de la Wyle, ils avaient le soleil couchant devant eux. Dans l'obscurité complète, leurs proies auraient eu plus de chances de leur échapper; en plein jour on les aurait trop aisément repérés de loin. Si ces joueurs n'étaient pas des enfants de chœur, ils auraient posté un guetteur pour les avertir.

La Wyle, qui déroulait ses courbes vers l'est, les conduisit au mur de la ville et à la porte d'Angleterre, et là un gamin très menu, avec des jambes de faucheux, une tignasse emmêlée et un regard très vif sortit de l'ombre, sous la porte, et tira Hugh par la manche. Le garçon de Wat, garnement dégourdi de la Première Enceinte, pénétré de l'importance de sa mission et fier de l'adresse qu'il avait montrée pour la remplir, avait suivi les joueurs et se trouvait prêt à dire ce qu'il savait ainsi qu'à donner des conseils.

– Ils sont tous ensemble, monsieur, les quatre de l'abbaye et une bonne douzaine d'autres gens du pays, en majorité de la ville.

La nuance de mépris qu'on décelait dans sa voix indiquait que sur la Première Enceinte, on était moins naïf.

– A votre place, je laisserais les chevaux et j'irais à pied, poursuivit-il. En entendant des cavaliers à cette heure-ci, vos suspects se disperseraient et fileraient au premier bruit de sabots sur le pont. Les sons portent loin.

L'idée n'était pas mauvaise, si les joueurs sévissaient dans les parages.

– Eh bien, où sont-ils? demanda Hugh, mettant pied à terre.

– Sous l'arche, à l'autre bout du pont, monsieur, ils sont au sec et bien tranquilles.

Rien d'étonnant à ça; avec l'été, le niveau de l'eau était plutôt bas. C'était seulement quand le fleuve atteignait son plus haut qu'il était impossible de passer sous cette arche. A la belle saison, ce serait un nid d'herbes sèches.

– Ah, ils ont de la lumière?

– Oui, une lanterne sourde. Vous ne verrez pas la moindre lueur ni d'un côté de la rivière ni de l'autre, à moins d'entrer dans l'eau; elle n'éclaire que la pierre où ils lancent les dés!

On l'éteindrait donc facilement, à la première occasion, et tout ce beau monde s'enfuirait dans toutes les directions, commes des oiseaux effrayés. Les tricheurs ne seraient ni les derniers, ni les plus lents. On attraperait sûrement un bon nombre de leurs victimes, mais quel délit avaient-elles commis, à part se laisser plumer bêtement? Il n'y avait rien d'autre à leur reprocher.

– On laisse les chevaux ici, déclara Hugh, prenant sa décision. Vous avez entendu le petit? Ils sont sous le pont. Je suppose qu'ils ont pris le sentier qui descend vers la Gaye, le long de la berge. De l'autre côté de l'arche, il y a des buissons épais, mais c'est par là qu'ils vont filer. Trois hommes sur chaque pente, je m'occuperai du reste avec les trois autres. Ne vous occupez pas des idiots du coin, si vous tombez dessus, mais chargez-vous des étrangers.

C'est ainsi qu'ils se mirent en branle. Ils traversèrent le pont individuellement ou par deux et prirent position de chaque côté, se dispersant parmi les taillis qui bordaient la berge. Peu après, les dernières lueurs du soleil disparurent à l'occident, et la nuit descendit à pas de velours. Hugh se dirigea vers l'ouest jusqu'à ce qu'il aperçût enfin une faible lueur sous l'arche de pierre. Ils étaient là, relativement nombreux; il aurait peut-être dû être plus prudent et prendre plus d'hommes. Mais les gens de la ville ne l'intéressaient pas. Qu'ils regagnent leurs lits discrètement; ça leur donnerait l'occasion de revenir sur leurs rêves envolés de devenir riches en un coup de dés. C'étaient les tricheurs qu'il voulait. Le prévôt de la ville s'arrangerait avec ses imbéciles de concitoyens.

Il laissa le ciel s'obscurcir un peu plus avant de passer à l'action. La nuit d'été s'installait, sans lune, semblable à de douces ailes repliées. A son coup de sifflet ses hommes s'ébranlèrent sur chaque flanc.

Les buissons étaient épais sur la rive, et leur bruissement léger, par cette nuit sans vent, trahit leur approche un moment trop tôt. Celui qui était de garde, un peu plus bas, avait l'oreille fine. Il y eut un sifflement aigu, puis plus rien. La lanterne s'éteignit aussitôt, et sous les grosses pierres du pont, il faisait noir comme dans un four. Plus question de discrétion, Hugh et ses hommes se ruèrent à l'assaut. Des ombres se séparèrent, se heurtèrent, se soulevèrent et s'enfuirent dans un silence total, seulement rompu par la respiration précipitée que provoque la peur. Les gens d'armes passèrent à travers les taillis, se rapprochant pour cerner l'arche. Certains de ceux qui étaient maintenant pris au piège se sauvèrent vers la droite, d'autres vers la gauche, ne tenant pas à tomber dans les bras de ceux qui les attendaient; ils pataugèrent dans l'eau peu profonde, puis s'enfoncèrent dans des trous. Quelques-uns gagnèrent la rive opposée, des gens du cru, sûrement, qui connaissaient le fleuve comme leurs poches, et nageaient comme des poissons depuis leur plus tendre enfance. Tant mieux, ils habitaient Shrewsbury depuis toujours. S'ils y avaient laissé des plumes, ça leur servirait de leçon. Qu'ils regagnent donc leur lit et se repentent à loisir, c'est-à-dire si leurs épouses leur en donnaient le loisir!

Mais il y en avait, sous l'arche du pont, qui n'étaient pas nés au bord de la Severn, et à qui l'idée de se mouiller les pieds ne souriait guère, même s'il s'agissait simplement de patauger. Des poignards apparurent soudain dans leurs mains et ils s'efforcèrent, non sans succès, de se frayer un chemin en jouant du couteau, et sans se poser de questions. Il ne leur fallut pas longtemps. Dans l'obscurité frémissante, dispersés dans les herbes piétinées de la rive, les six gens d'armes de Hugh prirent les prisonniers qu'ils purent, heureux de s'en sortir avec de simples égratignures où perlait un peu de sang. Et dans l'ombre, le bruissement de feuilles qui s'atténuait peu à peu indiqua que d'aucuns s'en étaient tirés à bon compte. Invisibles sous le pont, la lanterne abandonnée et les dés jetés en vrac, perte sensible pour un tricheur qui doit en préparer de nouveaux, attendaient qu'on les récupérât.

Hugh essuya le sang d'une blessure légère qu'il

avait au bras et, foulant l'herbe sèche, il remonta la pente, en prenant le sentier qui, partant de la Gaye, menait à la grand-route et au pont. Devant lui, une silhouette tentait de s'échapper en jurant. Hugh lança un cri qui le précéda sur la route.

– Arrêtez-le ! Il est recherché !

Les gens de la ville et de la Première Enceinte étaient peut-être en train de rentrer chez eux, il y en a toujours, honnêtes ou non, qui arrivent après la bataille, et qui du bon ou du mauvais côté de la légalité, sont toujours prêts à se conduire joyeusement comme des crapules ou à prêter main-forte à la loi, selon leur tempérament.

Au-dessus de lui, au cœur de cette douce nuit d'été, où seul luisait encore un liseré couleur de safran à l'ouest, un cri perçant lui répondit, où se mêlaient la surprise et la gaieté. L'on entendit brièvement les échos confus d'une bagarre, et quelques halètements. Hugh regagna la grand-route tant bien que mal pour voir les ombres de trois cavaliers arrêtés près du pont, deux d'entre eux protégeant les flancs du premier qui s'était légèrement penché sur sa selle pour prendre par la peau du cou un individu qui soufflait comme un phoque, appuyé contre le cheval, et cette respiration oppressée était le seul effort dont il fut capable.

– Je pense, monsieur, dit le responsable de cette prise, que c'est l'homme que vous cherchez. J'ai cru entendre qu'il vous le fallait. Y a-t-il des représentants de la loi dans les parages ?

Cette voix, belle et sonore, appartenait à quelqu'un qui n'était pas habitué à baisser le ton. La douce obscurité cachait plus ou moins son visage, mais on voyait que l'homme se tenait très droit en selle, qu'il était souple, gracieux et indiscutablement jeune. Il laissa aller son prisonnier, comme pour le remettre à qui de droit. Pratiquement libéré, le fugitif ne tenta ni de s'échapper ni de prendre ses jambes à son cou; mais, se campant fermement sur le sol, les pieds écartés, il toisa Hugh d'un regard dubitatif où il y avait du défi.

– Il semble que je ne vous sois redevable que pour du menu fretin, dit Hugh, avec un sourire en coin quand il reconnut celui qu'il avait pris en chasse. Mais je crains qu'on ait laissé les gros poissons s'échapper. On essayait de mettre la main sur une bande de tricheurs en quête de clients, mais le jeune homme que vous avez capturé s'avère être l'un de ces clients, justement. C'est notre bon orfèvre. Il y avait dans tout cela plus d'or à perdre qu'à gagner, j'en ai peur, maître Daniel, surtout avec ce genre de compagnons.

– Ce n'est pas un crime de disputer une partie de dés, marmonna le jeune homme grognon, traînant les pieds dans la poussière de la route. Ma chance aurait tourné...

– Pas avec ces dés-là. Mais gâcher sa soirée et rentrer chez soi les poches vides, ça n'est pas un crime, en effet, et je n'ai rien à vous reprocher, dans la mesure où vous repartez maintenant; quant au reste, confiez-vous à mon sergent. Si vous êtes sage, vous serez rentré pour minuit.

Maître Daniel Aurifaber ne se fit pas prier pour obéir et, d'un pas lourd, se dirigea vers le pont pour repartir avec les prisonniers. Un claquement de sabots passant au trot sur le pont indiqua que quelqu'un avait couru chercher les chevaux et avait l'intention de continuer la poursuite vers l'ouest, direction qu'avait prise les fuyards. Dans moins d'un mille, ils auraient gagné les bois, où ils seraient en sûreté, et il faudrait employer des chiens de chasse pour les rattraper. Il n'y avait guère de chances de les prendre cette nuit. On aviserait demain.

– Ce n'est pas exactement ainsi que je comptais vous accueillir dit Hugh, examinant attentivement le visage indistinct au-dessus de lui. Car, si je ne me trompe, vous êtes l'envoyé de l'impératrice et de l'évêque de Winchester. Votre héraut est arrivé il y a un peu plus d'une heure. Je ne vous attendais pas aussi tôt. Je croyais en avoir terminé avec cette histoire, avant de vous recevoir. Je m'appelle Hugh Beringar, shérif du roi Étienne en ce comté. Vos hommes seront logés au château, je vais leur trouver un guide. Vous, monsieur, vous êtes mon invité, si vous voulez bien m'accorder cet honneur.

– C'est fort aimable à vous, répondit le messager impérial d'un ton léger. J'accepte de tout cœur. Mais ne vaudrait-il pas mieux en finir d'abord avec vos concitoyens et leur permettre de rentrer se coucher? Mes affaires ne sont pas d'une telle urgence.

– Il m'est arrivé de mieux réussir dans mes entreprises, je dois le reconnaître, admit Hugh, plus tard, s'adressant à Cadfael. J'ai non seulement sous-estimé leur audace mais encore le nombre d'armes qu'ils portaient sur eux.

Quatre hôtes avaient déserté les chambres de frère Denis cette nuit-là : Simon Poer, le marchand de Guildford, Walter Bagot, le gantier, John Shure, le tailleur et enfin, le maréchal-ferrant, William Hales. Mais celui-là était logé dans une cellule de pierre du château de Shrewsbury, ainsi qu'un colporteur qui leur avait servi de rabatteur. Ses trois compagnons s'en étaient tirés les braies nettes, à part quelques égratignures et autres bleus; ils étaient dans les bois, le plus au nord possible, dans la Forêt Longue, où ils avaient trouvé un abri dans la nuit tiède, pour y compter leurs pertes et surtout leurs profits, qui étaient considérables. Plus question pour eux de retourner à l'abbaye ou en ville. De toute manière leur trafic se serait prolongé une soirée de plus au maximum. On ne peut pas tabler sur plus de trois soirs consécutifs, car après un mauvais perdant devient infailliblement soupçonneux. Il leur était aussi difficile de retourner vers le sud. Mais celui qui vit des ressources de son esprit dévoyé sait qu'il doit être capable de s'adapter, et quand on est malhonnête, il y a mille façons de gagner sa vie.

Quant aux jeunes bravaches et aux marchands un peu naïfs qui, en partant, se voyaient déjà revenir chez eux une petite fortune en poche, on les rassembla à la loge, où on les tança d'importance. Ainsi prévenus, on les renvoya auprès de leurs épouses, l'oreille basse et les poches vides.

Le travail de cette nuit aurait pris fin sur cette note si l'éclat d'une torche sous le passage voûté ne s'était pas reflété sur une bague que Daniel Aurifaber portait à la main droite; elle était d'argent aplati, avec un chaton ovale, et pendant un instant elle fut parfaitement visible. Hugh l'aperçut et posa la main sur le bras de l'orfèvre.

– Cette bague – j'aimerais la voir de plus près.

Daniel la lui montra avec une répugnance évidente, attitude qui semblait plutôt provoquée par la surprise que par un quelconque sentiment de culpabilité. Elle était un peu serrée, et il eut quelque difficulté à la retirer, mais il n'avait aucune marque au doigt indiquant qu'il la portait régulièrement.

– Quand vous êtes-vous procuré ce bijou? demanda Hugh, tenant l'anneau à la lumière vacillante pour en examiner la devise et l'inscription.

– Je l'ai acheté honnêtement, répliqua Daniel sur la défensive.

– Je n'en doute pas, mais à qui? A l'un de ces joueurs? Et si oui, lequel?

– Le marchand – il disait s'appeler Simon Poer. Il me l'a présentée, c'était du travail bien fait. Je lui en ai donné un bon prix.

– Vous l'avez payé deux fois trop cher, mon ami, déclara Hugh, car vous pouvez dire adieu à votre argent et à l'anneau. Il ne vous est pas venu à l'idée qu'il avait peut-être été volé?

A la façon dont l'orfèvre battit nerveusement des paupières, cette éventualité ne lui avait sûrement pas échappé, mais il s'était hâté de la chasser de son esprit.

– Non! Pourquoi aurais-je pensé à ça? L'homme avait l'air d'être à l'aise, solide, tout à fait ce qu'il prétendait être...

– Ce matin même, dit Hugh, une bague comme celle-là a été volée à un pèlerin à l'abbaye pendant la messe. L'abbé en a informé le prévôt après qu'on eut fouillé partout au cas où on la proposerait sur le marché. Le prévôt, à son tour, m'en a fourni une description. C'est la devise et le sceau de l'évêque de Winchester; il l'a donnée à son propriétaire pour lui servir de sauf-conduit sur la route.

– Mais je l'ai achetée en toute bonne foi, protesta Daniel, déconcerté. J'ai donné à l'homme ce qu'il demandait, l'anneau est à moi, je me le suis procuré honnêtement.

– Auprès d'un voleur. Tant pis pour vous, mon garçon; la prochaine fois, quand vous lierez connaissance, comme ça, avec quelqu'un qui vous proposera de vous vendre une bague – c'est bien ça, non? – à un prix inférieur à ce qu'elle vaut, ça vous servira de leçon. Ceux qui voyagent avec des dés dans la poche ne donnent rien pour rien, bien au contraire. S'ils vous ont vidé votre bourse, soyez plus prudent à l'avenir. Il faut que je rende cet objet à l'abbé demain matin. Il le retournera à son propriétaire.

Il vit l'orfèvre inspirer à pleins poumons pour protester rageusement contre cette décision et il secoua la tête plutôt gentiment, pour lui éviter cette peine.

– Le mal est sans remède. Prenez-vous-en à vous-même, Daniel, et allez vous réconcilier avec votre femme.

L'envoyé de l'impératrice remontait doucement la Wyle dans la nuit qui s'épaississait, marchant au même pas que Hugh, dont la monture était plus petite. Lui montait un grand et beau cheval et le cavalier aussi était grand avec de longs membres. A terre, songea Hugh, l'examinant discrètement, il me rendrait une bonne tête. On a en gros le même âge; s'il a un an ou deux de plus, c'est le bout du monde.

– Vous êtes déjà venu à Shrewsbury?

– Jamais. Une fois peut-être, je suis passé dans le comté. Je ne sais pas exactement où se situe la frontière. Naguère, je me suis trouvé près de Ludlow. Votre abbaye, dites-moi, il m'a semblé en passant que c'est une vaste et belle maison. Les moines sont des bénédictins?

– Oui, dit Hugh, attendant d'autres questions qui ne vinrent pas. Vous avez des parents dans l'ordre?

Même dans l'obscurité, il remarqua le sourire grave, méditatif de son compagnon.

– Ce serait une façon de dire les choses. Je pense qu'il m'autoriserait à le considérer ainsi, mais nous ne sommes pas de la même famille. Il me traitait comme son fils. A cause de lui, je garde une certaine tendresse pour l'ordre. Si j'ai bien compris, il y a des pèlerins ici, en ce moment. Pour une fête particulière ?

– La translation de sainte Winifred qu'on a amenée du pays de Galles jusqu'ici il y a quatre ans. On fêtera demain le jour de son arrivée.

Hugh avait parlé sans réfléchir, car il avait complètement oublié ce que Cadfael lui avait dit de cette arrivée, mais cette simple réponse lui rappela brusquement le récit de son ami.

– Je n'étais pas à Shrewsbury à cette époque, poursuivit-il, s'abstenant de juger. C'est l'année suivante que j'ai apporté mes biens à la cause du roi Étienne. Moi je viens du nord du comté.

Ils étaient arrivés au sommet de la colline et se dirigeaient maintenant vers l'église consacrée à sainte Marie. La grande porte de la cour de Hugh était ouverte à deux battants, et on y avait apposé des torches qui brûlaient encore. On avait dûment transmis son message à Aline, et elle les attendait avec tous les honneurs. La chambre étant prête, ils n'avaient plus qu'à se mettre les pieds sous la table. Depuis toujours, les règles et les horaires s'adaptent aux besoins d'un hôte. Ce sont là les lois et le privilège de l'hospitalité.

La maîtresse des lieux se tenait sur le seuil de la porte qu'elle ouvrit toute grande pour les accueillir. Ils entrèrent dans la grande salle où se répandait un flot de lumière qui provenait des torches accrochées au mur et des bougies sur les tables et, d'instinct, ils se tournèrent l'un vers l'autre pour prendre le temps de s'observer. L'examen dura plus longtemps que prévu et leurs pupilles se dilatèrent. Il eût été difficile de dire qui reconnut l'autre le premier. Leur mémoire se déclencha et presque à leur insu, ils se comprirent. Aline resta là, souriante, s'interrogeant. Elle les regardait tour à tour, sans rien dire, attendant qu'ils se décident à éclairer sa lanterne.

– Mais je vous connais! s'exclama Hugh. Maintenant que je vous vois, il n'y a pas de doute.

– Je vous ai déjà rencontré auparavant, acquiesça son hôte. Je ne suis venu qu'une fois dans ce comté, et cependant...

– Il me fallait de la lumière, expliqua Hugh, car je n'ai entendu le son de votre voix qu'une fois, et vous n'avez pas dit grand-chose. Je ne sais pas si vous vous en souvenez. Moi si. Vous avez dit six mots : « Maintenant attaquez-vous à un homme! » Quant à votre nom, je ne connais que celui que vous nous avez donné alors, et je suppose qu'il était faux. Vous êtes Robert, le fils du forestier, qui est venu sortir Yves Hugonin de ce repaire de brigands là-haut, à Titterstone Clee. Et vous l'avez remmené chez lui, ce me semble, ainsi que sa sœur.

– Et vous, vous avez assiégé cette forteresse, ce qui m'a permis d'y entrer, s'écria l'hôte, rayonnant. Vous voudrez bien m'excuser si je ne me suis pas montré à ce moment, mais sur votre territoire, je n'avais aucune garantie. Je suis vraiment très heureux de vous rencontrer normalement aujourd'hui, sans aucun besoin de m'enfuir.

– Nul besoin non plus de prétendre vous appeler

Robert, le fils du forestier, rétorqua Hugh, avec un sourire confiant. Je vous ai dit mon nom, et vous laisse toute latitude d'agir à votre gré dans cette maison. Maintenant, puis-je savoir le vôtre?

– A Antioche, où je suis né, on m'appelait Daoud, déclara le nouveau venu. Mais mon père était anglais, de l'armée de Robert de Normandie, et parmi ses compagnons d'armes, j'ai été baptisé. Je suis maintenant chrétien, et j'ai pris le nom du prêtre qui m'a servi de parrain. Je me nomme Olivier de Bretagne.

Ils restèrent à parler tard, cette nuit-là, tout au plaisir d'être enfin réunis après un an et demi plein de souvenirs et de questions. Mais d'abord, ils se consacrèrent un moment à la mission d'Olivier en ces lieux.

– On m'a envoyé, dit-il sérieusement, pour demander instamment aux shérifs de tous les comtés, quel qu'ait pu être leur suzerain antérieur, de réfléchir s'ils doivent ou non accepter la paix que leur offre l'impératrice Mathilde et lui prêter serment de fidélité. Voici le message de l'évêque et du concile : ce pays est depuis trop longtemps déchiré entre deux factions et a trop souffert de cette guerre fratricide. Quant à moi, je n'adresse aucun reproche au parti qui n'est pas le mien car les exigences des deux camps sont fondées, mais j'ai des reproches à formuler aux deux partis pour n'avoir pas réussi à tomber d'accord, afin de mettre un terme à ces épreuves. Le sort à Lincoln aurait tout aussi bien pu vous être favorable, mais ce ne fut pas le cas et l'Angleterre se retrouve avec un roi prisonnier, et avec une reine élue, libre et en pleine ascension. Ne serait-il pas temps de s'arrêter un peu? Pour la paix et l'ordre, et pour que le royaume retrouve un gouvernement sain, qu'il y ait un chef à sa tête qui sache commander, et puisse en finir avec les nombreuses injustices, certaines tyrannies de ceux que nous connaissons parfaitement vous comme moi, des gens qui se sont placés en dehors de toute loi? Il me paraît évident qu'un gouvernement fort vaut mieux que pas de gouvernement du tout. Au nom de la paix et de l'ordre, acceptez-vous l'impératrice comme souveraine, et voulez-vous mettre le comté sous sa suzeraineté? A l'heure qu'il est, elle est déjà à Westminster, et les préparatifs pour son couronnement vont bon train. Les chances de succès seront bien meilleures si tous les shérifs décident conjointement de la soutenir.

– En quelque sorte, s'étonna discrètement Hugh, vous me demandez de revenir sur mon serment de fidélité au roi Étienne?

– Oui, reconnut Olivier sans détour. Pour des raisons valables et sans intention de vous trahir. Ce n'est pas d'amour qu'on a besoin, mais de s'abstenir de haïr. Pensez à cela, plutôt qu'à préserver votre fidélité envers la population de votre comté, comme envers ce pays.

– J'y arriverai tout aussi bien, voire mieux en restant dans le camp que j'ai choisi, objecta Hugh avec le sourire. C'est ce à quoi je m'efforce en ce moment, et c'est dans cette voie que je continuerai tant que j'aurai un souffle de vie. Je suis le féal du roi Étienne et je n'ai pas l'intention de l'abandonner.

– Voilà qui me plaît! s'exclama Olivier, souriant et soupirant en même temps. A vous dire vrai, maintenant que je vous connais un peu, je n'en attendais pas moins de vous. Moi non plus, je ne renierais pas mon serment. Mon seigneur est le féal de l'impératrice et je suis le féal de mon seigneur. Si nos positions étaient inversées, ma réponse serait la même que la vôtre. Il y a cependant du vrai dans ce que j'ai avancé. Ne croyez-vous pas que les gens en ont assez? Celui qui travaille dans les champs, le petit citadin qui a à peine de quoi vivre, et qu'on vole de surcroît, seraient ravis de se prononcer en faveur de Mathilde ou d'Étienne, ne serait-ce que pour ne plus avoir l'autre sur le dos. Quant à moi, je m'efforce de remplir ma mission du mieux que je peux.

– Je n'ai rien à redire ni sur le fond ni sur la forme, affirma Hugh. Où irez-vous ensuite? Mais j'espère que vous vous attarderez un jour ou deux. J'aimerais vous connaître mieux, et on en a des choses à se dire, vous et moi!

– D'ici, je me rendrai au nord-est, à Stafford, Derby, Nottingham, puis je reviendrai par l'est du pays. Certains seigneurs se laisseront convaincre, comme d'aucuns l'ont déjà fait. D'autres resteront fidèles à leur roi, comme vous. Et certains agiront comme par le passé, ils tourneront casaque, comme des girouettes agitées par le vent, et à chaque fois, ils augmenteront leurs prix. Bon, peu importe. Nous en avons terminé avec tout ça.

Il se pencha sur la table, écartant sa coupe de vin.

– J'avais – non, j'ai une autre mission à remplir, et j'aimerais bien rester avec vous quelques jours jusqu'à ce que j'aie trouvé ce que je cherche, ou que je sois sûr que ce n'est pas ici que je le trouverai. Quand vous m'avez parlé de ces légions de pèlerins, attirés par la fête, cela m'a redonné quelque espoir. Si un homme veut qu'on perde sa trace, il pourrait bien trouver refuge parmi cette multitude où presque personne ne se connaît. Je cherche un jeune homme, un certain Luc Meverel. Vous ne savez pas s'il est arrivé ici, par hasard?

– Pas sous ce nom, répondit Hugh curieux autant qu'intéressé. Mais si quelqu'un ne tient pas à ce qu'on le retrouve, il peut prendre un faux nom. Qu'est-ce que vous lui voulez?

– Moi, rien. C'est une dame qui voudrait le retrouver. Si loin dans le nord, tout ça ne vous dit sûrement pas grand-chose. L'affaire s'est passée à Winchester, pendant le concile. Il y a eu mort d'homme et cela m'a touché de très près. Vous voyez de quoi je parle? L'épouse du roi Étienne a envoyé son clerc là-bas, avec une lettre qui était un camouflet pur et simple à l'autorité du légat, et le bonhomme s'est fait attaquer nuitamment, dans la rue, à cause de son audace, et s'il s'en est tiré sans trop de dommage, un autre, lui, y a laissé sa peau.

– Mais parfaitement, je suis au courant, répliqua Hugh avec un intérêt accru. L'abbé Radulphe était au concile et il nous a donné un compte rendu détaillé de cette histoire. Un chevalier du nom de Rainald Bossard est arrivé à la rescousse de ce clerc quand on l'a agressé. Il était au service de Laurence d'Angers, d'après ce qu'on nous a dit.

– Tout comme moi.

– A en juger par les services que vous avez rendus à ses parents à Bromfield, je m'en doutais un peu. J'ai pensé à vous quand l'abbé a évoqué Laurence d'Angers, mais à ce moment, j'ignorais votre nom. Et ce Bossard, vous le connaissiez bien?

– Nous avons servi un an en Palestine, et nous sommes rentrés ensemble. C'était un homme de cœur et un ami pour moi; il a été tué en défendant un adversaire de bonne foi. Je n'étais pas avec lui, cette nuit-là. Je le regrette beaucoup. Peut-être serait-il encore en vie. Il avait deux de ses gens avec lui, qui n'étaient pas armés. Les autres s'étaient mis à cinq ou six sur le clerc. C'est une malheureuse affaire qui a eu lieu dans la confusion et l'obscurité. Le meurtrier a pris la fuite, sans laisser aucune trace. L'épouse de Rainald... Juliana... je ne la connaissais pas avant qu'on vienne à Winchester avec notre chef, le manoir principal de Rainald est situé dans cette région. J'ai appris à considérer cette veuve avec le plus grand respect, ajouta Olivier, très grave. Ils allaient parfaitement ensemble, tous les deux, et il eût été difficile d'adresser plus beau compliment à aucune autre dame.

– Il y a un héritier? demanda Hugh. Un homme, ou encore un enfant?

– Non, ils n'ont jamais eu d'enfants. Rainald avait la cinquantaine, et sa femme n'était pas tellement plus jeune, mais si belle! poursuivit-il, après mûre réflexion, comme s'il essayait non pas de la flatter mais d'expliquer. Maintenant qu'elle est veuve, ça ne va pas être facile pour elle d'échapper à un nouveau mariage. Après Rainald, elle ne voudra personne d'autre. Elle a plusieurs manoirs qui lui appartiennent en propre. Ils avaient pensé à l'héritage tous les deux, c'est pourquoi ils avaient pris ce jeune homme chez eux, ce Luc Meverel, il y a seulement un an. C'est un cousin éloigné de dame Juliana. Il a dans les vingt-quatre, vingt-cinq ans, j'imagine, et c'est tout. Ils comptaient faire de lui leur héritier.

Il resta silencieux pendant quelques minutes, le menton dans la main, regardant d'un œil sombre brûler les bougies. Hugh attendit tout en l'observant. Il avait un visage qui en valait la peine, avec son ossature nette et son teint mat. Il était d'une beauté farouche, même maintenant que ses yeux dorés d'oiseau de proie étaient ainsi voilés. Son épaisse chevelure noir bleuté encadrait son visage comme des ailes repliées et jetait des reflets bleuâtres quand soudain la flamme des bougies vacillait. Daoud, né à Antioche, fils d'un croisé anglais de l'armée de Robert de Normandie, s'était étrangement retrouvé à l'autre bout du monde, au service d'un baron angevin, pour tenter sa chance ici, presque plus Normand qu'un Normand... Le monde n'est pas si grand après tout, songea Hugh, qu'un homme né pour l'aventure ne puisse le traverser.

– J'ai été trois fois dans cette maison, reprit Olivier, mais personnellement je n'ai jamais vu ce Luc Merevel. Tout ce que je sais de lui, c'est ce que les autres m'en ont dit, mais parmi ces autres, je sais qui je suis disposé à croire. Il n'est personne dans ce manoir, homme ou femme, qui ne reconnaisse qu'il était dévoué corps et âme à dame Juliana. Mais quant à deviner la vraie nature de ce dévouement... Beaucoup prétendaient qu'il l'aimait d'un amour très fort, et pas du tout à la manière d'un fils. D'autres encore affirment qu'il était également loyal à Rainald, mais maintenant ils n'en paraissent plus aussi sûrs. Luc était l'un de ceux qui se trouvaient avec Rainald quand on l'a poignardé dans la rue. Deux jours après, il a disparu du château et on ne l'a plus revu depuis.

– Oui, je commence à comprendre, murmura Hugh, y allant sur la pointe des pieds. Certains auraient-ils été jusqu'à suggérer que ce garçon avait tué son seigneur pour épouser sa femme ?

– C'est ce qui se dit maintenant, depuis sa fuite. Allez savoir qui a commencé à chuchoter ça. Mais aujourd'hui, la rumeur est devenue un cri.

– Mais alors, pourquoi s'être enfui, puisqu'il allait récolter les fruits de son labeur? Ça ne tient pas debout. S'il était resté, il n'y aurait pas eu de place pour ces insinuations.

– Je crois que c'est ce qui vous trompe. Il y en aurait eu de toute façon. Il y avait ceux qui lui en voulaient pour sa chance et qui auraient été trop heureux de lui nuire par n'importe quel moyen. Aujourd'hui, ils ont trouvé deux bonnes raisons pour expliquer qu'il ait dû s'enfuir. La première, la culpabilité, tout simplement, et le remords, tout était perdu pour le mari, la femme et l'amant. La seconde? La peur – que quelqu'un ait eu vent de son acte et soit prêt à tout pour découvrir la vérité. Que ce soit l'une ou l'autre de ces hypothèses, cela suffirait pour pousser un homme à se sauver à toutes jambes. On ne tue jamais sans raison, conclut Olivier, témoignant d'une sagesse mélancolique. Mais une fois le crime commis, le but recherché peut paraître encore plus difficile à atteindre.

– Vous ne m'avez pas donné le point de vue de la dame, remarqua Hugh. Ce qu'elle a à dire est sûrement important.

– Pour elle, ces vifs soupçons ne correspondent à rien. Elle aime beaucoup son jeune cousin, et ça ne date pas d'hier, mais elle n'en est pas amoureuse, et elle se refuse à croire qu'il ait pu avoir de pareilles pensées à son sujet. Elle affirme qu'il serait mort pour son seigneur, que c'est sa mort qui l'a rendu malade et poussé à s'enfuir, qu'il ne doit pas avoir toute sa tête, et qu'il s'adresse peut-être des reproches. Il était là, cette fameuse nuit, il a vu Rainald mourir. Elle est sûre de lui. Elle veut qu'on le retrouve et qu'on le lui ramène. Elle le considère comme un fils et elle a plus besoin de lui que jamais.

– C'est donc pour elle que vous le recherchez, lui. Mais pourquoi ici, dans le Nord? Il s'est peut-être embarqué dans un port du Kent. Pourquoi le Nord?

– Parce qu'il n'y a qu'une chose qu'on sache depuis qu'il a quitté le château, c'est qu'il allait vers le nord, par la route en direction de Newbury. J'ai pris la même route, par Abingdon et Oxford. Partout je me suis renseigné à son sujet : un jeune homme qui voyage seul. Mais je ne peux le chercher que sous son propre nom, c'est le seul que je connaisse. Impossible, comme vous dites, de deviner le nom qu'il a pris.

– Et vous ne savez même pas à quoi il ressemble? Vous ne connaissez que son âge. Ma parole, vous courez après un fantôme!

– On peut toujours retrouver ce qui a été perdu, si on montre seulement assez de patience.

Le visage d'oiseau de proie exprimait la passion à défaut de patience, mais il y avait de la ténacité dans le dessin de ses lèvres et une détermination implacable.

– Eh bien, résuma Hugh après réflexion, rien ne nous empêche d'assister au retour de sainte Winifred sur son autel, demain, et frère Denis pourra passer au crible la liste de ses pèlerins et nous indiquer ceux dont l'âge correspond, qu'ils soient seuls ou non. Quant aux étrangers en ville, j'imagine que le prévôt Corvisart ne devrait pas avoir de mal à nous les désigner, pour la plupart d'entre eux. Tout le monde se connaît à Shrewsbury. Mais si votre homme est ici, il s'est vraisemblablement réfugié à l'abbaye, suggéra-t-il d'une voix lente, se mordant les lèvres d'un air pensif. Il faut que je renvoie cette bague à l'abbé demain à la première heure et que je le tienne au courant de la disparition de ses hôtes. Mais avant que je puisse aller à la fête moi-même, je dois envoyer une dizaine d'hommes fouiller les bois du voisinage, vers l'ouest, à la recherche de nos oiseaux. S'ils ont passé la frontière, ce n'est pas de chance pour les Gallois, et là je ne peux plus rien faire, mais je ne crois pas qu'ils comptent vivre dans les bois jusqu'à la fin de leurs jours. Ils n'iront peut-être pas loin. Et si je vous laissais avec le prévôt, que vous voyiez avec lui s'il y a moyen de mettre la main sur votre homme, pendant que je chercherai les miens? Ensuite, nous irons voir les religieux ramener leur sainte, et nous vérifierons, avec frère Denis, la liste de ses hôtes.

– Cela me convient parfaitement, dit Olivier ravi. J'aimerais bien aller saluer le seigneur abbé que je me rappelle avoir vu à Winchester mais lui ne m'a sûrement pas remarqué. Et puis, peut-être vous en souvenez-vous, il y a un moine dans cette maison qui vous accompagnait à Bromfield et sur la Clee, l'autre fois. Je suppose que vous le connaissez bien. Est-il toujours à l'abbaye?

Ses longs cils noirs qui descendaient presque jusqu'à ses pommettes voilaient à présent ses yeux d'or.

– Oui et il doit avoir regagné son lit maintenant, après laudes, et nous aurions intérêt à l'imiter, vous et moi, car demain sera une rude journée.

– Il s'est montré bon envers les jeunes parents de mon seigneur, insista Olivier. J'aimerais beaucoup le revoir.

Inutile de demander un nom, pensa Hugh sans détacher les yeux de son invité. Celui-ci connaissait-il seulement le nom du moine? Il ne l'avait pas mentionné en évoquant un religieux « qui n'était pas vraiment son parent mais qui l'avait traité comme un fils » et à cause de qui il portait une affection particulière aux bénédictins.

– Je me charge de vous le retrouver, promit Hugh, se levant très satisfait pour conduire son hôte à la chambre qu'on lui avait préparée.

8

En ce matin de fête, l'abbé Radulphe s'était levé bien avant prime, ainsi que ses assistants qui tous avaient une tâche importante pour la préparation de la procession. Le messager de Hugh se présenta à la fine pointe de l'aube. L'air était frais et la rosée perlait ; la lumière illuminait les toits, cependant que la grande cour baignait encore dans l'aurore couleur de lilas. Dans les jardins, chaque arbre, chaque buisson projetait une ombre longue, dessinant sur les parterres de fleurs à grands traits de pinceau, comme une enluminure dorée.

L'abbé reçut l'anneau avec un plaisir mêlé d'étonnement, soulagé de voir que rien ne viendrait gâcher la splendeur de cette journée.

– Ainsi, ces malfaiteurs étaient tous les quatre nos hôtes à l'abbaye ? Eh bien, bon débarras, mais s'ils sont armés, comme vous le dites et qu'ils se sont enfuis dans les bois tout proches, nous devrons prévenir nos voyageurs quand ils nous quitteront.

– M. Beringar a envoyé une compagnie battre l'orée de la forêt, tout à l'heure, répondit le messager. Il n'y avait rien à gagner à les poursuivre dans l'obscurité, une fois qu'ils étaient à couvert.

» Mais au grand jour, on espère retrouver leurs traces. On en a mis un au frais, il nous en dira peut-être plus à leur sujet : d'où ils viennent, et s'ils ont commis d'autres délits ailleurs. Au moins maintenant n'entraveront-ils plus le bon déroulement de la fête.

– Croyez que je vous en suis très reconnaissant. Et qu'il en ira de même pour ce Ciarann, quand il récupérera sa bague. Ne verrons-nous pas le seigneur shérif à la messe, ce matin? ajouta-t-il avec un regard en coin vers le bréviaire posé sur son bureau et une légère grimace en pensant à la charge que la cérémonie lui imposerait dans les heures à venir.

– Si, père, il compte bien être là, et il amènera un invité. Il devait d'abord organiser les recherches, mais ils seront là avant la messe.

– Un invité? vraiment?

– Un envoyé de la cour de l'impératrice est arrivé cette nuit, père. Un homme de la maison de Laurence d'Angers, Olivier de Bretagne.

Ce nom ne lui disait guère plus qu'à Hugh, mais d'un signe de tête, il salua au passage la mention du suzerain du jeune homme.

– Alors dites à M. Beringar que je le prie, ainsi que son invité, de demeurer ici après la messe et de dîner avec moi. Je serais très heureux de connaître messire de Bretagne et d'entendre ce qu'il a à nous dire.

– Je n'y manquerai pas, père, l'assura le messager, avant de prendre congé.

De nouveau seul dans son parloir, Radulphe resta un long moment à examiner la bague d'un air méditatif. La main protectrice de l'évêque-légat serait certes un rempart puissant pour un voyageur bénéficiant d'une telle faveur, partout où l'on respectait la loi et l'ordre, en Angleterre tout comme au pays de Galles. Seuls les individus qui s'étaient placés en dehors de la loi et dont la vie, ou la liberté, serait menacée s'ils étaient pris ne tiendraient aucun compte d'un tel sceau. Après ce jour glorieux nombreux seraient ceux qui rentreraient chez eux. Il ne faudrait pas qu'il oublie de bien prévenir chacun, avant que les gens ne se dispersent, afin que tous sachent que des malfaiteurs rôdaient peut-être à l'ouest des bois, qu'ils étaient armés, et tout prêts à se servir de leurs armes. Le mieux serait que les pèlerins repartent en groupes suffisamment importants pour décourager toute agression.

N'importe. C'était bien agréable de rendre à un pèlerin au moins son sauf-conduit personnel.

L'abbé sonna la clochette posée sur son bureau et frère Vitalis ne tarda pas à répondre à son appel.

– Voulez-vous aller à l'hôtellerie, mon frère, et informer un homme du nom de Ciarann que j'aimerais lui parler?

Frère Cadfael aussi s'était levé avant prime. Il était allé ouvrir son atelier et allumer son brasero, de façon qu'il brûle tout doucement, au cas où on en aurait besoin plus tard pour préparer des tisanes à l'usage des âmes sujettes à l'extase et qu'il faudrait calmer un peu, ou des cataplasmes tièdes pour ceux que la foule aurait piétinés. Il connaissait bien les transports des esprits simples qui dépassent de loin la ferveur ordinaire.

Il devait s'occuper d'un certain nombre de choses et il était heureux de s'en occuper seul. Le jeune Oswin avait droit à son plein de sommeil avant que la cloche ne le réveille. Il ne tarderait plus maintenant à être envoyé à l'hospice de Saint-Gilles où le reliquaire de sainte Winifred se trouvait actuellement et où les malheureux qui étaient contagieux, et qui donc n'avaient pas le droit de pénétrer en ville, pouvaient trouver le repos, être soignés, et rester aussi longtemps que nécessaire. Frère Mark, son disciple qui lui manquait beaucoup, en était parti à présent ; il avait déjà été ordonné diacre, mais c'est sur la prêtrise qu'il fixait un regard qui ne cillait pas. Si jamais il jetait un coup d'œil par-dessus son épaule, il ne trouvait qu'encouragement et affection, récolte bien méritée pour tout ce qu'il avait semé. Oswin n'avait peut-être pas toutes les qualités de son prédécesseur, mais c'était un gentil garçon qui s'occuperait très convenablement des malheureux qui lui demanderaient aide et protection.

Cadfael se dirigea vers la berge de la Meole, qui marquait la limite occidentale de l'abbaye, là où les champs de pois descendaient vers le cours peu fourni du ruisseau. Les rayons du soleil émergeaient tout juste du levant, telles des lances par-dessus les toits élevés des bâtiments du couvent et transperçaient les taillis épars et la rive couverte d'herbe de l'autre côté. Ce même cours d'eau, mais beaucoup plus haut dans sa course, alimentait les viviers du monastère, le moulin et son bief et puis retournait au ruisseau juste avant qu'il ne se jette dans la Severn. En ce moment, son niveau était assez bas ; on distinguait un archipel de bancs de sable auxquels se mêlaient des herbes et aussi des plantes aquatiques qui s'étalaient en douces îles. Après cette période, songea Cadfael, nous aurons sérieusement besoin de pluie. Mais ça pouvait attendre un jour ou deux.

Il fit demi-tour pour remonter la pente. On s'était déjà occupé du premier champ de pois, le second serait prêt à donner sa récolte après la fête. Encore deux jours et toute cette excitation serait terminée, l'horaire de la maison et le cycle des saisons retrouveraient leur progression immuable, rythme double qui ne changeait pas contrairement au sort des hommes. Il tourna sur le sentier menant à son atelier pour trouver Melannguell qui hésitait devant la porte close.

Elle entendit son pas sur le gravier, derrière elle, et tourna vers lui un visage radieux, plein d'espoir. La lumière gris perle du matin lui allait à ravir, rendait plus lisse le tissu de sa robe de toile et répandait de douces ombres mauves sur les courbes encore enfantines de son visage. Elle s'était donné beaucoup de mal afin de se préparer comme il fallait pour le grand jour. Ses jupes étaient immaculées et tendues comme des voiles ; ses cheveux d'or sombre où passaient des reflets cuivrés, nattés et enroulés, formaient comme une couronne brillante sur sa tête, et ses nattes serrées étiraient tant la peau de ses tempes et de ses joues que ses sourcils en semblaient prolongés sur le côté et ses yeux bleus aux sourcils noirs, sous cette élongation, devenaient mystérieux. Pourtant ce rayonnement qui émanait d'elle n'était pas dû à la caresse du soleil, mais provenait du plus profond d'elle-même. Ses yeux d'azur brillaient comme les gentianes que Cadfael avait vues longtemps auparavant dans les montagnes du sud de la France quand il se rendait en Orient. Ses joues où se mêlaient l'ivoire et la rose étincelaient. Chez la jeune fille, l'espoir, le bonheur, l'attente avaient atteint leur degré le plus haut.

Elle s'inclina très gracieusement devant lui, confuse, souriante et lui tendit le petit flacon de sirop de pavot qu'il avait donné à Rhunn trois jours auparavant. Toujours intact.

– S'il vous plaît, frère Cadfael, je vous ai rapporté

ceci. Rhunn vous demande de le donner à quelqu'un qui en aura plus besoin que lui, d'autant plus que lui a pu s'en passer.

Il le prit doucement et garda dans sa main entrouverte la petite fiole toute simple avec son bouchon de bois, sa membrane de parchemin très mince et son fil passé à la cire assurant la fermeture. Inutilisé. C'était la troisième nuit du garçon en ces lieux, il s'était laissé masser gentiment, sans élever la moindre objection, mais quand il avait eu entre les mains le moyen d'oublier sa souffrance, il n'y avait pas touché, gardant ainsi quelque chose de sa mystérieuse intégrité, mais à quel prix ! « Dieu me garde d'intervenir là-dedans ! se dit Cadfael. Il n'y a guère qu'un saint qui pourrait frapper à cette porte. »

– Vous n'êtes pas fâché contre lui ? demanda la jeune fille, inquiète mais toujours souriante, incapable de croire qu'il puisse y avoir une ombre à cette journée, maintenant que celui qu'elle aimait l'avait prise dans ses bras et embrassée.

» Fâché qu'il ne s'en soit pas servi, reprit-elle. Ce n'était pas manque de foi en vous. Il me l'a dit. Il a dit – je n'arrive pas toujours à le comprendre ! – il a ajouté qu'il y avait un temps pour donner et que son offrande était prête.

– A-t-il dormi ? demanda Cadfael.

Avoir en main le moyen de ne plus souffrir, même si on ne s'en sert pas, peut avoir un effet réconfortant.

– Mais non, voyons, comment pourrais-je être fâché ? ajouta-t-il.

– Il dit que oui. Je pense que ce doit être vrai, il a l'air si dispos, si jeune. J'ai beaucoup prié pour lui.

Elle parlait avec toute la force de son bonheur tout neuf, pleine de cette félicité qu'elle éprouvait le besoin de répandre sur tous ceux qui l'entouraient. Cadfael croyait fermement qu'on pût transmettre cette félicité par l'amour.

– Vous avez bien prié, dit-il. Et soyez sûre que ça lui a profité. Je garderai ceci pour qui en aura un besoin plus pressant, comme dit Rhunn, dont la foi conférera au remède une force accrue. Je vous verrai tous les deux pendant la journée.

Elle le quitta d'un pas léger, dansant, la tête rejetée en arrière pour aspirer jusqu'à l'espace et la lumière du ciel. Et Cadfael alla s'assurer qu'il avait bien tout préparé pour affronter cette longue journée épuisante.

Ainsi Rhunn était parvenu à l'étape ultime de la foi et il était tombé – fallait-il dire qu'il avait jailli ? pris son essor ? – dans cette région où l'âme comprend que ce n'est pas la souffrance qui compte, qu'être admis dans le secret de Dieu est plus important que le bien-être et qu'on atteint alors le domaine de l'ineffable. Accepter la souffrance à nous imposée, c'est la placer sur un autre plan, répandre sur les autres, ceux qui n'ont pas compris, une infinité de béatitudes.

« Qui suis-je, songea Cadfael, dans la solitude de son atelier, pour espérer un signe ? S'il peut supporter son mal sans rien demander, je devrais avoir honte de douter. »

Sortant de l'herbarium, Melannguell continua sur le sentier qu'elle effleurait de sa démarche de danseuse. A main droite, à l'ouest, le ciel devenait tellement lumineux, même si la lumière était encore voilée, qu'elle ne put s'empêcher de le contempler. Un reflux de luminosité venu de l'occident noya tout, couvrant la pente, dévalant le ruisseau pour se répandre sur la crête et dans les jardins. Quelque part tout au bout du domaine de l'abbaye les deux courants allaient se rencontrer. La lumière venue de l'ouest faiblirait, pâlirait puis disparaîtrait, mise à mort par celle qui venait de l'est; mais ici la masse de l'hôtellerie et de l'église éloignait le soleil qui venait de se lever et laissait le champ à ce moment hésitant, indécis qui précède l'aube.

Il y avait quelqu'un qui s'avançait à l'autre extrémité des parterres de fleurs; il marchait délicatement, car ses pieds étaient encore sensibles, veillant à éviter les pierres du chemin. Il était seul. Aucune ombre spectrale n'apparut derrière lui; la magie de la veille durait encore. Elle regardait fixement Ciarann – Ciarann sans Matthieu c'était en soi un petit miracle à mettre au compte de cette journée faite pour les miracles.

Melannguell le vit commencer à descendre le chemin menant au ruisseau et quand elle ne distingua plus que sa tête et ses épaules qui se détachaient sur le ciel, elle pivota soudain et le suivit. A mi-pente, elle s'arrêta, ne sachant si elle devait venir s'immiscer dans cette solitude. Ciarann était arrivé au bord de l'eau; il s'immobilisa, considérant le sol qui lui paraissait sûr (du fait des herbes qui le couvraient), parsemé çà et là d'îlots de sable blanchi, et de quelques rochers enfoncés dans la terre, tout secs après trois semaines de beau temps. Il regarda en amont et en aval, allant même jusqu'à mettre dans le courant ses pieds nus que l'eau couvrait à peine, mais qui les rafraîchit délicieusement. Cependant c'était si étrange de le voir seul! Jamais, avant hier, elle ne les avait surpris l'un sans l'autre, et voilà maintenant qu'ils étaient séparés.

Elle allait s'éloigner discrètement pour le laisser tranquille quand elle vit ce qu'il était en train de fabriquer. Il avait un tout petit objet dans la main dans lequel il était en train de passer une fine cordelette qu'il termina par un nœud, pour que l'objet ne tombe pas. Quand il leva les deux mains pour attacher l'extrémité de la corde à la lanière à laquelle pendait la croix qu'il avait au cou le petit talisman d'argent, libéré, se balança en accrochant la lumière avant qu'il ne le rentre dans le col de sa chemise, contre sa poitrine, où il disparut. Elle sut alors de quoi il s'agissait, et elle s'agita tout heureuse pour lui, en poussant un petit cri inarticulé : Ciarann avait récupéré son anneau, le sauf-conduit qui lui assurerait de parvenir au bout de son voyage.

Il l'entendit et se retourna d'un bloc, surpris, inquiet. Elle resta là, troublée, déconcertée, puis, se voyant découverte, elle dévala le reste de la pente et courut le rejoindre.

– Ainsi, on te l'a retrouvé ! s'écria-t-elle, essoufflée, désireuse de rompre le silence qui devenait pesant et de dissiper son propre malaise, car il pouvait croire qu'elle l'espionnait. Que je suis contente ! On a arrêté le voleur, dis-moi ?

– Melannguell ! s'exclama-t-il. Toi aussi, tu t'es levée tôt ? Oui, tu vois, j'ai de la chance après tout, je l'ai récupéré. Le seigneur abbé vient tout juste de me le remettre. Mais le voleur court toujours, lui. Il s'est réfugié dans les bois avec quelques-uns de ses complices, à ce qu'il semble. N'empêche, je peux continuer ma route sans crainte, à présent.

Ses yeux noirs, profondément enfoncés et protégés par ses sourcils noirs, s'ouvrirent tout grands et il lui sourit. Elle se réjouit de découvrir, bien qu'il fût malade, un homme jeune, avenant, qui aurait dû être au mieux de ses capacités. Avait-elle des visions, ou se tenait-il plus droit, était-il plus grand qu'elle ne se le rappelait? Son visage d'une brûlante intensité s'était adouci et brillait d'une ardeur plus lumineuse, plus humaine, comme si un avant-goût de cette journée d'une radieuse spiritualité lui avait rendu l'espoir.

– Melannguell! répéta-t-il doucement, mais les syllabes se bousculaient avec véhémence. Tu ne peux pas savoir comme je suis heureux de cette rencontre. C'est Dieu qui t'a envoyée à moi. Il y a longtemps que je voulais te parler seule. Ne crois pas que, sous prétexte que je suis condamné, je ne puisse voir ce qui se passe sous mes yeux concernant ceux qui me sont chers. J'ai quelque chose à te demander, je t'en supplie, c'est très sérieux. Ne dis pas à Matthieu qu'on m'a rendu ma bague!

– Il n'est pas au courant? demanda-t-elle, déconcertée.

– Non, il n'était pas là quand l'abbé a demandé à me voir. Il ne doit pas l'apprendre! Garde mon secret, si tu l'aimes – si tu éprouves au moins de la pitié à mon égard. Je n'en ai parlé à personne – tu dois garder le silence. Il n'y a aucune raison pour que le seigneur abbé se confie à qui que ce soit, n'est-ce pas? Il m'en laissera le soin. Si toi et moi ne disons rien, qui aura besoin d'en savoir plus long?

Melannguell était perdue. Elle le voyait à travers un arc-en-ciel de larmes tant l'émouvaient son visage allongé et creux dans l'ombre, et ses yeux qui brûlaient comme la braise couvant au cœur d'un feu caché sous la cendre.

– Mais pourquoi? Pourquoi tiens-tu à le lui cacher? balbutia-t-elle.

– Pour son bien et le tien – et aussi le mien, mais oui! Tu sais, ça fait longtemps que j'ai compris qu'il t'aime – et que tu éprouves la même chose pour lui, je ne suis pas aveugle. Il n'y a que moi qui fasse obstacle. Cette idée me tourmente, et je voudrais l'effacer. Mon seul désir maintenant est que vous soyez heureux ensemble. S'il me porte autant d'affection, n'ai-je pas le droit de la lui rendre? Tu le connais! Il se sacrifiera, ainsi que toi, et tout le reste pour terminer ce qu'il a commencé et me conduire jusqu'à Aberdaron sans danger. Je n'accepte pas son sacrifice, je ne le supporte plus! Pourquoi devriez-vous être malheureux, alors que je ne désire qu'une chose, aller en paix à ma dernière demeure et voir mon ami heureux? Maintenant, alors qu'il est convaincu que je n'oserai pas repartir sans ma bague, pour l'amour de Dieu, petite, ne le détrompe pas! *Alors je vais partir*, en vous donnant ma bénédiction à tous deux.

Melannguell frémissait comme une feuille agitée par la douce brise véhémente de ces paroles, ne sachant plus ce qu'elle éprouvait.

– Que dois-je faire? Qu'attends-tu de moi?

– Ne me trahis pas, dit-il, et accompagne Matthieu à cette sainte procession. Oh! il ira avec toi, et il en sera ravi! Il ne se demandera pas pourquoi je tiens à rester derrière à attendre que la petite sainte arrive à l'abbaye. Mes pieds sont presque guéris, j'ai de nouveau ma bague, j'arriverai à bon port. Tu n'as pas besoin de t'inquiéter pour moi. Rends-le heureux aussi longtemps que tu pourras, et même quand mon départ sera connu, sers-toi de ton charme, arrête-le, retiens-le bien. C'est tout ce que je te demande.

– Mais il saura, protesta-t-elle, sentant le danger. Le portier lui dira que tu es parti, dès qu'il te cherchera et posera des questions.

– Non, car je partirai par là; je vais traverser le

ruisseau et me diriger vers l'ouest et le pays de Galles. Le portier n'y verra que du feu. Regarde, en cette saison, l'eau m'arrive à peine à la cheville. J'ai des parents au pays de Galles, les premiers milles seront faciles. Et parmi une foule pareille, s'il me cherche, il ne s'étonnera guère de ne pas me trouver. Il s'écoulera des heures avant qu'il ne pense à moi, si tu joues bien ton rôle. Occupe-toi de Matthieu, je vous décharge de toute responsabilité envers moi; je réussirai à me débrouiller. D'autant plus que je le sais entre de bonnes mains avec toi. Car tu l'aimes, conclut doucement Ciarann.

– Oui, dit Melannguell, avec un long soupir.

– Alors prends-le et garde-le; je vous souhaite d'être heureux. Tu pourras lui dire – mais bien plus tard – que c'est moi qui ai organisé tout ça, dit-il, et soudain il eut un bref sourire comme s'il pensait à quelque chose qu'il ne voulait pas partager avec elle.

– C'est vraiment pour nous deux que tu agis ainsi? C'est bien vrai? Tu partirais tout seul pour lui... Oh! tu es bon! balbutia-t-elle, passionnée. (Et lui prenant la main, elle la pressa un instant contre son cœur, n'était-ce pas le monde entier qu'il lui donnait, à ses dépens à lui, et par amour désintéressé pour son ami? Peut-être n'y aurait-il pas d'autre moment où elle pourrait le remercier.) Je n'oublierai jamais ton geste. Toute ma vie, je prierai pour toi.

– Non, dit Ciarann et sur ses lèvres apparut ce même sourire sans joie quand elle lui lâcha la main, oublie-moi et aide-le à m'oublier. C'est le plus beau cadeau que tu puisses me donner. Il serait préférable que tu ne me parles plus. Va le rejoindre. C'est à toi de jouer, je dépends de toi.

Elle se recula de quelques pas, continuant à le fixer,

pleine de gratitude et d'adoration, lui adressa une drôle de petite révérence, avec la tête et les mains et remonta docilement le champ menant au jardin. Quand elle se retrouva sur le sentier et qu'elle commença à traverser les parterres de la roseraie, elle s'élança en une course joyeuse.

Dès que chacun, moine, serviteur laïc, hôte, citadin, eut déjeuné, tous se réunirent dans la grande cour, où il y avait rarement eu un rassemblement aussi important, et à l'extérieur, sur la Première Enceinte, on entendait des voix fusant de partout au fur et à mesure que les membres des guildes de Shrewsbury, le prévôt, les anciens, et tous les autres se regroupaient pour se joindre à la procession solennelle qui s'apprêtait à gagner Saint-Gilles. La moitié des moines du chœur, sous la conduite du prieur, devaient, en procession, rapporter le reliquaire cependant que l'abbé et le reste des moines les attendraient pour les accueillir, à leur retour, avec de la musique, des bougies et des fleurs. Quant aux fidèles de la ville et de la Première Enceinte, ainsi que les pèlerins de l'abbaye, rien ne les empêchait de former une théorie et de suivre Robert, tout au moins ceux qui en avaient la force et la volonté ; les infirmes et les débiles pourraient attendre avec l'abbé et, comme preuve de leur dévotion, essayer d'avancer un bout de chemin pour accueillir sainte Winifred à son retour.

– J'aimerais tellement les accompagner tout au long du parcours ! soupira Melannguell, toute rose d'excitation, parmi la foule qui bavardait et se bousculait. Ce n'est pas loin. Mais c'est encore beaucoup trop pour Rhunn. Ça lui coûterait trop d'efforts.

Il était là, à ses côtés, très silencieux, très pâle, comme si même ses cheveux tout blonds étaient devenus encore plus clairs devant cette expérience impressionnante. Il s'appuyait à ses béquilles entre sa sœur et dame Alice, et ses yeux semblables à du cristal se dilataient. Il regardait au loin, comme s'il ne se rendait même pas compte de leur sollicitude qui l'entourait de toutes parts. Il répondit cependant assez simplement :

– J'aimerais bien faire au moins quelques pas, jusqu'à ce que tout le monde me dépasse. Mais ce n'est pas la peine que vous m'attendiez.

– Ah oui tiens ! je vais te laisser planté là ! riposta dame Weaver, avec un petit rire rassurant. On va rester ensemble toi et moi et on verra tout ce qu'on pourra de ce pèlerinage. On ne nous en voudra pas là-haut. Mais ta sœur a des jambes, elle, elle peut parfaitement rejoindre la procession et dire quelques prières à l'aller et au retour, aucun d'entre nous ne s'en portera plus mal.

Elle se pencha pour arranger à la perfection le haut de sa chemise et le col de sa tunique, et taquina le jeune homme sur son extrême pâleur, de crainte de le voir tomber malade de surexcitation. Cependant il était d'un calme marmoréen, et paraissait serein, absent aussi ; là où il était elle ne pouvait pas le suivre. De sa main rendue calleuse par son métier, elle lissa ses cheveux soigneusement coiffés, écartant chaque mèche folle de son grand front.

– Allez, file, mon enfant, dit-elle à Melannguell, sans se détourner du garçon. Mais trouve quelqu'un que tu connais. Il va y avoir des canailles, tu peux me croire – on n'y coupera pas. Reste près de dame Glover ou de la veuve de l'apothicaire...

– Matthieu va avec eux, dit Melannguell, qui rougit

et sourit en prononçant son nom. Il me l'a dit. Je l'ai rencontré quand nous sortions de prime.

C'était là une demi-vérité. C'est elle qui lui avait confié, avec une certaine audace, qu'elle voulait suivre la procession tout du long et, à chaque pas, se rappeler les êtres qui lui étaient le plus cher afin d'intercéder pour eux. Inutile de les nommer. Lui pensait sans doute à son frère avec une tendresse réfléchie, mais elle ne pensait pas moins aux deux êtres angoissés dont elle tenait à présent le sort entre ses mains, non sans un frémissement d'angoisse. Elle avait même dit, prenant un risque considérable :

– Ciarann n'est pas en état de nous suivre, le pauvre, il faut qu'il attende ici, comme Rhunn, mais est-ce qu'on ne pourrait pas marcher à leur place?

Malgré tout cela, Matthieu avait jeté un coup d'œil et avait hésité un moment avant de se tourner complètement vers elle.

– D'accord, on va y aller tous les deux, décida-t-il soudain. Parcourons ensemble ce petit bout de chemin, il me semble que j'en ai le droit pour une fois... Je dirai des prières pour Rhunn tout le long de la route.

– Allez, cours le rejoindre, ma fille, dit dame Alice, rassurée. Matthieu prendra bien soin de toi. Regarde, le cortège se forme, tu devrais te dépêcher. On te guettera quand tu reviendras.

Ravie, Melannguell s'éloigna en courant. Robert avait rassemblé ses moines avec, à leur tête, frère Anselme le premier chantre, face à la porte. Les pèlerins qui dansaient d'un pied sur l'autre, murmurant, tout excités, s'assemblèrent en une colonne oscillant comme la queue d'un dragon, interminable, multicolore, mouvante, pleine de fleurs, de cierges allumés, d'offrandes, de croix et de bannières. Matthieu impatient attendait. Il avait hâte de lui prendre la main et de l'attirer vers lui.

– Tu as l'autorisation? Elle te confie à moi?...

– Tu ne t'inquiètes pas pour Ciarann? ne put-elle s'empêcher de demander, inquiète. Il a raison de rester là, cette marche serait trop dure pour lui.

Les moines du chœur, devant eux, entonnèrent leur psaume processionnel; à leur tête Robert, le prieur, franchit la porte grande ouverte, derrière lui les moines suivirent deux par deux, eux-mêmes suivis de tous les notables de la ville, puis de la longue théorie des pèlerins qui se mit en branle avec enthousiasme, reprenant le psaume quand ils le connaissaient ou avaient l'oreille musicale. La procession se déversa par le portail et tourna à droite vers Saint-Gilles.

Frère Cadfael était parti avec le groupe du prieur et frère Adam de Reading marchait à ses côtés. Il fallait suivre la route large près du mur de l'enclave, passer le grand triangle d'herbe piétinée où avait lieu la foire aux chevaux, puis suivre encore la route entre des maisons disséminées, des champs et des pâturages pâlis par le soleil à l'orée même du faubourg, là où la tour massive de l'église de l'hospice et la longue haie de roseaux du jardin apparaissaient, toutes sombres sur le ciel lumineux à l'orient, légèrement surélevées par rapport à la route et situées sur un petit monticule couvert d'herbe. Étirée sur cette distance, la longue procession s'allongea encore, se parant de couleurs plus vives, tandis que les habitants de la Première Enceinte, vêtus de leurs plus beaux vêtements de fête, sortaient de chez eux et se joignaient au cortège.

Seuls les moines et les notables de la ville trouvèrent

place dans la petite église sombre. Les autres s'assemblèrent devant la porte, se tordant le cou pour essayer de distinguer ce qui se passait à l'intérieur. Cadfael, dont les lèvres bougeaient presque silencieusement pour suivre les psaumes et les prières, regardait la lumière des cierges sur les incrustations d'argent qui décoraient l'élégant cercueil de chêne de sainte Winifred, posé là sur l'autel, comme la première fois, quand ils l'avaient rapporté de Gwytherin, quatre ans auparavant. Il se demandait si la raison pour laquelle il s'était assuré une place parmi les huit religieux qui la ramèneraient à l'abbaye était aussi pure qu'il l'avait espéré. Ne considérait-il pas la sainte d'un œil de propriétaire, puisqu'il avait été de l'expédition? Ou était-ce l'humble geste d'un pénitent? Après tout, il avait une bonne soixantaine, le coffret de chêne pesait lourd, avec des arêtes tranchantes pour des épaules arthritiques et le chemin du retour serait suffisamment long pour lui apporter quelque inconfort. Elle trouverait peut-être le moyen de lui signifier qu'elle approuvait ou non ses procédés en lui infligeant des rhumatismes atrocement douloureux!

L'office se termina. Les huit religieux choisis, groupés selon leur taille et le rythme de leur démarche, soulevèrent le reliquaire et le hissèrent sur leurs épaules. Le prieur baissa sa tête majestueuse pour franchir la porte basse et sortir dans la lumière de cette matinée. La foule qui se pressait autour de l'église s'ouvrit pour laisser place au triomphe de sainte Winifred, la procession se reforma, avec en tête le prieur puis les religieux, le cercueil et ses porteurs, flanqués de croix, de bannières, de bougies et de femmes enthousiastes apportant des couronnes de fleurs. A pas mesurés, accompagnée de musique et d'une joie empreinte de solennité, sainte Winifred, ou ce qui la représentait dans le secret de cette bière scellée, revenait vers son autel, dans l'église abbatiale.

« Bizarre, songea Cadfael, accordant soigneusement son pas à celui des autres, le corps me semble plus léger que dans ma mémoire. Est-ce possible? En quatre ans seulement? » Il connaissait bien les particularités des corps des vivants et des morts; un jour on l'avait emmené visiter des grottes dans le désert, là où des chrétiens, longtemps auparavant, avaient vécu jusqu'à leur mort. Il connaissait les effets de l'air sec sur la chair, qui préserve la légère enveloppe charnelle desséchée cependant que la substance de la vie se change en esprit. Quoi qu'il y eût dans le reliquaire reposait tranquillement sur son épaule, comme une main légère qui le guidait. Ça n'était pas lourd du tout!

9

Il arriva en chemin quelque chose de merveilleux à Matthieu et Melannguell, pressés dans la foule enthousiaste qui chantait et se bousculait. A un moment, le long de ce demi-mille de route, ils furent pris dans la joie fiévreuse de cette journée, portés par la marée de la musique et de la foi ; transportés qu'ils étaient sans dire un mot ni sans l'avoir voulu, ils oublièrent tous les autres et s'oublièrent eux-mêmes. Quand ils tournèrent la tête pour se regarder, ils ne virent que les yeux de l'être aimé dans un halo de soleil. Ils n'échangèrent pas un seul mot de toute la route. C'était inutile. Mais quand ils eurent franchi le mur d'enceinte, près du champ de foire aux chevaux, qu'ils s'approchèrent du portail, qu'ils entendirent puis virent l'abbé, s'avançant à leur rencontre à la tête de ses moines, splendidement vêtu, encore plus grand sous sa mitre, quand les deux chœurs se rencontrèrent sans tout à fait se fondre puis s'unirent dans un grand élan d'adoration, et que tous les processionnaires eurent le souffle coupé sous le coup de l'exultation, Melannguell entendit près d'elle quelqu'un reprendre souffle, comme s'il sanglotait doucement puis éclater d'un rire irrésistible dû à sa joie profonde. Cela ne fit pas grand bruit, car il avait le souffle court tant il avait la gorge serrée par l'émotion qui avait gagné son cœur et son esprit, et il ne se rendit pas compte de cette liesse qu'il répandait. Quel joli son! pensa Melannguell, en levant les yeux pour le fixer, les lèvres entrouvertes, dans la lumière éblouissante. Elle avait déjà vu – trop rarement – le petit sourire crispé de Matthieu, rareté qui l'étonnait et la navrait, mais c'était la première fois qu'elle l'entendait rire.

Les deux processions mêlèrent leurs flots. Ceux qui portaient la croix étaient devant, suivis de l'abbé Radulphe, puis du prieur et des moines du chœur, venaient ensuite Cadfael et ses compagnons, chargés du fardeau sacré, pressés de toutes parts par des fidèles qui s'efforçaient comme ils pouvaient de toucher la manche de l'un des porteurs ou le chêne poli du reliquaire au passage. Frère Anselme, qui dirigeait magistralement le chœur, joignit sa belle voix à celle des autres quand ils franchirent le portail et ramenèrent Winifred chez elle.

A ce moment frère Cadfael marchait comme un homme pris dans un double rêve, physiquement il allait du même pas confiant que ses frères tandis que son esprit s'envolait dans une autre dimension, pleine de doux murmures étouffés, de gens progressant à un rythme allègre, de chuchotements exaltés, et des acclamations aiguës de centaines de personnes; au-dessus de tous s'élevait ce chant où dominait la voix de frère Anselme. La grande cour était pleine de gens qui attendaient la procession; il fallut dégager le chemin menant au cloître, puis jusqu'à l'église, ils ne pouvaient avancer que doucement et piétiner, et la foule recula pour leur livrer passage. Cadfael revint à lui-même avec un peu d'agacement quand le reliquaire fut immobilisé dans la cour, en attendant que la voie se libérât. Avec un rien d'agressivité, il se campa des deux pieds en ces lieux familiers, et pour la première fois regarda autour de lui. Il aperçut, derrière la cohue déjà rassemblée, ceux qui suivaient la petite sainte se disputer une place d'où ils pourraient tout voir, et aussi tout entendre. Pendant cette brève halte, il remarqua Melannguell et Matthieu main dans la main, en train de chercher un endroit dégagé parmi le premier rang des spectateurs.

Ils regardèrent Cadfael comme s'ils avaient un peu bu, sans être habitués à l'alcool. Quel mal à cela? Après une longue abstention, il avait senti une frénésie monter en lui, comme si ses pieds suivaient encore le rythme hypnotique et son esprit était encore sous l'effet des cadences du psaume. Ces extases lui étaient à la fois familières et étrangères, il y participait tout en s'en détachant, les deux pieds solidement plantés en terre, pour conserver son équilibre et se tenir droit.

Ils se réunirent pour pénétrer dans la nef de l'église puis, prenant à droite, gagner l'autel nu qui les attendait. La masse imposante du lieu saint, tout endormi et tiède de soleil, sombre aussi, silencieux et vide ne contenait qu'eux puisque nul autre ne pouvait entrer qu'ils n'aient rempli leur tâche, logé leur sainte patronne et regagné leurs modestes places. Après quoi les autres les rejoignirent, avec en tête l'abbé et le prieur; d'abord les moines allèrent s'installer dans les stalles du chœur, suivis par le prévôt, les membres des guildes de la ville et les notables du comté, puis tout le peuple qui, après la chaleur du soleil du matin, se répandit dans la pénombre fraîche. Aux clameurs d'excitation de la fête succéda le silence profond de la prière et toute la nef se remplit des couleurs, de la chaleur et du souffle de ces fidèles tous aussi calmes que la flamme des cierges sur l'autel. Il n'était pas jusqu'aux incrustations d'argent du coffret qui n'eussent la fixité des pierres précieuses.

L'abbé Radulphe s'avança. La messe commença, apaisante et solennelle.

L'intensité même de toute cette émotion entre ces quatre murs et sous la voûte unique fut telle qu'il était impossible de détourner le regard un seul instant de la liturgie qui la faisait naître, ni l'esprit des paroles de l'office. Il y avait eu une époque où les pensées de Cadfael, pendant toutes ses années de couvent, se détournaient de la messe pour se consacrer à d'autres problèmes et réfléchir à d'autres points. Ce n'était plus le cas maintenant. A aucun moment, il ne remarqua un seul visage dans l'assistance, il ne voyait que des hommes et des femmes, au sein desquels son individualité se perdait, à moins qu'elle ne s'amplifiât comme l'air pour remplir chaque partie du tout. Il oublia Melannguell et Matthieu, Ciarann et Rhunn, il ne se retourna même pas pour voir si Hugh était venu. S'il avait un visage devant les yeux c'était celui de quelqu'un qu'il n'avait jamais vu ; pourtant il se souvenait très bien de ces os minces et fragiles qu'il avait exhumés avec tant de précautions et de respect et de nouveau confiés à la même terre d'un bien meilleur cœur pour qu'elle retourne dormir à l'ombre des arbres, parmi le parfum des aubépines. Elle avait eu beau vivre jusqu'à un âge avancé, pour lui elle n'aurait jamais que dix-sept ou dix-huit ans, âge qu'elle avait quand le fils du roi Cradoc la poursuivait de ses ardeurs. Cette ossature mince était caractéristique de la jeunesse et Cadfael lui prêtait un très beau visage jeune, passionné, ouvert. Mais il le voyait toujours se détourner à demi de lui, consentant à peine à baisser les yeux pour lui adresser un regard qui le rassurait pleinement.

A la fin de la messe l'abbé regagna sa propre stalle à la droite de l'entrée de la nef vers le chœur, en contournant l'autel paroissial. Élevant la voix et ouvrant les bras, il pria les pèlerins de s'avancer vers l'autel de Winifred; que ceux qui auraient à lui demander quelque chose veuillent bien s'agenouiller et toucher le reliquaire de la main et des lèvres. Ce qui se fit dans un ordre et un silence respectueux. Le prieur se plaça au pied des trois marches menant à l'autel, afin de prêter la main à ceux qui auraient du mal à monter ou s'agenouiller. Ceux qui étaient en bonne santé et n'avaient pas de souhaits précis vinrent de l'autre côté de la nef et trouvèrent un endroit d'où ils pourraient tout voir, sans rien perdre de cette journée mémorable. Voilà qu'ils redevenaient eux-mêmes et parlaient à voix basse. Ils avaient vieilli d'une heure depuis que Cadfael les confondait tous.

A genoux dans sa stalle, Cadfael les passait en revue, il les distinguait tous maintenant qui s'approchaient, s'agenouillaient et tendaient la main. La longue file de solliciteurs tirait à sa fin quand il vit Rhunn s'avancer. Pleine de sollicitude, dame Alice le tenait par le coude gauche, Melannguell était à sa droite, et Matthieu le suivait à un pas, aussi inquiet qu'elles. Le garçon marchait laborieusement comme à l'ordinaire, frôlant le sol du bout du pied. Son visage était d'une pâleur intense, mais brillante, qui rendait presque atone son regard attentif, et les yeux dilatés qu'il fixait sans ciller sur le reliquaire étaient translucides, comme de la glace traversée d'une vive lumière bleuâtre. D'un côté dame Alice lui prodiguait à l'oreille des encouragements, et Melannguell agissait de même de l'autre, mais il ne voyait qu'une chose : l'autel vers lequel il se dirigeait. Quand vint son tour, il se débarrassa des deux femmes, et pendant un moment sembla hésiter avant de se risquer à avancer seul.

Robert, le prieur, remarqua son état et lui tendit la main.

– N'ayez pas honte, mon fils, si vous ne pouvez vous mettre à genoux. Dieu et sainte Winifred connaissent votre bon vouloir.

– Mais père, je peux! Je le veux! répondit-il d'une voix basse et frémissante, qui résonna pourtant dans le silence.

Rhunn se redressa, lâchant ses béquilles qui glissèrent de sous ses aisselles et tombèrent. Celle de gauche fit un bruit irritant sur les dalles, à droite Melannguell s'élança et tomba à genoux pour recevoir l'autre dans ses bras avec un petit cri. Elle resta là, courbée, serrant contre elle ce support inutile tandis que Rhunn posa son pied tordu sur le sol et se cambra de toute sa taille. Il lui restait deux ou trois pas pour parvenir au pied des gradins de l'autel. Il se mit en marche avec une lenteur empreinte de fermeté, les yeux fixés sur le reliquaire. A un moment il chancela légèrement, et dame Alice, toute tremblante, fit mine de courir vers lui, et s'arrêta de nouveau, émerveillée, effrayée, tandis que le prieur tendait la main une fois encore pour l'aider. Rhunn ne leur prêta aucune attention, rien n'existait pour lui, que le but qu'il s'était fixé, la voix qui semblait le pousser en avant. Il avançait, retenant son souffle, comme un enfant apprenant à marcher s'aventure à franchir des espaces infinis pour atteindre sa mère qui lui ouvre les bras et murmure des encouragements.

C'est son pied tordu qu'il posa d'abord sur la première marche, et maintenant ce pied, encore un peu malhabile et manquant de pratique, n'était plus tordu, ne se déroba pas sous lui. Sa mauvaise jambe, quand il prit appui sur elle, semblait avoir retrouvé sa vigueur et le soutint bravement.

Alors seulement Cadfael prit conscience de l'immobilité et du silence ambiants, comme si tous ceux qui étaient là, sous le charme, retenaient leur souffle avec le garçon et n'étaient pas encore prêts ou ne pouvaient pas encore consentir à reconnaître ce qui se passaient sous leurs yeux. Même le prieur, haute silhouette austère, demeura immobile, sous le charme. Melannguell, agenouillée, la béquille serrée contre sa poitrine, ne pouvait, elle non plus, remuer le petit doigt pour rompre l'enchantement, mais suivait chaque pas d'un regard plein de souffrance, comme si elle posait son propre cœur sous les pieds de Rhunn en sacrifice volontaire pour que le sort leur fût propice.

Il était arrivé à la troisième marche : il glissa à genoux d'un mouvement très doux, se tenant aux franges de la nappe d'autel et du drap d'or disposé sous le reliquaire. Il leva ses mains jointes et son visage étoilé, pâle et lumineux, aux yeux maintenant clos et, bien qu'on n'entendît presque aucun son, chacun vit ses lèvres bouger quand il dit les prières préparées à son intention. Elles ne contenaient probablement aucune supplication pour sa propre guérison. Il s'en remettait simplement à la sainte, avec une soumission joyeuse, et ce qui lui était advenu, elle l'avait accompli pour lui, de son propre chef.

Il dut se retenir aux draperies pour se relever, comme les petits enfants aux jupes de leur mère. Nul doute qu'elle le hissait par le bras pour l'aider. Il pencha la tête, baisa le bord du tissu sacré, se mit debout et posa les lèvres contre le reliquaire d'argent dans lequel, qu'elle y repose ou non, elle seule commandait et décidait. Puis il s'éloigna, et redescendit les trois marches précautionneusement, à reculons. Son pied tordu et sa jambe atrophiée le soutinrent sans défaillir. Au pied des marches, il s'inclina gravement, puis il se tourna et s'éloigna vite comme tout adolescent normal afin d'adresser aux deux femmes un sourire rassurant, reprendre les béquilles désormais inutiles et les rapporter sous l'autel où il les posa avec soin.

Le charme était rompu, l'événement merveilleux avait eu lieu et sa nature miraculeuse s'était manifestée à l'évidence. Un grand soupir frémissant se répandit à travers la nef, le chœur, les transepts, partout où il y avait des témoins. Après ce soupir, il y eut le murmure tremblant d'un orage qui se prépare. S'agissait-il de larmes ou de rires, nul ne le savait, mais il y avait dans l'air un frisson passionné. Et puis un grand cri éclata, on se mit à rire, à pleurer dans une tempête d'émerveillement et de louange. Depuis les murs de pierre jusqu'à la haute voûte majestueuse, du jubé à la croisée du transept, l'écho jaillit et se répercuta et la flamme des cierges, jusque-là immobile, vacilla violemment sous l'ouragan. Comme foudroyée, Melannguell versait des larmes de joie dans les bras de Matthieu, et dame Alice, passant d'une amie à l'autre, pleurait comme une Madeleine et souriait comme une bienheureuse. Robert, le prieur, récompensé de ses efforts, leva les bras au ciel, et entonna un psaume d'action de grâces, que reprit frère Anselme.

Un miracle, un miracle, un miracle...

Au milieu de tout cela, Rhunn demeurait tout droit, immobile, un peu effaré même, fermement planté sur ses longues et belles jambes, regardant autour de lui ces gens qui criaient, pleuraient, exultaient, se laissant noyer dans ces bruits dénués de sens. Il ne désirait que le calme qu'il avait connu en ce lieu sacré quand il était seul avec la petite sainte qui lui avait soufflé, d'une voix si douce et secrète, tout ce qu'il devait faire.

Frère Cadfael se leva avec les autres religieux, après que l'église se fut complètement vidée, maintenant que la foule exaltée, bruyante, excitée s'était dissipée pour donner libre cours à sa fièvre en ce beau jour d'été et parler du miracle à haute voix, le colporter partout sur la Première Enceinte et puis aussi en ville, et le commenter de table en table au dîner, à l'hôtellerie, et en parler encore à vêpres tant qu'il leur restait du souffle. Quand ils se sépareraient, la nouvelle les accompagnerait partout, chantant les louanges de sainte Winifred, poussant d'autres gens à prendre la route pour venir confier leurs soucis à Shrewsbury, où la guérison était prouvée et attestée par des centaines de témoins.

Les moines se rendirent à leur modeste dîner quotidien et quels que fussent leurs sentiments personnels, observèrent la discipline du silence. Ils étaient très fatigués, de sorte que ce calme était le bienvenu. Ils s'étaient levés tôt, avaient travaillé dur, traversé l'eau et le feu corps et âme; rien d'étonnant à ce qu'ils mangent humblement, en silence, pleins de gratitude.

10

C'est seulement quand le dîner fut presque terminé à l'hôtellerie, que Matthieu, assis à côté de Melannguell, encore tout rouge et exalté par les merveilles de la matinée, revint soudain à des problèmes plus graves et commença à regarder autour de lui en fronçant les sourcils. Tant qu'il s'était occupé de dame Weaver et de ses jeunes parents, il avait partagé leur joie sans mélange et oublié le reste. Mais cela ne pouvait durer, malgré Rhunn, assis à ses côtés, encore sous le coup du miracle; il prononçait à peine un mot et avait presque perdu le goût de boire et de manger. Il négligeait les attentions des deux femmes. Il avait été si loin qu'il lui fallait du temps pour revenir.

– Je n'ai pas vu Ciarann, chuchota doucement Matthieu à l'oreille de Melannguell, et il se souleva un peu sur son siège pour examiner la salle bondée. Et toi, l'as-tu aperçu dans l'église?

Elle aussi avait oublié jusqu'alors, mais en voyant son visage, le souvenir la foudroya et son cœur se serra. Elle ne se démonta pas pourtant et, persuasive, posa la main sur le bras de son voisin pour le forcer à se rasseoir.

– Avec tout ce monde ? Oh ! il était sûrement là ! Il a dû se faufiler parmi les premiers, il est resté là, afin de se trouver une bonne place. On n'a pas vu tous ceux qui sont allés vers l'autel ; on est restés avec Rhunn, et il était loin derrière.

Oh ! ce mélange de vérités et de mensonges – mais elle s'arrangea pour que sa voix ne tremble pas et, troublée, s'efforça de garder l'espoir.

– Mais où est-il maintenant ? Je ne le vois pas ici non plus.

Mais les gens étaient si excités, se déplaçaient tellement de table en table pour s'entretenir entre amis qu'on pouvait très bien ne pas remarquer quelqu'un.

– Il faut que je le trouve, dit Matthieu pas encore vraiment inquiet, cherchant à se rassurer.

Comme il se levait, elle l'arrêta.

– Assieds-toi donc ! Il est quelque part, c'est forcé. Laisse-le tranquille, il se montrera quand il voudra. Il se repose peut-être sur son lit, car demain il doit repartir nu-pieds. Pourquoi le chercher maintenant ? Tu ne peux pas te passer de lui un seul jour ? Aujourd'hui surtout ?

Matthieu la dévisagea avec des yeux d'où toute joie et toute gaieté avaient disparu et il libéra sa manche de son étreinte sans brutalité mais fermement.

– N'empêche, il faut que je le trouve. Reste ici avec Rhunn, je reviens. Tout ce que je veux, c'est le voir, pour être sûr...

Il s'éloignait, se faufilant tranquillement entre les tables pleines d'animation, et regardant attentivement autour de lui. Elle ne savait si elle allait le suivre, puis elle se ravisa : pendant qu'il cherchait le temps passerait doucement et Ciarann disparaîtrait dans le lointain. Peut-être finirait-il par oublier son ami, ce qu'elle souhaitait si fort. Elle demeura donc à la joyeuse tablée, avec un sentiment d'exclusion, et à chaque moment qui passait elle se demandait si elle devait s'inquiéter ou se rassurer. A la fin, l'attente lui pesa trop. Elle se leva sans bruit et sortit. Dame Alice était dans tous ses états, partagée entre le rire et les larmes, trônant toute fière près de son prodige et entourée de voisins aussi heureux et bavards qu'elle. Bien qu'il fût le centre d'intérêt du groupe, Rhunn gardait ses distances. Il restait sous le choc de ce qui venait de lui être révélé et s'efforçait de répondre de son mieux aux questions qui fusaient de toutes parts. On n'avait nul besoin de Melannguell, on se passerait très bien d'elle pour un moment.

Quand elle arriva dans la grande cour, où flambait la lumière de midi, c'était l'heure la plus calme, le repos d'après-dîner. A aucun moment de la journée la cour n'était totalement déserte, il y avait toujours des allées et venues, mais à cette période elles se raréfiaient. Presque craintivement Melanguell se dirigea vers le cloître, où, à part un unique copiste occupé à revoir son travail de la veille et frère Anselme qui, dans son atelier, préparait la musique de vêpres, elle ne trouva personne; elle alla ensuite aux écuries même s'il n'y avait aucune raison d'y rencontrer Matthieu puisqu'il n'avait pas de cheval, ni aucune chance pour que son compagnon désirât ou pût en acheter un; puis dans les jardins où deux novices taillaient les surgeons désordonnés d'une haie de buis; elle passa même par la cour de la grange où l'on rangeait les provisions; où quelques serviteurs laïcs en prenaient à leur aise et glosaient sur l'événement du matin, comme tout le monde ici à l'abbaye, et aussi, soyons juste, dans Shrewsbury et sur la Première Enceinte. Les jardins de l'abbé étaient vides, bien ordonnés, et les roses, parfaitement entretenues, resplendissaient. Par une porte ouverte de ses appartements, on apercevait quelques invités qui se déplaçaient avec componction.

Très inquiète, à présent, elle revint vers le jardin. Elle ne mentait pas très bien, par manque d'habitude, et même pour une bonne cause, elle en souffrait. Et, malgré tout le mouvement qu'il y avait ordinairement en ce lieu, pas trace de Matthieu. Mais il ne pouvait pas être parti, non, le portier s'avéra incapable de lui fournir aucun renseignement, Ciarann n'était pas passé par là ; elle non plus ne dirait rien, pas avant d'y être forcée, pas avant que Matthieu, qui avait le cœur tendre, n'eût accepté sa disparition et ne fût disposé à l'écouter avec bonne volonté.

Elle revint sur ses pas, en contournant la haie de buis. Comme elle progressait hors du champ de vision des novices, elle tomba nez à nez avec Matthieu.

Ils avancèrent l'un vers l'autre, entre les haies bien fournies, dans un terrible tête-à-tête. Se sentant coupable, elle s'écarta un instant de lui, car il semblait plus distant, plus étranger que jamais ; il l'avait pourtant reconnue, lui accordant avec un sourire forcé le droit de le chercher, mais presque au même moment d'un regard il lui montra que sa présence était déplacée.

– Il est parti ! dit-il d'une voix rauque, glaciale, regardant au loin, comme si elle n'était pas là. Dieu te garde, Melannguell, il va falloir que tu te débrouilles seule, je suis désolé. Il est parti – il a filé pendant que j'avais le dos tourné. Je l'ai cherché partout, aucune trace. Le portier ne l'a pas vu sortir, je le lui ai demandé. Mais il est parti ! Seul ! Il faut que j'y aille. Dieu te garde, petite, pour moi ça n'est plus possible, et porte-toi bien !

Il s'en allait ainsi, presque sans un mot, avec ce visage si froid, si sauvage! Il avait tourné les talons et commençait à s'éloigner à la hâte quand elle s'élança derrière lui, l'attrapa à deux mains par les bras et l'obligea à s'arrêter.

– Non, non, *pourquoi?* En quoi a-t-il besoin de toi? Lui es-tu plus nécessaire qu'à moi? Il est parti? Eh bien, tant mieux! Penses-tu que ta vie lui appartienne? Il n'en veut pas! Il veut que tu sois libre, il veut que tu vives ta vie, au lieu de mourir avec lui. Il sait, il sait que tu m'aimes! Tu oserais dire le contraire? Il sait que je t'aime. Il veut que tu sois heureux! N'est-ce pas normal de la part d'un ami? De quel droit refuserais-tu d'obéir à son dernier souhait?

Elle comprit alors qu'elle en avait trop dit, mais elle ignorait à quel point c'était une erreur fatale. Il s'était complètement tourné vers elle, s'immobilisant sur place et son visage avait l'immobile froideur du marbre. Il dégagea sa manche, sans aucune douceur cette fois.

– *Ah il veut!* lançait-il d'une voix sifflante qu'elle ne lui avait jamais entendue, ouvrant à peine la bouche. Tu lui as parlé! Tu prends sa *défense! Tu savais!* Tu savais qu'il comptait partir, et me laisser derrière comme un imbécile, damné, manquant à ma parole. *Tu savais!* Quand? Quand lui as-tu parlé?

Il la tenait par les poignets et la secouait brutalement. Elle poussa un cri, tombant à genoux.

– Tu savais qu'il comptait partir? insista Matthieu, penché vers elle, la voix glaciale malgré sa fureur.

– Oui – Oui! Il me l'a dit ce matin... Il le souhaitait...

– *Il le souhaitait!* Et qu'est-ce qui le lui permettait? Comment a-t-il eu ce courage, alors qu'on lui avait volé la bague de l'évêque? Il n'osait pas mettre un pied dehors, il mourait de peur à l'idée de quitter l'abbaye...

– Il a la bague, s'écria-t-elle, n'essayant plus de mentir. Le seigneur abbé la lui a rendue ce matin, inutile de t'inquiéter pour lui, il a son sauf-conduit... Il n'a pas besoin de toi!

Toujours penché sur elle, Matthieu observait un silence de mort.

– *Quoi? Il a la bague?* Tu le savais et tu ne m'en as rien dit! Si tu en sais si long, tu n'as peut-être pas tout dit. Vide ton sac! *Où est-il?*

– Parti, murmura-t-elle, tremblante. Il ne te voulait que du bien... Il nous voulait du bien à tous deux... Oh! laisse-le, laisse-le partir, il te rend ta liberté!

Quelque chose, un rire sans doute, convulsa le visage de Matthieu, elle l'entendit et un long frisson lui traversa le corps. Elle n'avait jamais entendu un tel rire, il lui glaça le sang.

– Il me rend *ma* liberté? Et il faut que tu lui serves de complice? O mon Dieu! Il n'est pas passé par le portail. Si tu sais tout, alors dis-moi tout – comment est-il parti?

– Il t'aimait, balbutia-t-elle, fondant en larmes, il voulait que tu vives, que tu l'oublies et sois heureux...

– *Comment est-il parti?* répéta Matthieu, le souffle si court qu'on aurait dit qu'il allait s'étrangler en parlant.

– Par le ruisseau, murmura-t-elle, d'une voix à peine audible, par le plus court chemin pour le pays de Galles. Il paraît... qu'il a de la famille là-bas...

Il respira péniblement et ouvrit les mains, la laissant tomber face contre terre quand il lâcha ses poignets. Puis il lui tourna le dos et s'éloigna à grands pas, oubliant tout ce qu'ils avaient partagé, ne pensant plus qu'à ce qui l'obsédait. Elle ne comprenait pas, incapable qu'elle était d'assimiler aussi vite ce qui venait d'arriver, mais elle sut que celui qu'elle aimait la quittait pour accomplir Dieu sait quel devoir qui ne la concernait en rien. Elle bondit sur ses pieds et courut derrière lui, l'entoura de ses bras, leva un visage suppliant vers ces yeux morts, hagards.

– Laisse-le partir ! l'implora-t-elle passionnément. Je t'en prie ! Il veut partir seul, nous délivrer de lui...

Presque silencieux au-dessus d'elle retentit ce rire terrible, si différent de celui qu'il avait eu, si joli, quand il suivait le reliquaire avec elle. On aurait dit qu'un sirop épais, brûlant, étouffant, lui obstruait la gorge. Il lutta pour se dégager et quand de nouveau elle tomba à genoux s'accrochant désespérément à lui de tout son poids, il leva brutalement sa main droite et la frappa violemment au visage avec un sanglot, puis s'arrachant à elle par la force, il s'enfuit, la laissant couchée sur le sol, face contre terre.

Dans les appartements de l'abbé, Radulphe et ses invités restèrent longtemps à table, car les sujets de conversation ne manquaient pas. Le premier, ce fut naturellement celui dont tout le monde parlait.

– Nous avons bénéficié ce matin d'une faveur insigne, déclara l'abbé. Ce n'est pas la première manifestation de la grâce à laquelle nous assistons, mais jamais elle ne s'est montrée d'une façon aussi évidente, ni en présence de tant de témoins. Quel est votre sentiment ? Je commence à manquer de fraîcheur d'esprit devant les miracles dont certains d'ailleurs promettent plus qu'ils ne tiennent. Je sais que les hommes ne sont pas toujours honnêtes et qu'ils ne le font pas toujours exprès. Celui qui trompe les autres est parfois trompé lui-même. Si les saints ont un pouvoir, c'est aussi vrai pour les démons. Cependant ce garçon me paraît franc comme l'or. J'ai peine à croire qu'il nous abuse ou s'abuse lui-même.

– On m'a cité le cas d'infirmes qui avaient jeté leurs béquilles aux orties pour marcher seuls, dit Hugh, et qui ont dû les reprendre quand leur ferveur s'est dissipée. Avec le temps on verra si lui devra s'en resservir.

– Je lui parlerai plus tard, répondit l'abbé, quand les esprits seront un peu calmés. J'ai su par frère Edmond que frère Cadfael s'est occupé de ce jeune homme pendant les trois jours qu'il a passés parmi nous. Il est possible que ses soins aient amélioré son état, mais de là à opérer une guérison aussi soudaine!... Non, je crois vraiment, je l'avoue, que notre maison a eu la chance d'être le théâtre de la grâce divine. Je m'entretiendrai également avec Cadfael qui doit en savoir plus que nous sur ce petit.

Olivier était assis avec déférence en présence d'un homme d'Église aussi respectable que l'abbé, mais Hugh remarqua qu'il souleva l'arc de ses paupières et que son regard s'éclaira quand on mentionna Cadfael. Il n'ignorait donc pas le nom de celui qu'il cherchait et ce n'était pas seulement une rencontre dans le feu de l'action qui rapprochait curieusement deux êtres aussi dissemblables.

– Je serais maintenant heureux d'entendre les nouvelles que vous nous apportez du Sud, dit Radulphe. Vous êtes-vous rendu à Westminster avec la cour de l'impératrice? Je me suis laissé dire qu'elle s'y était installée.

Olivier donna volontiers un compte rendu sur l'état

des affaires dans la capitale et répondit aux questions sans rechigner.

– Mon seigneur est resté à Oxford, ajouta-t-il. C'est à sa demande que j'ai entrepris cette mission, je suis parti de Winchester. Mais oui, l'impératrice est bien au palais et les plans pour son couronnement avancent, très lentement, il faut reconnaître. La cité est très consciente de son pouvoir et entend qu'on le lui reconnaisse, c'est du moins mon opinion.

Il n'irait pas plus loin et n'avouerait jamais ses inquiétudes concernant la sagesse de la souveraine de son seigneur, ou son imprudence, mais il eut une moue dubitative et fronça brièvement les sourcils.

– Vous étiez au concile, père, vous êtes au courant de tout ce qui s'est passé. Mon seigneur a perdu là-bas un bon chevalier; c'était un de mes amis, il a été tué dans la rue.

– Rainald Bossard dit l'abbé, le visage tendu, je n'ai pas oublié.

– J'ai eu un entretien avec le seigneur shérif dont j'aimerais vous donner la teneur. Car j'ai une autre mission à remplir, en plus du travail dont on m'a chargé pour l'impératrice; il s'agit cette fois de la veuve de Rainald Bossard. Rainald avait chez lui un jeune parent avec qui il se trouvait quand on l'a tué; après sa mort, le jeune homme a quitté le service de sa dame sans un mot, dans le plus grand secret. D'après elle, il était devenu silencieux et renfermé avant même de disparaître et la seule chose qu'on sache de lui ensuite est qu'il se trouvait sur la route de Newbury et qu'il se dirigeait vers le nord. Depuis, plus rien. Donc, quand elle a appris que je montais dans le nord elle m'a prié de me renseigner au sujet du garçon partout où je passerais; en effet c'est quelqu'un qu'elle apprécie et respecte, et elle a besoin de lui auprès d'elle. Je ne veux pas vous mentir, père, d'aucuns prétendent qu'il s'est enfui parce que c'est lui qui a tué Rainald. Selon eux, il était fou de Juliana et au cours de cette bagarre il a sauté sur l'occasion de la rendre veuve; ensuite il aurait pris peur quand ces bruits ont commencé à se répandre. Mais pour moi, les rumeurs ne sont nées qu'après sa disparition. Juliana, qui le connaît sûrement mieux que quiconque et le considère comme un fils – les Bossard n'avaient pas d'enfants –, est absolument sûre de lui. Elle veut qu'il revienne, lavé de tout soupçon, quelle que soit la raison pour laquelle il l'a quittée ainsi. Je me suis donc arrêté à chaque monastère, chaque auberge le long de la route et j'ai posé des questions. M'autorisez-vous à me renseigner ici aussi? Le frère hospitalier connaît sûrement le nom de tous ses hôtes. Mais, ajouta-t-il à regret, un nom, c'est tout ce dont je dispose, et si ça se trouve je l'ai déjà vu sans savoir que c'était lui. De plus il s'appelle peut-être autrement, aujourd'hui.

– C'est vrai, ce n'est pas grand-chose, reconnut l'abbé avec un sourire, mais je vous en prie, menez votre enquête. S'il est innocent, je serai ravi de vous aider à le retrouver et à le ramener. Comment se nomme-t-il?

– Luc Meverel, il a dans les vingt-quatre, vingt-cinq ans, de taille moyenne, bien bâti, avec des yeux et des cheveux noirs.

– Cela pourrait s'appliquer à des centaines de jeunes gens, soupira l'abbé, en hochant la tête, et j'imagine qu'il aura changé de nom s'il a quelque chose à cacher ou s'il a simplement des raisons de se croire soupçonné. Essayez toujours. Cependant il faut avouer que si quelqu'un veut se faire oublier, il disparaîtrait facilement ici. Denis vous indiquera qui, parmi ses hôtes, a les qualités ou l'âge requis. Votre Luc Meverel est manifestement de famille noble, probablement bien élevé et lettré.

– Très certainement, admit Olivier.

– Alors vous avez ma bénédiction, allez voir frère Denis, vous verrez dans quelle mesure il peut vous aider. Il a une excellente mémoire, il saura certes vous dire qui chez nous peut correspondre à ce signalement. Qui n'essaie rien n'a rien.

En sortant de chez Radulphe ils commencèrent cependant par chercher Cadfael qu'ils eurent bien du mal à trouver. Hugh se rendit d'abord à la cabane de l'herbarium, où ils parlaient habituellement de leurs affaires. Mais de Cadfael, point. Il n'était pas plus au cloître avec frère Anselme, à discuter d'un point délicat concernant la musique du soir. Il n'était pas non plus à l'infirmerie, en train de vérifier – pourquoi pas? – le contenu de l'armoire à pharmacie qui avait dû subir une sérieuse ponction ces derniers jours; il l'avait remplie aux petites heures de ce matin glorieux.

– Il était là, dit doucement Edmond, il y avait un pauvre diable qui saignait de la bouche, qui avait sûrement forcé sur les dévotions. Mais il va bien maintenant, il dort, l'hémorragie s'est arrêtée. Il y a déjà un moment que Cadfael est parti.

Frère Oswin, qui luttait vaillamment contre les mauvaises herbes, n'avait pas vu son supérieur depuis le dîner.

– Mon petit doigt me dit qu'il pourrait bien être à l'église, murmura Hugh, méditatif, clignant des yeux au soleil de midi.

Cadfael était au pied des trois marches de l'autel de sainte Winifred, d'où la grâce était venue, il n'était pas en oraison, les mains levées, non, elles reposaient sur son habit. Il ne fermait pas les yeux en suppliant, il les ouvrait tout grands pour recevoir l'absolution. Il était agenouillé depuis quelque temps alors qu'avec ses genoux douloureux il ne tenait pas à rester ainsi trop longtemps. Il n'éprouvait ni douleur ni chagrin, rien qu'une immense reconnaissance où il baignait comme un poisson dans l'eau. Une eau aussi pure, bleue, profonde à se noyer, transparente que celle de la côte qu'il se rappelait si bien, à l'extrémité de la mer du Milieu, au bout de laquelle se trouvait la ville sainte de Jérusalem, siège du tombeau de Notre Sauveur et royaume chèrement acquis. La sainte qui présidait ici, qu'elle y résidât ou non, l'avait projeté dans les espaces infinis et lumineux de l'espérance. Elle accordait ses faveurs à qui elle voulait, mais de très haut. Elle avait étendu la main sur un innocent qui méritait bien cette bonté. Qu'attendait-elle de lui, qui était beaucoup moins innocent mais dont les besoins étaient aussi grands?

Derrière lui, approchant tranquillement de la nef, il entendit une voix familière lui demander doucement s'il quémandait encore un miracle.

A regret il détourna les yeux du reliquaire et regarda vers l'autel paroissial. Il vit, comme il s'y attendait, Hugh Beringar qui lui souriait.

Mais par-dessus l'épaule de Hugh, il aperçut la tête et les épaules de quelqu'un de plus grand qui se distinguait dans la pénombre, un beau visage aux pommettes hautes, le doux creux des joues lisses et mates, des yeux dorés d'oiseau de proie sous l'arc des sourcils noirs, une longue bouche souple qui lui souriait timidement.

Ce n'était pas possible! Et pourtant si. Olivier de Bretagne sortit de l'ombre et de son pas que le moine aurait reconnu entre mille s'approcha des cierges de l'autel. A cet instant précis, sainte Winifred tourna la tête, regarda droit dans les yeux son fidèle serviteur, si sujet à l'erreur, et sourit également.

Un second miracle! Et pourquoi non? Quand elle donnait c'était de bon cœur, des deux mains.

11

Ils sortirent du cloître tous les trois, ce qui était en soi un événement mémorable car c'était la première fois qu'ils se trouvaient ensemble. Hugh ignorait tout de l'intimité et de la confiance que Cadfael et Olivier avaient partagées à Bromfield, et par une étrange pudeur Olivier hésitait à les évoquer ouvertement. Ils échangèrent un salut bref mais chaleureux, et seule leur gêne était révélatrice, ce que Hugh comprit sûrement, tout disposé qu'il était à attendre des éclaircissements... ou à s'en passer courtoisement. On avait tout le temps pour ça, ce qui, sans doute, n'était pas le cas pour Luc Meverel.

– Notre ami a une mission, dit Hugh, et il aura besoin de l'aide de frère Denis, mais on acceptera aussi la vôtre bien volontiers. Il cherche un certain Luc Meverel qui a disparu de chez lui et dont on sait qu'il va vers le nord. Je vous laisse la parole, Olivier.

Ce dernier raconta de nouveau son histoire, qu'on écouta très attentivement.

– Avec plaisir, dit Cadfael, je vous aiderai très volontiers non seulement à tirer d'affaire un innocent mais encore à mettre la main au collet du coupable.

Nous sommes au courant pour ce meurtre et il nous est resté sur l'estomac à tous. Qu'un homme honorable soit tué ainsi, en défendant un adversaire honorable, et par un homme de son propre parti...

– Vous en êtes sûr? intervint vivement Hugh.

– Pratiquement. Qui d'autre aurait pris ombrage du fait que cet homme s'opposait à sa souveraine et accomplissait son devoir sans peur? Tous ceux qui dans le secret de leur cœur soutiennent la cause d'Étienne auraient approuvé, même sans oser applaudir. Et il y a peu de chances qu'il s'agisse de voleurs – pourquoi décider de s'en prendre à quelqu'un qui n'a pas un sou vaillant, sauf le strict nécessaire pour voyager, alors que la ville regorgeait de seigneurs, d'hommes d'Église et de marchands beaucoup plus dignes d'intérêt? Rainald est mort seulement parce qu'il s'est porté au secours de ce clerc. Non, c'est un partisan de l'impératrice, comme Rainald, mais bien différent de lui, qui est responsable de cette infamie.

– Cela me paraît logique, acquiesça Olivier. Mais ce qui m'intéresse surtout, c'est de retrouver Luc et de le renvoyer chez lui, si possible.

– Il y a au moins une vingtaine de jeunes gens du même âge ici, aujourd'hui, remarqua Cadfael, triturant pensivement son nez camus, mais je suis prêt à parier qu'on peut en éliminer la plupart, car certains de leurs compagnons les connaissent probablement par leur nom, directement ou indirectement. Il y a peut-être des solitaires, mais ils ne doivent pas être légion. Les pèlerins sont comme les moineaux, ils aiment la compagnie. Le mieux est d'aller voir frère Denis. Il devrait avoir plus ou moins terminé son tri à présent.

Frère Denis avait une mémoire fidèle et s'intéressait aux nouvelles et aux rumeurs, de sorte qu'il était probablement la personne la mieux informée de l'abbaye. Plus l'hôtellerie était pleine, plus il prenait plaisir à savoir tout ce qui s'y passait, ainsi que le nom et l'origine de ses hôtes. Il tenait aussi ses registres méticuleusement à jour.

Ils le trouvèrent dans la cellule étroite où il faisait ses comptes et estimait ses besoins futurs en vérifiant pensivement ce dont il disposait encore et se demandant à quelle rapidité ses provisions diminueraient vraisemblablement d'ici au lendemain. Il abandonna courtoisement ses livres pour écouter ce que Cadfael et le shérif avaient à lui demander. Ses réponses furent d'une rapidité exemplaire quand on le pria de trier parmi la pléthore d'hommes d'environ vingt-cinq ans, dont il avait à s'occuper, bien nés ou de petite noblesse, sachant lire et écrire, avec des cheveux noirs, de taille moyenne, bref correspondant en gros à ce qu'on savait de Luc Meverel. Au fur et à mesure qu'il suivait du doigt la liste de ses hôtes, le nombre diminua sensiblement. Il semblait que bien plus de la moitié de ceux qui partent en pèlerinage fussent des femmes et que chez les hommes la plupart avaient la quarantaine ou la cinquantaine; parmi ceux qui restaient, beaucoup appartiendraient à des ordres mineurs, relevant d'un couvent, prêtres séculiers ou futurs prêtres. Pas de Luc Meverel parmi eux.

– Y en a-t-il ici qui soient venus seuls? demanda Hugh après un coup d'œil à la dernière liste, qui était plutôt courte.

Frère Denis pencha de côté sa tête ronde à la tonsure rose et parcourut les noms d'un œil noir et vif, pareil à celui d'un passereau.

– Pas un seul. Les jeunes hobereaux de cet âge vont rarement en pèlerinage, ou alors avec un seigneur exigeant – ou une dame également exigeante. En été, pour ce genre de fête, on pourrait avoir des amis qui viennent ensemble pour s'amuser un peu avant de se consacrer à des occupations plus rigoureuses. Mais seul... où serait le plaisir?

– Il y en a bien deux qui sont venus ensemble, déclara Cadfael, mais sûrement pas pour s'amuser. Je reconnais qu'ils m'intriguent. Ils ont tous deux l'âge qu'il faut et ce qu'on sait de votre homme leur conviendrait à tous deux. Tu les connais, Denis, ce jeune qui se rend à Aberdaron, et son ami qui lui tient compagnie. Ils sont tous deux lettrés, et sortent tous deux d'un manoir. Il est sûr qu'ils viennent du Sud, de plus loin qu'Abingdon d'après frère Adam de Reading qui a logé là-bas la même nuit.

– Ah oui, le va-nu-pieds, dit Denis qui souligna du doigt le nom de Ciarann sur sa liste réduite, et son fidèle gardien. Pour moi, il n'y a pas six mois de différence entre eux, ils ont la stature et la couleur de cheveux, mais il ne vous en fallait qu'un.

– On en aura deux pour le prix d'un, répliqua Cadfael. Et si aucun n'est celui qu'on cherche, comme ils viennent de par là-bas, ils auront peut-être rencontré un voyageur isolé quelque part sur la route. Si nous n'avons pas autorité pour leur demander qui ils sont et d'où ils viennent, comment et pourquoi ils sont ainsi ensemble, ce n'est pas le cas du père abbé. Et s'ils n'ont aucune raison de cacher quoi que ce soit, ils ne verront pas d'objection à lui dire à lui ce qu'ils pourraient hésiter à nous confier.

– Cela vaut la peine d'essayer, décida Hugh, enthousiaste. Enfin, c'est ce qu'il me semble et s'ils n'ont rien à voir avec celui qu'on cherche, on en aura été quittes pour perdre une demi-heure.

– Ne perdons pas de vue que jusqu'à présent ils n'ont qu'un lointain rapport avec ce qui nous intéresse, constata Cadfael, dubitatif, car l'un d'eux, atteint d'une maladie mortelle, prétend aller finir ses jours à Aberdaron, et l'autre serait décidé à rester avec lui jusqu'au bout. Mais un jeune homme qui veut disparaître peut inventer une histoire commode aussi facilement que prendre un autre nom. De toute manière, il est possible qu'ils aient croisé Luc Meverel seul et sous son vrai nom entre Abingdon et Shrewsbury.

– Mais si l'un d'eux, quel qu'il soit, est bien mon bonhomme, dit Olivier dubitatif, alors qui est l'autre, bon sang?

– Nous nous posons des questions, auxquelles ces deux-là pourraient répondre immédiatement, observa Hugh avec bon sens. Venez, allons demander à l'abbé Radulphe de les convoquer, et voyons ce qui en sortira.

Il ne fut pas difficile d'inciter l'abbé à envoyer chercher les deux jeunes gens. Ce fut moins simple de les trouver et de les amener pour qu'ils s'expliquent. Le messager qu'on avait envoyé, avec l'idée qu'ils obéiraient promptement, revint au bout d'un délai beaucoup plus long que prévu et admit à son grand dam qu'on avait été incapable de les dénicher dans l'enceinte de l'abbaye. Le portier, il est vrai, ne les avait pas vus sortir. Mais une chose l'avait convaincu du départ de Matthieu, le jeune homme en effet était venu récupérer son poignard peu après le dîner et il avait laissé un don généreux en argent pour la communauté en disant que son ami et lui étaient déjà sur le départ et qu'il désirait offrir quelque chose pour le logement. Avait-il paru – c'est Cadfael qui posa la question sans trop savoir pourquoi – avait-il paru semblable à lui-même, ou un tant soit peu perturbé, inquiet, ou passablement en colère quand il était passé chercher son arme et régler pour son ami et lui?

Le messager secoua la tête, l'homme n'avait posé aucune question de ce genre à la porte. Le frère portier lui, quand Cadfael l'interrogea personnellement, fut affirmatif.

– Il était comme un chat qui se brûle la queue. Oh! il parlait toujours aussi doucement, il était très courtois, mais pâle et fiévreux, on aurait dit que ses cheveux se dressaient sur sa tête. Mais comme chacun ici semblait sortir d'un rêve depuis ce qui s'est passé, il ne m'est pas venu à l'idée qu'il y avait anguille sous roche, j'ai cru que c'était simplement l'effet de ce matin.

– Parti? s'exclama Olivier effaré quand on lui annonça la nouvelle au parloir de l'abbé. Maintenant je commence à y voir plus clair et à me dire que l'un de ces deux étrangers, cheminant de compagnie, qui se conduisent aussi bizarrement pourrait bien être celui que je cherche. Car si moi je n'ai jamais vu Luc Meverel, j'ai récemment été l'hôte de son seigneur à deux ou trois reprises et lui m'a peut-être vu. Et s'il m'avait remarqué ici et qu'il s'était enfui en toute hâte parce qu'il ne veut pas qu'on le retrouve? Il n'ignore probablement pas qu'on m'a envoyé à sa recherche mais il a peut-être préféré quand même se mettre à bonne distance de moi. Et puis un compagnon malade serait une bonne couverture, qui servirait d'explication à ses errances. J'aimerais leur dire un mot à ces deux-là. Depuis combien de temps sont-ils partis?

– Une heure et demie de l'après-midi au maximum, déclara Cadfael, en se fondant sur le moment où Matthieu avait repris son arme.

– Et à pied ! s'écria Olivier, reprenant espoir. Et l'un d'eux n'a pas de souliers ! Il ne devrait pas être trop difficile de les rattraper, si on a une idée sur la direction qu'ils auront prise.

– Le meilleur chemin, et de loin, passe par la route d'Oswestry, on traverse la digue et on est au pays de Galles. Selon frère Denis, c'est là que Ciarann comptait se rendre.

– Alors père abbé, dit Olivier très décidé, avec votre permission, je file à leur poursuite, ils ne peuvent pas être loin. Ce serait dommage de manquer pareille occasion et s'ils ne sont pas ceux que je cherche, ni eux ni moi n'y aurons rien perdu. Mais seul ou non, je reviendrai.

– Je rentre en ville avec vous, déclara Hugh, et je vous montrerai le chemin, car vous ne connaissez pas la région. Ensuite, il faudra que je m'occupe de mes affaires et voir ce qu'aura donné la battue de ce matin. J'imagine que les malandrins se sont enfoncés dans la forêt, sinon j'aurai déjà eu des nouvelles. Nous vous attendons pour ce soir, Olivier, car on compte vous garder encore au moins une nuit, davantage si c'est possible.

Olivier prit congé rapidement mais gracieusement, s'inclinant comme il convient devant l'abbé, et adressant à frère Cadfael un sourire aussi bref que radieux qui relègua pendant un instant les préoccupations de ce dernier au second plan comme un rayon de soleil à travers les nuages.

– Je ne partirai pas d'ici, le rassura Olivier, avant qu'on ait pu s'entretenir tranquillement. Mais d'abord, il faut, si c'est possible, que j'en finisse avec cette histoire.

Ils se dirigèrent à grands pas vers les écuries où ils

avaient mis leurs chevaux avant la messe. L'abbé Radulphe les suivit d'un regard très méditatif.

– Vous trouvez normal que ces deux jeunes pèlerins disparaissent ainsi sans crier gare, Cadfael? Pensez-vous que l'arrivée d'Olivier de Bretagne ait pu les pousser à s'enfuir?

Cadfael réfléchit et hocha négativement la tête.

– Parmi la foule de ce matin, avec cette excitation, allez donc remarquer un homme en particulier, surtout s'il n'a aucune raison de se trouver dans la région. Mais que leur départ me surprenne, ça oui. L'un n'aurait été que trop heureux de bénéficier d'un jour ou deux de repos supplémentaire avant de repartir nu-pieds sur les routes. Quant à l'autre, il y a ici une jeune fille qui lui plaît certainement beaucoup, même s'il ne l'admet pas encore tout à fait. Il a passé la matinée avec elle à suivre le retour de sainte Winifred et je suis sûr qu'à ce moment il ne pensait qu'à la belle et à sa famille, et aussi à cette journée solennelle. C'est la sœur du petit Rhunn, qui a bénéficié de la faveur insigne que nous avons constatée ce matin. Il a vraiment fallu que notre suspect y soit absolument forcé pour s'éclipser aussi soudainement.

– C'est la sœur de ce garçon, dites-vous? dit Radulphe se rappelant l'intention qu'il avait eue avant de se consacrer à la requête d'Olivier. Il nous reste encore une bonne heure avant vêpres. J'aimerais bien m'entretenir avec lui. Vous vous êtes occupé de lui, Cadfael. A votre avis, y a-t-il un rapport entre votre traitement et ce qui s'est produit aujourd'hui? Ou alors n'aurait-il pas pu – bien que je répugne à prêter pareille fourberie à un être aussi jeune – disons exagérer son état, dans l'intention de nous fournir un miracle?

– Non, affirma Cadfael, sans hésiter. C'est un garçon parfaitement droit. Quant à mes modestes talents, peut-être, à force de persévérance, auraient-ils fini par lui assouplir les tendons qui l'empêchaient de se servir de cette jambe et lui permettre de s'appuyer un peu dessus – mais lui redresser le pied et rendre normaux les muscles, jamais! Le meilleur docteur qui soit au monde en aurait été incapable. Le jour de son arrivée, père, je lui ai donné une potion qui l'aurait soulagé et aidé à dormir. Au bout de trois nuits, il me l'a renvoyée intacte. Il a dit qu'il ne voyait pas pourquoi la sainte le choisirait lui pour le guérir, mais qu'il offrait volontiers sa souffrance, car il n'avait rien d'autre à donner. Pas pour qu'elle le prenne en pitié, mais simplement parce qu'il avait envie de donner sans rien attendre en retour. De plus, il semble qu'ayant accepté sa souffrance dans l'amour, il ait cessé de souffrir. C'est à sa délivrance que nous avons assisté après la messe.

– Alors il l'avait bien méritée, affirma l'abbé satisfait et ému. Il faut vraiment que je parle à ce garçon. Voulez-vous aller le trouver de ma part, Cadfael, et me l'amener ici, maintenant?

– Très volontiers, père, dit Cadfael qui partit sur-le-champ.

Dame Alice était assise, au soleil, dans le jardin du cloître, entourée par une cohorte de matrones, son visage brillait si fort de la joie de cette journée qu'il en réchauffait l'air lui-même; mais Rhunn n'était pas à ses côtés. Melannguell s'était retirée à l'ombre des arcades, comme si la lumière trop forte lui blessait les yeux; elle détournait le visage, penchée sur une chemise de toile qui devait appartenir à son frère et dont elle s'affairait à raccommoder une couture déchirée.

Même quand Cadfael lui adressa la parole, elle ne lui jeta qu'un bref regard timide, puis se pencha de nouveau dans l'ombre, mais il avait eu le temps de remarquer que la joie qui ce matin la rendait aussi fraîche qu'une rose s'était fanée. Rêvait-il? Ou y avait-il bel et bien sur sa joue gauche une légère ecchymose bleuâtre? Mais en entendant le nom de Rhunn, elle sourit, au souvenir de son bonheur, plutôt qu'à sa réalité.

– Il a dit qu'il était fatigué et est allé au dortoir pour se reposer. Tante Weaver pense qu'il est allongé sur son lit, il voulait surtout être seul, au calme, sans avoir à parler. Il est fatigué de devoir expliquer des choses qu'il semble ne pas comprendre lui-même.

– Il ne parle pas aujourd'hui la même langue que le reste des hommes, répondit Cadfael. Peut-être est-ce nous qui ne comprenons pas et lui demandons des choses qui pour lui ne signifient rien. Vous vous êtes blessée? demanda-t-il en la prenant doucement par le menton pour lui tourner le visage vers la lumière, mais elle se dégagea nerveusement.

Aucun doute, il y avait bien une marque qui commençait à apparaître.

– Ce n'est rien, dit-elle. C'est de ma faute. J'étais dans le jardin, j'ai couru trop vite et je suis tombée. Ce n'est pas très joli, je sais, mais je ne sens plus rien maintenant.

Son regard était très calme, elle n'avait pas les yeux rouges, juste les paupières un peu gonflées. Évidemment Matthieu était parti et l'avait abandonnée pour rejoindre son ami, la rejetant après les heures enthousiasmantes qu'ils avaient passées ensemble le matin. Cela pouvait expliquer ces traces de larmes, mais en aucun cas cet hématome sur la joue. Il hésita à continuer à la questionner, mais il était évident qu'elle n'y tenait pas. Elle s'était replongée dans son travail, l'air têtu, refusant de relever la tête.

Cadfael soupira et, traversant la grande cour, se dirigea vers l'hôtellerie. Même une journée aussi radieuse que celle-ci devait avoir sa part de tristesse et d'amertume.

Dans le dortoir des hommes, Rhunn était tout seul, assis sur son lit, très calme et satisfait d'avoir miraculeusement retrouvé l'intégrité de son corps. Il semblait plongé dans ses pensées mais il en sortit aussitôt quand Cadfael entra. Il se tourna et sourit.

– Je souhaitais vous voir, mon frère. Vous étiez là, vous savez... Peut-être même avez-vous entendu... Regardez comme je suis maintenant!

Sans aucune difficulté, il tendit sa jambe naguère atrophiée, il se pencha et tapa du pied sur le plancher de bois. Il fit jouer sa cheville et ses orteils, remonta son genou jusqu'à son menton, tous ses muscles étaient aussi souples que sa langue.

– Je ne suis plus infirme! Je n'aurais jamais osé en demander tant! Même à cet instant, je ne priais pas pour ça, et cependant ça m'a été donné...

Pendant un moment, il retomba dans son rêve éveillé.

Cadfael s'assit à côté de lui, remarquant la merveilleuse souplesse de ces articulations jusque-là coincées et raides. L'enfant était à présent d'une beauté parfaite.

– Tu priais pour Melannguell, dit doucement Cadfael.

– Oui. Et pour Matthieu aussi. Je croyais vraiment... Mais vous voyez, il est parti. Ils sont partis tous les deux, ensemble. Pourquoi n'ai-je pas pu aider ma sœur à être heureuse? Pour une telle cause, j'aurais gardé mes béquilles, toute ma vie, mais je n'ai rien pu faire.

– Voilà qui reste à démontrer, riposta Cadfael. Celui qui s'en va peut aussi revenir. Et je suis certain que tes prières seront très utiles, si tu ne te mets pas à douter maintenant, parce que là-haut on a besoin d'un peu de temps. Même les miracles ne se produisent pas à tout bout de champ. On passe la moitié de notre vie à attendre. Il est indispensable que la foi accompagne cette attente.

Rhunn assis l'écoutait avec un sourire absent.

– Oui bien sûr, j'attendrai, finit-il par dire. Parce que regardez, l'un d'eux est parti tellement vite qu'il a laissé ça derrière lui.

Il passa le bras derrière les lits serrés les uns contre les autres et déposa entre eux une besace légère mais de belle taille en toile écrue, avec de gros passants de cuir pour l'accrocher à la ceinture de son propriétaire.

– J'ai trouvé ça, elle était tombée entre leurs lits qui étaient très rapprochés. Je ne sais pas à qui elle appartenait, car celles qu'ils avaient se ressemblaient beaucoup. Mais l'un d'eux ne compte guère revenir, non? C'est le moins qu'on puisse dire. Peut-être que Matthieu, lui, le souhaiterait et qu'il a oublié ça, intentionnellement ou non, comme une promesse de retour.

Cadfael examina l'objet, se posant des questions, mais l'affaire était grave, et pas de son ressort.

– Je pense que tu devrais prendre cette besace et la confier à la garde du père abbé, dit-il sérieusement. C'est lui qui m'a envoyé te chercher. Il désire te parler.

– A moi? s'exclama Rhunn, inquiet, redevenant l'enfant timide et simple qu'il était. Le seigneur abbé en personne!

– Oui, pourquoi pas? Tu es chrétien comme lui, et tu peux lui parler d'égal à égal.

– Je ne m'en sens pas capable... balbutia-t-il.

– Je voudrais bien savoir pourquoi. Tu n'as rien à craindre, et aucune raison d'avoir peur.

Rhunn resta un moment, les poings enfoncés dans la couverture de son lit, puis levant ses yeux clairs, transparents comme le cristal et son visage pur, angélique :

– Non, vous avez raison, je viens, dit-il adressant à Cadfael un sourire éblouissant.

Il prit la besace de toile, se dressa majestueusement sur ses longues jambes et se dirigea le premier vers la porte.

– Restez donc, dit l'abbé comme Cadfael, ayant rempli sa mission, s'apprêtait à les laisser seuls. Je pense qu'il doit être heureux de vous avoir près de lui.

D'un coup d'œil austère mais éloquent il fit comprendre à Cadfael que sa présence lui serait précieuse en tant que témoin.

– Rhunn vous connaît, s'il ne me connaît pas encore, mais je gage que cela ne tardera pas.

Il avait, sur son bureau devant lui, la besace brunâtre, toute simple, qui lui avait été remise dès leur arrivée avec un mot d'explication; il serait toujours temps de voir ce qu'elle pouvait révéler.

– Avec plaisir, père, répondit Cadfael bien sincèrement.

Il s'assit à l'écart, sur un tabouret, dans un coin, ne voulant pas se mêler à ces deux formidables regards qui se croisaient avec une égale intensité, s'interrogeaient et s'évaluaient dans l'espace réduit du parloir. A l'extérieur par les fenêtres, on voyait le jardin ivre de sève, dans le flamboiement des couleurs de l'été et le ciel dont l'azur, pâlissant en cette fin d'après-midi, mettait en valeur la couleur des yeux de Rhunn, mais non leur pureté cristalline. Très lentement, cette radieuse journée de miracles laissait deviner l'arrivée du soir.

– Mon fils, dit Radulphe avec une infinie douceur, vous avez été le réceptacle de la grâce immense qui s'est répandue ici. Comme tous ceux qui étaient présents, je sais ce que nous avons senti et éprouvé. Mais j'aimerais aussi savoir ce que vous avez vécu. Vous qui avez eu longtemps la souffrance pour compagne et sans vous plaindre, j'ose deviner dans quel état d'esprit vous avez approché l'autel. Dites-moi, que vous est-il arrivé à ce moment?

Rhunn était assis, très calme, les mains posées sur les genoux, une expression à la fois détendue et lointaine sur le visage, regardant au-delà des murs de la pièce. Il avait perdu toute timidité.

– J'étais troublé, dit-il, choisissant ses mots, car ma sœur et ma tante espéraient tant pour moi, qui savais n'avoir besoin de rien. Je serais venu, j'aurais prié et je serais parti content. Mais à ce moment je l'ai entendue appeler.

– Sainte Winifred vous a parlé? murmura Radulphe.

– Elle m'a appelé à elle.

– En quels termes?

– Mais... elle n'avait pas besoin de mots. Elle m'a appelé auprès d'elle et je suis venu. Elle m'a dit de faire un pas et puis un autre, et que je savais en être capable. Je l'ai écoutée en tout point. Et j'ai l'intention de continuer, affirma Rhunn avec, en direction du mur opposé, un sourire qui rendit le soleil plus pâle.

– Mon enfant, je vous crois, dit l'abbé, plein d'un respect émerveillé pour le mystère qu'il avait sous les yeux. J'ignore quelles sont vos aptitudes, et les dons que vous manifesterez à l'avenir. Je me réjouis de voir que vous avez heureusement retrouvé toutes vos capacités physiques, et que votre esprit, votre âme, sont restés purs. Je vous souhaite de trouver la vocation qui sera la vôtre et de vous laisser guider par la force de votre décision. S'il y a quelque chose en quoi cette maison puisse vous aider après que vous l'aurez quittée, cette aide vous est acquise.

– Père, dit Rhunn, très sérieux, détournant son regard transfiguré et redevenant l'enfant qu'il était, suis-je obligé de partir ? Elle m'a appelé à elle, avec une tendresse que je ne saurais exprimer. Je désire rester avec elle pour le restant de mes jours. Elle m'a appelé auprès d'elle, et jamais je ne la quitterai de mon plein gré.

12

– Vous allez le garder? demanda Cadfael à l'abbé quand ce dernier eut renvoyé le garçon, qui était parti tout à sa joie innocente, après une profonde révérence.

– Si c'est vraiment ce qu'il veut, oui, certes. Il est la preuve vivante de la grâce. Mais je ne le laisserai pas prononcer ses vœux précipitamment. Pour le moment, il ne se sent plus de joie et n'a qu'un désir : embrasser le célibat et la vie monastique. S'il persiste dans ses intentions, d'ici un mois, il m'aura convaincu. Mais même alors il fera son noviciat jusqu'au bout. Je ne le laisserai pas s'enfermer pour la vie avant qu'il soit sûr de lui. Et maintenant, dit l'abbé, regardant, les sourcils froncés, la besace de toile posée sur son bureau, comment va-t-on utiliser ceci? D'après vous, elle était tombée entre leurs deux lits, et aurait pu appartenir à l'un ou l'autre.

– C'est ce que croit le petit. Mais rappelez-vous, père, quand on a volé la bague de l'évêque, ils ont tous deux donné leurs besaces pour qu'on les fouille. Je ne saurais dire ce qu'elles contenaient, à part le poignard qui a été dûment remis à la loge, mais le père prieur qui les a eues en main le saura sans doute.

– Très juste, acquiesça Radulphe. Mais pour le moment, il me semble que nous n'avons aucun droit à fouiller dans les affaires d'autrui, et il n'est pas absolument indispensable de savoir à qui des deux cet objet appartient. Si Olivier de Bretagne les rattrape, ce qui ne manquera sûrement pas d'arriver, nous en apprendrons davantage, peut-être même les persuadera-t-il de revenir. Nous attendrons donc d'avoir de ses nouvelles. D'ici là, laissez cette besace ici. Quand nous en saurons plus, nous verrons comment la rendre à son propriétaire légitime.

La merveilleuse journée tirait à sa fin aussi agréablement qu'elle avait commencé, avec un beau ciel pur et l'air d'une infinie douceur. Chacun à l'abbaye se rendit fidèlement à vêpres et le souper, à l'hôtellerie comme au réfectoire, se déroula dans une atmosphère calme et recueillie. On ne parlait plus vite et fort comme au dîner, mais à voix basse et tranquille, chacun se sentant à la fois satisfait, reconnaissant et un peu las.

Frère Cadfael ne se rendit pas à la salle capitulaire pour les collations, mais au jardin. Il resta un bon moment au sommet de la pente menant aux champs de pois, à regarder le ciel. Le soleil couchant en avait encore au moins pour une heure avant que sa course ne l'amène à disparaître derrière le massif des taillis, de l'autre côté du cours d'eau. L'ouest, où l'aube avait commencé à se refléter à la naissance du jour, déployait une apothéose d'or pâle sans le moindre nuage pour l'assombrir ou ternir sa pureté. A l'intérieur du jardin clos, l'odeur des herbes montait, douce, entêtante, épicée. L'endroit était délicieux, la journée superbe – pourquoi diable vouloir s'enfuir à la sauvette?

Question de pure forme. Pourquoi les hommes agissent-ils comme ils le font? Pourquoi Ciarann s'imposait-il pareils tourments? Pourquoi affichait-il cette piété dévote pour disparaître sans un mot d'explication ni de remerciement au milieu d'une aussi belle journée? C'est Matthieu qui avait laissé de l'argent en partant. Et lui qui était au comble du bonheur ce matin, en train de marcher main dans la main avec Melannguell, voilà qu'il l'abandonnait sans remords l'après-midi pour reprendre son pèlerinage sinistre avec Ciarann, comme si rien ne s'était passé.

Y avait-il deux hommes ou trois? Ciarann, Matthieu et Luc Meverel? Et que savait-il de ces trois-là, s'ils étaient bien trois? On avait vu Luc Meverel pour la dernière fois au sud de Newbury, il se dirigeait vers le nord, vers cette ville, seul. Frère Adam avait le premier remarqué Ciarann et Matthieu, ils venaient du sud et avaient passé la nuit dans une auberge d'Abingdon. Si l'un d'eux était Luc Meverel, alors où et pourquoi avait-il décidé de prendre un compagnon de voyage et, surtout, *qui diable était son compagnon*?

A l'heure qu'il était Olivier avait dû rattraper les fugitifs et trouver réponse à certaines de ces questions. Il avait dit qu'il reviendrait et qu'il ne quitterait pas Shrewsbury avant d'avoir eu une conversation avec quelqu'un qu'il tenait pour un ami très cher, promesse qui rayonnait dans le cœur de Cadfael.

Ce ne fut pas le besoin de s'occuper d'une de ses potions ou de l'un de ses vins qui le poussa à se diriger vers son atelier, car frère Oswin, qui se trouvait maintenant dans la salle du chapitre avec ses compagnons, avait tout nettoyé pour la nuit et vérifié que le brasero était bien éteint. Il y avait du silex et une mèche dans une boîte au cas où on aurait besoin de le rallumer pendant la nuit ou au petit matin. Cadfael obéissait plutôt à son habitude de se retirer dans sa thébaïde personnelle, quand il lui fallait réfléchir sérieusement, et cette journée lui en avait fourni plus d'une raison, comme aussi le trop-plein de gratitude. Car ses inquiétudes avaient disparu maintenant. Les miracles touchent aussi souvent ceux qui les méritent que les autres. Fallait-il s'étonner qu'une sainte prenne à cœur la situation de Rhunn et étende la main sur lui? Mais le second miracle était doublement extraordinaire, bien au-delà de ce qu'avait demandé son indigne serviteur, et d'une générosité confondante. Lui ramener Olivier qu'il avait confié à Dieu et au monde, Olivier qu'il croyait bien ne jamais revoir! Et à l'instant où Hugh, messager innocent de cette merveille, lui demandait dans la pénombre du chœur s'il attendait un second miracle. Il avait déjà des raisons d'être humblement reconnaissant pour le premier, sans rien espérer d'autre; mais il avait tourné la tête et vu Olivier.

A l'ouest le ciel d'or liquide était encore limpide et brillant, et le soleil s'attardait sur la cime des arbres quand il ouvrit la porte de son atelier et pénétra dans la pénombre qui embaumait le bois et les herbes sèches. Il pensa et dit plus tard que c'est à ce moment qu'il vit qu'il s'était complètement mépris sur la relation unissant inséparablement Ciarann et Matthieu et que la vérité était à l'opposé. Dans un coin de son esprit, détaché de lui-même, il commença à voir plus clair, même s'il lui restait encore bien des choses à découvrir. Mais il n'eut pas le temps de creuser son idée plus avant, car au moment où il passait le seuil, il y eut un halètement léger dans un coin sombre de la cabane et un mouvement ténu comme si une petite bête sauvage avait été dérangée dans sa tanière et s'était instantanément recroquevillée pour pouvoir se défendre.

Il s'arrêta et laissa la porte ouverte derrière pour bien lui montrer qu'il y avait une possibilité de se sauver.

– Du calme! dit-il doucement. N'ai-je pas le droit d'entrer dans mon propre atelier sans autorisation? Et pourquoi viendrais-je ici pour menacer quiconque?

Il s'accoutuma rapidement à la pénombre qui l'avait aveuglé après la lumière du dehors; son regard parcourut les étagères, les jarres ventrues pleines de vin, les bouquets bruissants d'herbes sèches qui oscillaient doucement aux poutres du toit bas. Tout prenait forme et devenait bien visible. Étendu contre le large banc de bois, un amas de jupes froissées remua lentement, se redressa pour lui révéler la chevelure dorée, couleur de blé mûr d'une jeune fille et le visage noyé de larmes, aux paupières gonflées, de Melannguell.

Elle ne prononça pas un mot, ne se réfugia pas non plus dans ses bras comme elle l'avait fait jadis. Elle n'en était plus là depuis longtemps, ni à craindre de se montrer à quelqu'un d'aussi calme et secret en qui elle avait confiance. Elle posa à terre ses pieds chaussés de cuir et s'appuya aux planches du mur, contractant ses minces épaules à ce contact. Après avoir poussé un énorme soupir qui la vida entièrement et semblait venir du plus profond d'elle-même, elle demeura toute faible et docile. Quand il foula le sol de terre battue et vint s'asseoir près d'elle, elle ne chercha pas à le fuir.

– Bien, dit Cadfael, s'installant l'air décidé pour lui laisser reprendre son souffle dans la lumière tamisée qui dissimulait son visage. Maintenant ma chère enfant, il n'y a personne ici qui risque de vous causer des ennuis, vous pouvez donc parler librement, car tout ce que vous direz restera strictement entre nous. Mais nous avons, vous et moi, bien besoin de réfléchir sérieusement. Alors que savez-vous que moi je ne sache pas?

– Réfléchir à quoi? demanda-t-elle d'une petite voix morne, tout près de lui. Il est parti.

– Mais il peut aussi revenir. Une route ne va pas que dans une seule direction. Qu'est-ce que vous fabriquez ici, toute seule, alors que votre frère a retrouvé l'usage de ses jambes et qu'il ne lui manque plus rien au monde, à part votre présence?

Il évita de la dévisager, mais sentit quelque chose de doux et chaud émaner d'elle, un sourire, sûrement, même contraint.

– Je me suis éloignée, dit-elle très bas, pour ne pas lui gâcher sa joie. J'ai tenu bon presque toute la journée. Personne, je crois, n'a remarqué que mon cœur ne battait plus qu'à moitié. Ou bien vous, peut-être.

Et dans sa voix, il n'y avait aucun reproche, plutôt de la résignation.

– Je vous ai aperçue avec Matthieu quand vous êtes revenus de Saint-Gilles, dit Cadfael. Votre cœur allait très bien à ce moment, et le sien aussi. S'il se brise maintenant, pensez-vous que le sien soit resté intact? Sûrement pas! Que s'est-il passé après? D'où est venu le coup qui vous a frappés l'un et l'autre? Vous le savez! Vous pouvez parler. Ils sont partis, que peut-il arriver de pire? Mais tout n'est peut-être pas perdu.

Elle nicha son front contre son épaule et pleura sans bruit pendant un moment. A l'intérieur de la cabane la lumière semblait s'accentuer au lieu de décliner, maintenant qu'il s'y était habitué, aussi, la jeune fille négligeant de cacher son visage gonflé et larmoyant, il vit que l'ecchymose sur sa joue tournait au violet. Il l'entoura de son bras et l'attira près de lui pour la réconforter dans sa chair. La paix de l'esprit viendrait plus tard.

– Il vous a frappée?

– Je le retenais, s'écria-t-elle, prompte à le défendre. Il n'arrivait pas à se libérer.

– Pourquoi se mettre dans un tel état? Était-il *obligé* de partir?

– Oui, malgré ce que ça lui coûtait, à lui et à moi. Pourquoi, frère Cadfael? Je pensais, je croyais qu'il m'aimait, comme moi je l'aime. Mais il était en colère et regardez comme il m'a traitée.

– En colère? lança Cadfael aux aguets, et il l'empoigna par les épaules pour la dévisager plus attentivement. Qu'il ait été obligé de partir avec son ami, je veux bien, mais pourquoi se mettre en colère contre vous? C'est vous qui y perdiez, qu'avait-il à vous reprocher?

– De ne rien lui avoir dit, expliqua-t-elle d'une voix lasse. Mais je me suis bornée à obéir à Ciarann. Il m'a dit que pour mon bien et celui de Matthieu – c'est exactement ce qu'il a dit –, je devais le laisser partir, mais veiller à retenir Matthieu et ne pas lui révéler qu'il avait retrouvé sa bague. Aussitôt, lui s'en irait. Il m'a demandé de l'oublier et d'aider Matthieu à l'oublier aussi. Il voulait qu'on reste ensemble et qu'on soit heureux.

– Qu'est-ce que vous me chantez? s'étonna Cadfael. *Ils ne sont pas partis ensemble?* Ciarann a filé sans lui?

– Pas exactement, soupira Melannguell. Il ne nous voulait que du bien, c'est pourquoi il s'est sauvé seul...

– Mais quand? Quand? Quand lui avez-vous parlé? *Quand* est-il parti?

– J'étais ici à l'aube, vous vous rappelez. J'ai rencontré Ciarann près du ruisseau...

Elle poussa un profond soupir de désolation et le flot de paroles s'écoula, elle lui confia tout ce qu'elle se rappelait de cette rencontre au petit matin, tandis que Cadfael la fixait, horrifié, et que ce qu'il avait cru entr'apercevoir lui traversa de nouveau l'esprit, mais bien plus clairement cette fois.

– Poursuivez. Dites-moi ce qui s'est passé entre vous et Matthieu. Vous avez fait ce que l'on vous demandait et vous l'avez entraîné avec vous. Je doute qu'il ait beaucoup pensé à Ciarann de toute la matinée, car il le croyait cloîtré à l'hôtellerie, craignant de mettre un pied dehors. Quand a-t-il découvert le pot aux roses?

– Après le dîner, il s'est rendu compte qu'il n'avait pas vu son ami. Il ne tenait plus en place. Il est allé le chercher partout... Il m'a rejointe au jardin et m'a dit qu'il faudrait que je me débrouille seule, qu'il était désolé.

Elle savait par cœur presque chaque mot de cette rencontre qu'elle lui répéta comme un enfant fatigué récite une leçon.

– J'en ai trop dit, il a compris que j'avais parlé à Ciarann. Il a compris que j'étais au courant de tout...

– Et après, quand vous l'avez admis?

– Il a ri, dit-elle et sa voix se glaça en un murmure désespéré. Je ne l'avais jamais entendu rire ainsi avant ce matin, et il avait un si joli rire! Mais là, c'était tout différent! Un rire à la fois amer et furieux.

Péniblement elle lui rapporta, chaque mot et chaque phrase contribuait à préciser l'image qui occupait l'esprit de Cadfael. « Il me rend *ma* liberté! » Et : « Il fallait que tu sois *sa* complice! »

Ces mots s'étaient tellement imprimés dans sa mémoire qu'elle les répéta sur le même ton cinglant qu'ils avaient dans la bouche du jeune homme. Dieu qu'il fallait peu de chose, en fin de compte, pour tout transformer, pour changer une présence attentive en une poursuite impitoyable, l'amour désintéressé en haine féroce, un noble sacrifice librement consenti en une fuite calculée et la mortification volontaire de la chair en une implacable armure!

Il entendit de nouveau le cri d'inquiétude, sauvage, perçant, que poussait soudain Ciarann, crispant les mains sur sa croix et Matthieu dire doucement :

– Il devrait pourtant l'enlever. Comment pourra-t-il guérir sinon?

Eh oui, bien sûr! Cadfael se souvint aussi de leur avoir rappelé qu'ils allaient assister à la fête d'une sainte capable de sauver la vie – « même celle d'un homme déjà condamné à mort! ». « O sainte Winifred, ne m'abandonne pas maintenant, ne nous abandonne pas, donne-nous un troisième miracle qui couronne les deux premiers. »

Il prit Melannguell par le menton, la forçant à relever la tête.

– Mon enfant, je vais vous laisser seule, car il faut que je vous quitte. Repeignez-vous, essayez de faire bonne figure et allez retrouver vos proches dès que vous vous sentirez capable de supporter leurs regards. Passez d'abord un moment à l'église, il n'y aura personne à présent et nul ne jugera bizarre que vous consacriez plus de temps à vos prières. Les gens ne s'étonneront même pas que vous ayez pleuré, si vous êtes capable de sourire maintenant. Comportez-vous le mieux possible, parce que moi, j'ai quelque chose à faire qui n'attend pas.

Il ne pouvait rien lui promettre, ni lui donner un espoir solide. Il s'éloigna sans rien ajouter, tandis que perplexe elle le suivait des yeux sans savoir s'il y avait lieu de se rassurer ou de s'inquiéter. Traversant à la hâte les jardins et la grande cour, il se rendit chez l'abbé.

Si Radulphe fut surpris de voir Cadfael lui redemander audience si rapidement, il n'en montra rien. Il lui ouvrit toute grande sa porte et posa son livre pour accorder toute son attention à ce que le moine avait de nouveau à lui dire. Cela avait manifestement rapport avec l'affaire du moment, et c'était urgent.

– Père, déclara Cadfael, réduisant ses explications au minimum, il y a un nouveau problème : Olivier de Bretagne est parti sur une fausse piste. Nos deux jeunes gens n'ont pas pris la route d'Oswestry, ils ont traversé la Meole et ils ont piqué à l'ouest pour arriver au pays de Galles par le chemin le plus court. Mais ils ne sont pas non plus partis ensemble. Ciarann s'est sauvé en douce ce matin pendant que son compagnon était avec nous à la procession; Matthieu l'a suivi par le même chemin dès qu'il a été mis au courant. En outre, père, j'ai de bonnes raisons de penser que plus vite on les rattrapera et on les arrêtera, mieux ça vaudra, au moins pour l'un d'eux, et même pour tous les deux, je crois. Je vous en prie, laissez-moi prendre un cheval et les suivre. Veuillez en informer Hugh Beringar, en ville, et lui demander de prendre la même piste.

Radulphe accueillit ce discours d'un visage grave mais calme et demanda non moins brièvement à Cadfael comment il avait appris tout cela.

– Par la jeune fille, qui a parlé avec Ciarann avant son départ. Inutile de mettre en doute sa sincérité. Ah, autre chose, père, avant que vous ne me laissiez partir. Je vous prierai d'ouvrir cette besace qu'ils ont abandonné derrière eux. Voyons si elle nous fournit quelques informations sur les deux fuyards ou au moins sur l'un d'eux.

Sans un mot, ni un instant d'hésitation, Radulphe attira la besace à la lueur des bougies et l'ouvrit. Il en vida entièrement le contenu sur le bureau, ce n'était que peu de chose, ce qu'un pauvre, qui ne possède pas grand bien et désire voyager léger, peut emporter.

– Vous savez, j'imagine, à qui appartient cet objet, dit l'abbé en fixant Cadfael.

– Non, mais j'ai mon idée. En mon âme et conscience, je suis même convaincu, mais je peux me tromper. Avec votre permission !

Et d'un mouvement preste, il dissémina le tout sur le bureau. La besace qui n'était déjà pas bien épaisse quand le prieur l'avait eue en main béait à présent, entièrement vide. Un bréviaire avec sa reliure de cuir, fatigué par l'usage mais bien entretenu, reposait enroulé dans les plis d'une chemise. Quand Cadfael voulut le prendre, la chemise glissa du bureau et tomba à terre. Il la laissa où elle était et ouvrit le livre. Sur la page de garde, il y avait le nom de la propriétaire, *Juliana Bossard*, l'écriture était celle d'une personne cultivée. Au-dessous, il y avait ces mots, écrits avec une encre plus neuve et d'une main moins experte : *Offert à moi, Luc Meverel, Noël 1140. Dieu soit avec nous !*

– C'est exactement ce que je souhaite, dit Cadfael, en se baissant pour ramasser la chemise tombée à terre.

Il remarqua, le long de l'épaule gauche, une marque très fine, suivit cette ligne depuis l'épaule gauche et vit qu'elle descendait jusqu'au côté gauche de la poitrine. La toile, par ailleurs assez propre, d'une nuance brunâtre à l'origine, avait été blanchie par plusieurs lavages. Il la déploya sur la table, et inspecta le devant. La mince ligne brune, nette sur le bord extérieur, l'était beaucoup moins à l'intérieur; elle occupait une grande partie sur tout le côté gauche de la poitrine et la partie supérieure de la manche gauche. Tout cela avait été lavé très soigneusement, même le bord avait pâli, mais n'en était pas moins visible et ces vagues couleurs passées laissaient encore deviner d'où elles provenaient.

Si Radulphe n'avait pas vécu dans le monde aussi longtemps que Cadfael, s'il avait été moins loin, son expérience n'était cependant pas négligeable. Il regarda ces preuves sans broncher.

– C'est du sang, dit-il.

– Oui, acquiesça Cadfael en repliant la chemise.

– Le propriétaire de cette besace vient d'un endroit où Juliana Bossard est châtelaine. Aurions-nous donné asile à un meurtrier dans notre maison ?

Ses yeux très enfoncés et sombres ne quittaient pas le visage de Cadfael.

– C'est ce qu'il semble, répondit ce dernier, remettant en place ces fragments dispersés d'une vie, celle d'un homme qui avait perdu tout espoir en l'avenir et à qui il ne restait pas un sou.

» Mais je pense qu'il n'est pas trop tard pour empêcher un autre meurtre – si vous me donnez permission de partir.

– Prenez ce que nous avons de meilleur dans nos écuries, se contenta de dire l'abbé. Je transmettrai votre message à Hugh Beringar et lui demanderai de vous suivre... et pas seul !

13

A plusieurs milles au nord, sur la route d'Oswestry, Olivier s'arrêta au bord du chemin, là où un petit chevrier maigrichon aux yeux brillants gardait son troupeau qui paissait dans l'herbe luxuriante de l'été, longues tiges qui montaient en graine. L'enfant tira sur une des rênes pour ramener doucement l'une de ses protégées à l'endroit où la lumière de la fin de l'après-midi réchauffait la prairie sauvage. Il regarda le cavalier sans émoi. Il était à demi gallois et peu enclin à se montrer servile. Avec un sourire, il lança un « bonsoir » insouciant.

Par sa grâce et sa fierté, l'enfant ressemblait à l'adulte. Ils se regardèrent d'un air d'appréciation réciproque.

– Dieu soit avec toi ! dit Olivier. Depuis combien de temps es-tu là à paître ton troupeau ? Et dis-moi, aurais-tu vu passer deux hommes, dont l'un boite ? Ils ont à peu près mon âge, et ils vont à pied.

– Dieu vous garde, seigneur ! répondit gaiement l'enfant. Je suis là depuis midi, car j'avais emporté mon casse-croûte. Non, je n'ai vu personne dans le genre de ces gens-là. Et pourtant j'ai dit un mot à tous ceux qui passaient par ici, sauf s'ils galopaient.

– Alors, rien ne sert de courir, remarqua Olivier, permettant à son cheval de baisser l'encolure et de brouter le haut des herbes. Il est impossible qu'ils soient devant moi s'ils ont pris cette route. Voyons, supposons qu'ils veuillent arriver au pays de Galles au plus vite, comment pourrais-je les rattraper en chemin ? Ils ont quitté Shrewsbury avant moi et j'ai un message à leur remettre. Où puis-je tourner vers l'ouest sans avoir à rentrer en ville ?

Le jeune gardien sauta avec enthousiasme sur cette occasion de se distraire un peu de son travail coutumier. Il réfléchit à la meilleure route possible et rendit son jugement.

– Retournez sur vos pas pendant un bon mille jusqu'à ce que vous passiez le pont à Montford ; là vous trouverez à main droite un sentier pour charretiers qui ne date pas d'hier et qui va droit vers l'ouest. Continuez dans cette direction jusqu'au premier embranchement. Ce n'est pas le chemin le plus direct mais il va où il faut. Il contourne Shrewsbury à, mettons, quatre milles de la ville et longe l'orée de la forêt mais il coupe toutes les routes qui sortent de la cité. Vous rattraperez peut-être ceux que vous cherchez. En tout cas je vous le souhaite.

– Je te remercie de ce vœu, dit Olivier, et aussi de tes conseils.

Il se pencha vers la main que tendait l'enfant, non pas pour demander de l'argent mais pour caresser l'encolure du cheval avec un plaisir admiratif, et il glissa une pièce dans la paume offerte.

– Dieu soit avec toi ! ajouta-t-il et, faisant pivoter sa monture, il repartit d'où il était venu.

– Et avec vous, seigneur ! s'écria le garçon qui resta à le regarder jusqu'à ce que cheval et cavalier aient disparu à un tournant de la route, absorbés par une rangée d'arbres.

Les chèvres se rapprochèrent ; le soir n'était pas loin et elles étaient prêtes à rentrer dans leur enclos, car elles devinaient l'heure d'après le soleil aussi bien que leur chevrier. L'enfant rassembla leurs laisses, lança un joyeux coup de sifflet et s'apprêta à regagner son domicile en coupant par les champs.

Olivier arriva pour la seconde fois au pont enjambant la Severn dont l'une des berges était très escarpée et couverte d'arbres et l'autre une prairie toute plate. Après les premiers champs cultivés, un chemin sinuait vers la droite, entre des arbres clairsemés, plutôt en direction du sud que de l'ouest, mais au bout d'un bon mille, il le conduisit à une meilleure route qui coupait la sienne de chaque côté. Il prit à droite, en plein vers le soleil, comme on le lui avait dit, et à l'endroit où deux chemins qui devenaient plus étroits formaient un embranchement, il tourna à gauche, gardant à main droite la course déclinante du soleil, qui reposait maintenant juste au bord du monde et jetait à travers la futaie des éclairs soudains et aveuglants. Ainsi Olivier commença-t-il à contourner Shrewsbury. La piste passait à travers des bosquets longeant l'extrémité nord de la Forêt Longue, parfois dans la pénombre, parmi des arbres serrés, parfois par des landes dégagées et une végétation basse, parfois parmi des îlots de cultures et des hameaux qu'il apercevait brièvement. Il avançait, l'oreille tendue au cas où il entendrait un bruit prometteur, s'arrêtant à chaque fois que sa route labyrinthique croisait un sentier allant vers l'ouest de Shrewsbury, ou que, profitant d'une chaumière ou d'un essart, il se renseignait sur les deux voyageurs qui l'avaient précédé. Nul ne les avait vus passer. Olivier ne se décourageait pas. Ils avaient plusieurs heures d'avance sur lui. Mais s'ils n'étaient pas allés vers l'ouest par une des routes qu'il avait déjà croisées, ils se trouvaient peut-être encore à l'intérieur du cercle qu'il décrivait autour de la ville. Celui qui marchait nu-pieds ne devait pas s'amuser par ici, peut-être avait-il été forcé de s'arrêter fréquemment. Au pire, même si en définitive Olivier les manquait, cette route serpentine finirait par le ramener sur la grand-route, celle qui l'avait d'abord conduit à Shrewsbury, venant du sud-est. Il en serait quitte pour revenir chez Hugh Beringar, et il ne se porterait pas plus mal d'avoir fait un peu d'exercice par une belle soirée.

Frère Cadfael n'avait pas mis longtemps à sauter dans ses bottes, à remonter son habit, à prendre et à seller le meilleur cheval qu'il put dénicher aux écuries. Ce n'était pas tous les jours qu'il avait la chance de renouer avec ces plaisirs à demi oubliés, mais pour le moment il n'y songeait guère. Il avait laissé un message mûrement réfléchi à l'homme qui était parti en toute hâte prévenir Hugh en ville; Hugh ne poserait pas de questions, pas plus que l'abbé n'en avait posé, il s'apercevrait qu'il y avait urgence et remettrait les explications à plus tard.

– Informez Hugh Beringar, avait-il dit, impérieux, que Ciarann coupera au plus court pour franchir la frontière du pays de Galles, mais qu'il évitera les routes trop dégagées. Je pense qu'il descendra d'abord vers le sud jusqu'à la vieille voie romaine que nous avons été assez bêtes pour ne pas entretenir, car elle ne monte pratiquement pas et elle file droit vers la frontière au nord de Caus.

C'était peut-être aller un peu vite en besogne et Cadfael ne l'ignorait pas. Ciarann n'était pas de la région, cependant il connaissait peut-être assez bien cette zone frontalière s'il avait de la famille du côté gallois. Mieux encore, il avait séjourné ici trois jours et si déjà il cherchait un moyen de filer discrètement, il était fort capable de tirer les vers du nez des moines et des hôtes, qui ne se doutaient de rien. Le temps passait et il fallait deviner juste. Cadfael choisit son itinéraire, espérant ne pas se tromper.

Il ne perdit pas de temps à se rendre en grande pompe au portail et à commencer la poursuite en prenant la route vers l'ouest; tenant son cheval par la bride, il traversa les jardins devant un frère Jérôme ébahi qui se rendait au cloître avec dix bonnes minutes d'avance pour complies. Il fallait s'attendre à ce que, outragé, il raconte la chose au prieur. Cadfael l'oublia tout aussitôt; passant par les champs de pois qui restaient à récolter, il descendit vers les paisibles étendues verdoyantes qui bordaient le cours d'eau, il emprunta la prairie étroite puis monta à cheval. Le soleil, à l'ouest, commençait à se cacher derrière la cime des arbres. Dans cette atmosphère où se mélangeaient l'ombre et la lumière, Cadfael éperonna sa monture, s'engageant à vive allure dans les pistes qu'il connaissait comme sa poche. Piquant plein ouest, il arriva à la route qu'il suivit au petit trot pendant un demi-mille jusqu'à ce qu'elle descende trop bas vers le sud; là de nouveau il se dirigea vers l'ouest et le couchant. Ciarann avait une bonne avance, même sur Matthieu, à plus forte raison sur ceux qui le suivaient.

Seulement voilà, Ciarann boitait, il était chargé et terrorisé. Pour un peu, Cadfael aurait eu pitié de lui.

Encore un demi-mille et il parvint à un petit chemin qui se voyait à peine, s'éloignait vers le sud-ouest avant de bifurquer vers l'orée la plus au nord de la Forêt Longue. Ce n'était guère qu'une étroite allée forestière entre des branches basses; dans le temps, ici se dressait un bois qu'on ne s'était pas donné la peine de transformer en essart, car çà et là, des rochers affleuraient à la surface du sol. Le paysage évoquait déjà la région de la frontière avec ses monticules tourmentés qui brisaient le sol mince, où poussaient la bruyère et les herbes coupantes des hautes terres, une végétation rabougrie, des taillis rachitiques qui parfois donnaient naissance à une vie luxuriante à l'abri d'arbres centenaires dans chaque vallon humide. Un peu plus loin, dans la même direction, commençaient les bois sombres formant comme un toit très élevé, où s'élevaient aussi des arbustes de taille moyenne, parmi les fourrés impénétrables de ronces et de buissons qui recouvraient le sol. Malgré la présence de rares îlots de cultures dégagés et lumineux qui surprenaient invariablement, c'était le royaume de la forêt.

Enfin le moine arriva sur la route très ancienne qui coupait son chemin comme une lame et allait d'est en ouest. Il s'interrogea sur les hommes qui l'avaient bâtie. Ce qui était à l'origine une route pour des soldats était devenu un maigre sentier tapissé d'herbe fine, mais son tracé, comme à l'origine, restait droit comme une lance, parfaitement plat à chaque fois que c'était possible, montant et descendant sans faillir dès qu'un monticule se présentait. Cadfael prit vers l'ouest, s'avançant droit vers l'arc d'or du soleil qui luisait encore entre les branches.

Dans cette parcelle de forêt ancienne au nord et à l'ouest du hameau de Hanwood, des futaies offraient leurs cachettes aux hors-la-loi en fuite, qui y trouvaient asile, à condition de ne pas s'approcher des quelques fermes à proximité. Les gens du cru avaient tendance à entourer leurs tenures et à se grouper pour protéger leurs petits terrains. La forêt attirait les pillards, les braconniers et les gardiens de porcs. On ne s'y aventurait pas sans risque. Les voyageurs qui à l'occasion demandaient secours et hospitalité en cas de besoin devaient se débrouiller par eux-mêmes là où les bois étaient plus épais, quand ils avaient le courage d'y pénétrer. Sans doute, sous la juridiction de Hugh Beringar, était-on autant en sécurité dans le Shrospshire que n'importe où en Angleterre et les abus causés par les vagabonds ne duraient-ils pas longtemps, mais, même s'il était malsain de s'attarder, les abris existaient et si le besoin s'en faisait sentir, des hôtes indésirables pouvaient s'y réfugier.

Nombre de petits manoirs dans la région tombaient en ruine car situés dans une zone dangereuse, et certains, dont les champs n'étaient plus cultivés, étaient à moitié déserts. Jusqu'au mois d'avril, le château frontalier de Caus avait été occupé par les Gallois, ce qui représentait une menace supplémentaire pour les agriculteurs pacifiques, et depuis que Hugh avait repris le château, le temps avait manqué pour que les hameaux dépeuplés retrouvent leurs habitants. En outre, en ce plein été, dormir à la belle étoile ne posait pas problème. Si on savait s'y prendre pour braconner et voler un peu à l'occasion, cela permettait à deux ou trois bons apôtres de manger à leur faim en attendant qu'on ait oublié leurs exploits dans le Sud et qu'ils estiment possible de retourner chez eux en toute sécurité.

Maître Simon Poer, qui se prétendait marchand à Guildford, était loin d'être mécontent de ce qu'il avait récolté à Shrewsbury. En trois nuits, délai maximal au-delà duquel on commençait à les regarder de travers, ils avaient pris une coquette somme d'argent aux joueurs imprudents de la ville et de la Première Enceinte, sans parler du prix que Daniel Aurifaber avait payé pour la bague volée, des quelques menues bricoles que William Hales avait subtilisées aux éventaires du marché et des pièces que John Shure avait retiré de quelques poches, quelques bourses au milieu de la foule en se servant de ses ongles longs, polis et passés à la cire. Dommage qu'il ait fallu laisser William Hales aux mains des argousins pendant la bagarre, mais dans l'ensemble ils avaient eu de la veine de s'en tirer avec de légères égratignures et en ne perdant qu'un seul homme. Pas de chance pour William, mais le sort avait voulu qu'il soit capturé. Chacun sait que ce sont des choses qui arrivent.

Nos malandrins avaient veillé à éviter les sentiers battus, à ne pas se mêler aux gens de l'endroit qui se rendaient à leur travail. Ils étaient allés au ravitaillement la nuit, sans bruit, non sans avoir d'abord repéré les fermes où il y avait des chiens avec lesquels il faudrait compter. Ils avaient même une espèce de toit au-dessus de la tête car dans les fourrés les plus profonds sous la vieille route ils avaient trouvé, bien caché par une végétation épaisse, ce qui restait d'une vieille cabane, relique d'un essart depuis longtemps à l'abandon. Encore quelques jours de cette vie tranquille et ils commenceraient à descendre vers le sud afin de se mettre à bonne distance de Shrewsbury avant de se diriger vers l'est et des comtés où on ne les connaissait pas encore.

Quand un voyageur de rencontre empruntait la route, c'était presque toujours un paysan du coin, nos voleurs se gardaient bien d'y toucher car on se rendrait vite compte de sa disparition et en moins d'une journée on serait à leurs trousses. Mais ils se seraient volontiers laissés aller à attaquer un homme seul, manifestement étranger, se rendant dans quelque endroit éloigné, car là, il faudrait du temps pour qu'on déclenche la recherche. C'était d'autant plus intéressant qu'un tel homme aurait probablement de l'argent sur lui, ne serait-ce qu'un peu, pour le voyage. Dans ces bois et ces taillis, on pouvait facilement disparaître sans espoir de retour.

Ils s'étaient installés confortablement cette nuit-là, à l'extérieur de leur cabane, prenant soin de disposer les braises de leur feu dans l'abri d'argile qu'ils avaient fabriqué exprès, et ils avaient encore sur les doigts la graisse du poulet qu'ils avaient volé. Le crépuscule ne laissait presque aucune lumière filtrer dans la forêt, mais ils avaient des yeux de chat et de l'énergie à revendre après cette journée d'oisiveté. Walter Bagot était chargé de faire le guet, on ne sait jamais. Il était allé se mettre à couvert à quelque distance du sentier étroit menant à la ville. Il revint près du feu aussi vite que discrètement, le visage rayonnant, pas inquiet le moins du monde.

– Il y a quelqu'un qui approche, un vrai cadeau pour nous. Le va-nu-pieds de l'abbaye... il est encore assez loin et il boite toujours autant, il a dû passer sur des pierres. Personne ne saura ce qui lui est arrivé.

– Lui? s'étonna Simon Poer. Imbécile, tu sais qu'il

a toujours son compagnon sur les talons. Ce qui signifie deux personnes – si l'un d'eux s'échappait, il donnerait l'alarme.

– Non, il n'a personne derrière lui, répliqua Bagot, tout content. Il est seul, je te dis ; il s'est débarrassé de l'autre, ou ils se sont mis d'accord pour se séparer. Personne ne donnera un sou pour savoir ce qu'il est devenu.

– Un sou, c'est toute sa fortune, ricana Shure, méprisant. Fiche-lui la paix. Il n'a que sa chemise et ses hauts-de-chausses. Qu'est-ce que tu veux qu'on tire de lui ?

– Mais qu'est-ce que tu crois ? De l'argent, mon bon ami ! s'exclama Bagot, rayonnant. Ne te trompe pas, il ne s'embarque pas sans biscuit, celui-là, même s'il prend grand soin que ça ne se sache pas. Crois-moi ! Je l'ai bien senti à chaque fois que j'ai été contre lui, à l'église, il a une bonne bourse bien garnie qu'il porte sous la tunique, ses hauts-de-chausses, sa chemise et tout, seulement je n'ai jamais pu y glisser la main, il aurait fallu que je me serve du couteau et c'était trop risqué. Il a de quoi payer partout où il passe. Allez, debout, il va nous tomber dans les mains comme un fruit mûr.

Il était sûr de lui et tous tombèrent d'accord pour voler une bourse bien garnie. Ils se levèrent joyeusement, prêts à sortir leurs poignards, et se glissèrent silencieusement parmi les taillis vers le sentier étroit au-dessus duquel brillait encore un pâle ruban de ciel clair. Shure et Bagot se tapirent, invisibles, d'un côté du chemin ; Simon Poer se posta de l'autre, derrière l'écran luxuriant des buissons qui se développaient majestueux, sous l'effet de la lumière. De très vieux arbres poussaient dans cette partie de la forêt, des fayards énormes aux troncs tordus si épais que trois hommes auraient eu du mal à les entourer de leurs bras. Il arrivait qu'on débroussaille et qu'on déboise pour transformer un lopin en terrain de chasse mais dans la Forêt Longue, nombreuses étaient les régions où la nature était restée intacte. Dans la pénombre verte, les trois hommes sans foi ni loi, parfaitement immobiles, attendaient.

Puis ils entendirent des pas obstinés, fermes, laborieux qui foulaient l'herbe dure. Sur les bas-côtés gazonnés d'une grand-route, l'homme aurait eu moins de mal, et il aurait pu parcourir deux fois plus de chemin que sur ces routes difficiles. Il était encore à une vingtaine de pas qu'ils distinguaient déjà sa respiration pénible et sa haute silhouette sombre dans l'obscurité. Il marchait penché en avant, appuyé sur un long bâton noueux qu'il avait ramassé Dieu sait où parmi des branches tombées. Apparemment, il s'en servait surtout pour son pied droit, bien que chaque pas lui arrachât une grimace comme s'il avait heurté une pierre aux arêtes aiguës et qu'il s'était coupé la plante du pied ou tordu la cheville. Il eût été pitoyable s'il y avait eu quelqu'un pour le prendre en pitié.

Il avançait l'oreille tendue, et ses poils se dressaient sur sa peau, comme s'il était très attentif au moindre des petits animaux nocturnes qui rampaient et s'agitaient dans les fourrés autour de lui. La peur ne l'avait pas quitté depuis le début de son voyage où pourtant il n'était jamais seul, mais maintenant qu'il était livré à lui-même, c'était encore bien pire. Il s'était échappé, mais ça ne l'avançait à rien.

C'est la terreur qu'il éprouvait qui le sauva. Ses agresseurs l'avaient d'abord laissé passer sans se montrer afin que Bagot l'attaque par-derrière et que Poer et Shure le prennent chacun de flanc. Ce ne fut pas tant son ouïe en éveil que la sensibilité exacerbée de sa peau qui lui fit sentir une présence soudaine dans son dos, troublant la fraîcheur du soir et le poids d'un corps qui se lançait sur lui presque silencieusement. Il poussa un cri étouffé et se retourna avec un grand moulinet de son bâton et le couteau qui aurait dû le transpercer alla donner dans une branche dont il trancha un bout d'écorce et de bois. De la main gauche Bagot chercha à s'assurer une prise sur la tunique ou la manche de son adversaire qu'il frappa de nouveau, rapide comme un serpent, mais il manqua son coup car Ciarann, d'un grand bond en arrière, se mit hors de portée et, fou de terreur, se tourna, quitta le chemin et titubant sur ses pieds déchirés plongea au plus profond de la nuit parmi l'enchevêtrement des arbres. Il gémissait de douleur en courant, mais il n'en détala pas moins presque aussi vite qu'un lapin surpris au gîte.

Qui aurait pu croire qu'il pouvait encore se déplacer à telle allure, poussé par la nécessité? Mais il ne pourrait pas continuer longtemps ainsi, ses forces ne tarderaient pas à le trahir. Les trois hommes le suivirent, se séparant un peu pour le coincer entre eux trois quand il s'écroulerait épuisé. Ils s'amusaient comme des fous, sans trop se presser. Le fracas que le fuyard provoquait en fonçant à travers les taillis et son gémissement incontrôlable dû à la souffrance produisaient un son étrange dans les bois crépusculaires.

Les branches et les ronces lacéraient le visage de Ciarann. Il courait à perdre haleine, agitant son grand bâton devant lui et se taillant bruyamment un chemin parmi les buissons. Parfois il trébuchait sur les débris épais de branches mortes et dans les trous traîtreusement causés par l'amoncellement de feuilles qui ne dataient pas d'hier. Eux le suivaient à leur aise, conscients qu'il ralentissait. Le petit tailleur agile était arrivé à sa hauteur quelque part sur le côté et se préparait à lui couper la route; il lui restait assez de souffle pour siffler ses compagnons qui se rapprochaient tout à loisir, tels des chiens rabattant un mouton égaré. Ciarann déboucha dans un endroit plus dégagé où un grand hêtre centenaire trônait dans sa propre clairière, et, s'efforçant de respirer tant bien que mal, il fit un dernier effort pour traverser cette zone découverte et disparaître de nouveau dans les fourrés. Les feuilles sèches et glissantes parmi les racines le trahirent. Il perdit l'équilibre et s'affala lourdement contre le tronc de l'arbre. Il eut tout juste le temps de se traîner jusqu'au large tronc contre lequel il s'adossa avant qu'ils ne lui tombent dessus.

Il donna de grands coups de son bâton, appelant à l'aide, sans même se rendre compte du nom qu'il criait.

– A l'aide! Au meurtre! Matthieu, Matthieu, à l'aide!

Personne ne lui répondit, mais soudain on entendit un bruit de branches froissées et quelqu'un surgit dans la clairière qu'il traversa si vite que Bagot fut bousculé et se retrouva à genoux. Un bras puissant plaqua Ciarann contre le tronc de l'arbre, et Matthieu se dressa à côté de lui, brandissant son poignard. Les quelques derniers rayons du soleil révélèrent son visage enflammé, terrible, qui se refléta sur la lame nue.

– Oh non! dit-il à haute et intelligible voix, les défiant, les lèvres retroussées. Bas les pattes! Cet homme est à moi!

14

Les trois agresseurs s'étaient instinctivement reculés avant de se rendre compte qu'un seul homme venait de faire irruption dans la clairière, mais ils n'avaient pas tardé à le comprendre et ne s'étaient guère éloignés. Ils restaient là, prudents comme des prédateurs, mais décidés, les encerclant lentement, tout en demeurant hors de portée, sans aucune intention de se retirer. Ils regardaient et réfléchissaient, analysant froidement la situation, maintenant qu'elle avait évolué. Il fallait à présent tabler sur deux hommes et un couteau, et le deuxième homme ils le connaissaient aussi bien que le premier. Ils avaient fréquenté les mêmes endroits pendant quelques jours, se retrouvant au même réfectoire, au même dortoir. Sans s'affoler, ils se disaient que les deux autres les connaissaient tout aussi bien. Avec le crépuscule, on distinguait mal leurs visages, mais il n'y a pas que le visage qui compte pour reconnaître quelqu'un.

– Je vous l'avais dit, il me semble, murmura Simon Poer échangeant avec ses complices des regards parfaitement clairs, malgré le manque de lumière. Je disais bien qu'il ne serait pas loin. Peu importe, quand il y en a pour un, il y en a pour deux.

Une fois qu'il eut affirmé ses droits, Matthieu garda le silence. Le tronc auquel ils s'adossaient était si large qu'on ne pourrait guère les attaquer par-derrière de tout près. Il se déplaça délibérément, faisant face à son ennemi, quand Bagot montra le bout de son nez. Il y en avait trois à ne pas perdre de vue, Ciarann était très ébranlé et boitait; il ne serait jamais de taille à affronter l'un des trois hommes si on en venait à se battre, pourtant il se tenait ferme, là où il était, prêt à se servir de son bâton. S'il le fallait, il combattrait de toutes ses forces pour sauver sa misérable peau. En pensant à cela, Matthieu eut un petit sourire sans joie à la pensée de cette envie de vivre qu'il s'apprêtait à défendre.

– Tu aurais été beaucoup mieux inspiré de ne pas me suivre, dit Ciarann, à voix basse, de l'autre côté du tronc, la joue appuyée à l'écorce.

– N'avais-je pas juré de t'accompagner jusqu'au bout? répliqua Matthieu tout aussi doucement. Je tiens ma parole. Et celle-là par-dessus tout.

– Peut-être, mais tu aurais pu t'en tirer sans dommage. Maintenant, on est fichus tous les deux.

– Pas encore! Si tu ne voulais pas de moi, pourquoi m'as-tu appelé?

Il y eut un silence stupéfait. Ciarann ignorait avoir lancé cet appel.

– Nous nous sommes habitués l'un à l'autre, constata Matthieu, morose. Tu as des droits sur moi comme j'en ai sur toi. Crois-tu que je laisserai un autre t'avoir?

Les trois guetteurs s'étaient regroupés dans l'ombre. Ils discutaient tout près, rapprochant leur tête, le visage tourné vers leurs victimes.

– Ils vont venir maintenant, murmura Ciarann dont la voix exprimait le désespoir.

– Non, ils attendront que la nuit tombe tout à fait.

Les bandits avaient tout le temps. Ils n'eurent aucun mouvement inutile ou menaçant, ils ne parlaient pas pour rien. Ils guettaient patiemment le bon moment comme des bêtes de proie. S'étant séparés en silence, ils se dispersèrent dans la clairière et reculèrent sous les arbres juste assez pour être à peine visibles, mais suffisamment quand même pour que leur présence immobile, inquiétante, soit aisément perceptible. C'est ainsi qu'un chat, immobile, impitoyable, prêt à l'action, peut attendre pendant des heures devant un trou de souris.

– C'est insupportable, gémit Ciarann, respirant comme s'il sanglotait.

– Il y a une solution, répliqua Matthieu, les dents serrées. Tu n'as qu'à enlever la croix que tu portes au cou et tu seras délivré de tous tes soucis.

La lumière faiblit encore. Leurs yeux, qui fouillaient l'obscurité des buissons, commençaient à voir des mouvements là où il n'y en avait pas et s'efforçaient vainement de les situer quand on ne cherchait qu'à les égarer. L'attente ne serait pas longue. Toujours à couvert, les assaillants se mirent en cercle, prêts à profiter d'un moment d'inattention quand l'une de leurs victimes regarderait du mauvais côté, pour déclencher l'attaque. Ils étaient sûrs que Ciarann serait le premier à commettre cette faute, car déjà il tenait à peine sur ses jambes.

Frère Cadfael se trouvait à environ un demi-mille du sentier quand il entendit le cri, devant lui et à droite, un grand cri, sauvage, désespéré. Il ne comprit pas les mots, mais il n'y avait pas à se tromper sur la panique qu'il exprimait. Dans le silence du sous-bois, sans un souffle de vent pour agiter les branches et les feuilles, chaque son portait loin. Cadfael se hâta de piquer des deux, hélas trop sûr de ce qu'il allait trouver en fonçant vers ce cri lamentable. Toute cette interminable poursuite, patiente, impitoyable, à travers la moitié de l'Angleterre, risquait de se terminer, et lui-même arriverait un petit quart d'heure trop tard pour tenter d'empêcher quoi que ce soit. Matthieu avait sûrement rattrapé un Ciarann qui s'était fatigué de l'austérité pénitentielle maintenant qu'il n'y avait plus personne pour le voir. Il n'avait pas menti en disant qu'il ne se haïssait pas au point de s'infliger ces tourments sans raison. Seul à présent s'était-il senti assez tranquille pour se débarrasser de sa lourde croix, avant de chercher une paire de chaussures à se mettre aux pieds ? A moins que Matthieu lui fût tombé dessus, le punissant d'avoir renié sa parole et profitant du fait qu'il était sans arme !

Le second bruit à rompre le silence passa presque inaperçu de Cadfael à cause des mouvements de son cheval, mais il sentit comme un frémissement de malaise dans la forêt et il arrêta sa monture pour écouter attentivement. Les sons évoquaient une course, l'agitation causée par quelque chose ou quelqu'un qui se précipitait à toute allure et tout droit à travers des taillis épais et puis, très brièvement, résonnèrent des cris confus, pas forts mais aigus et méfiants, et couvrant tout cela une voix d'homme, puissante et impérieuse : celle de Matthieu, ni triomphante ni effrayée, plutôt cassante, décidée, exprimant le défi. Ils n'étaient pas seulement tous les deux, il y avait d'autres gens, et pas si loin que ça devant lui.

Cadfael posa pied à terre et, inquiet, conduisit son

cheval aussi loin qu'il l'osa sur un pareil sentier, se dirigeant vers le lieu d'où les bruits étaient venus. A l'occasion, Hugh savait se déplacer très vite s'il y voyait une bonne raison, et le bref message de Cadfael lui en aurait sûrement donné une. Il était sans doute sorti de la ville par le chemin le plus direct, c'est-à-dire par le pont de l'ouest qui le menait à une bonne route allant vers le sud-ouest pour tomber sur cette vieille piste au bout de deux milles à peine. En ce moment il n'était peut-être même pas à un mille de là. Cadfael attacha son cheval au bord du sentier, signe évident qu'il avait jugé bon de s'arrêter là et qu'il y avait quelque chose à proximité.

A présent tout était calme autour de lui. Il chercha le long de la ligne des buissons un endroit où il pourrait pénétrer sans se trahir et, se fiant à son instinct, à son toucher, il s'orienta vers le lieu d'où provenaient les cris où tout était maintenant anormalement silencieux. Il ne lui fallut pas longtemps pour distinguer les ultimes pâleurs du couchant qui filtraient à travers les branches. Une sorte de clairière s'ouvrait devant lui.

Il s'arrêta net et resta immobile tandis qu'une ombre s'interposait sans bruit entre lui et un rayon de soleil attardé : quelqu'un de grand et maigre se coulait dans les buissons, tel un reptile. Cadfael attendit que le rai de lumière très pâle réapparût et s'avança ensuite doucement jusqu'à ce qu'il pût mieux voir ce qui se passait dans la clairière.

La masse compacte du tronc d'un grand fayard se dressait devant lui. Des mouvements animaient la pénombre. Un homme, non, deux, s'appuyaient au tronc du hêtre. Un bref éclair d'acier refléta assez de lumière pour révéler qu'il s'agissait de la lame nue et prête à servir d'un poignard. Il y avait deux hommes piégés ici et sûrement quelques autres qui les immobilisaient et qui ne lâcheraient prise que si l'on les y forçait. Cadfael ne bougea pas, examinant attentivement la scène ce qui lui permit de découvrir, comme il s'y attendait, le mouvement de feuilles derrière lesquelles se dissimulait un homme, puis, de l'autre côté, une agitation identique. Trois hommes donc, probablement armés, aux intentions discutables, rôdaient la nuit dans ces bois, guettant le moment de tuer. Or il y avait trois joueurs de dés qui avaient disparu sous le pont à Shrewsbury et qui avaient fui dans cette direction. Et les trois hommes dans cette forêt s'apprêtaient eux aussi à commettre quelques mauvais coups.

Cadfael hésitait sur la meilleure façon d'agir. Fallait-il revenir doucement vers le sentier et attendre Hugh en espérant qu'il ne tarderait pas ou tenter seul d'intervenir, au moins pour semer la confusion chez l'adversaire, ce qui laisserait un peu de répit aux autres, pendant lequel les secours arriveraient peut-être. Comme il se décidait à retourner vers son cheval, à l'enfourcher et à revenir en causant autant de vacarme qu'il le pourrait, de façon à suggérer que six cavaliers arrivaient et non un seul, la décision lui échappa des mains avec une soudaineté ahurissante.

Un des trois assiégeants jaillit à découvert et se précipita vers l'arbre, du côté où un bref éclat d'acier lui avait indiqué qu'au moins l'une des victimes était armée. Une silhouette sombre s'écarta de la protection des branches pour parer l'attaque, et à ce moment Cadfael sut qu'il s'agissait de Matthieu. L'assaillant, toujours hors de portée, s'écarta sur le côté et feinta adroitement; au même moment les deux autres ombres furtives agirent de même et lancèrent une attaque de l'autre côté de l'arbre, tombant sur le plus faible de leurs adversaires. Il y eut un moment de confusion violente, un grand cri angoissé et Matthieu se rua à la rescousse, sabrant l'air de son poignard et, protégeant son compagnon de son bras, il le plaqua vigoureusement contre l'arbre. Ciarann, à moitié évanoui, se laissa glisser le long du grand tronc lisse; Matthieu lui fit un rempart de son corps, à grands renforts de coups de lame pour tenir les autres à distance.

A cette vue, Cadfael demeura muet, immobile, contemplant cet ennemi si dévoué. Il ne reprit son souffle que quand les trois prédateurs se rapprochèrent ensemble de leurs ennemis, brandissant poings et couteaux, s'efforçant de les écraser sous le nombre.

Cadfael se remplit à fond les poumons et hurla dans l'obscurité tumultueuse :

– Par ici! Haro, ils sont là tous les trois! Ce sont nos hommes!

Il faisait tellement de bruit qu'il ne remarqua ni ne s'étonna que les échos de ses cris – il était tellement furieux qu'il l'entendit mais sans y prêter attention – lui parviennent de deux directions à la fois, depuis le sentier qu'il avait quitté et exactement de l'autre côté, du nord. Dans un coin de son esprit, il se rendit compte qu'il y avait eu un écho, mais pour sa part, il avait le sentiment d'être tout à fait seul. Sans cesser de hurler, il étendit ses manches comme les ailes d'une chauve-souris et fonça la tête la première dans le pugilat qui se déroulait autour de l'arbre.

Il avait depuis bien longtemps renoncé aux armes, mais cette fois il n'avait pas le choix. A part ses deux gros poings, encore solides malgré ses rhumatismes, il n'avait aucun moyen de défense. Il se jeta dans l'enchevêtrement d'hommes et d'armes sous le fayard, prit à deux mains l'arrière d'un capuchon qui se balançait et arracha violemment son propriétaire à la mêlée, tordant le tissu pour couper le sifflet de celui qui, fou de rage, lui lançait des injures. Mais la voix impérieuse du moine s'avéra plus efficace que son intervention martiale. Le tas noir qui s'agitait se sépara en individus distincts. Deux d'entre eux reculèrent vivement, cherchant de leurs yeux affolés d'où venaient l'écho de ces cris. L'adversaire de Cadfael se retourna, le souffle court et son grand bras donna un vicieux coup de lame, découpant un long ruban dans une vieille manche noire. Cadfael lui tomba dessus de tout son poids; le tenant par les cheveux, il lui pressa le visage contre le sol, ravi et sans aucun remords. Il s'en accuserait en confession un de ces jours mais pour l'instant, il était tout heureux et son sang de croisé coulait à nouveau dans ses veines.

Il eut vaguement conscience que quelque chose était en train d'arriver, plus qu'il n'avait osé l'espérer. Il entendit et éprouva le frémissement et le martellement caractéristiques de sabots de chevaux frappant le sol, tandis qu'une voix impérieuse criait des ordres qu'il ne comprit pas suffisamment pour les exécuter ou relâcher sa prise. La clairière obscure bourdonnait de mouvements. Comme il desserrait un peu les doigts, Simon Poer se dégagea et tenta de filer. On courait dans tous les sens, mais aucun des fugitifs n'alla loin.

Dernier des trois à rouler tout essoufflé hors de portée, Simon Poer, furieux, chercha à se faufiler parmi les racines des arbres, toucha un corps recroquevillé, trouva le cordonnet attaché à une quelconque relique, peut-être précieuse. Il tira dessus de toutes ses forces avant de se redresser et de courir se mettre à couvert. Il y eut un strident hurlement de douleur et l'objet, quel qu'il fût, lui resta dans les mains. Il sauta sur ses pieds et chargea tête baissée vers les buissons les plus proches où il se jeta sans ralentir. Mais il n'avait pas fait deux pas que, telles des serres, les mains de plusieurs cavaliers s'abattirent sur lui.

Cadfael ouvrit les yeux et reprit son souffle. Dans la clairière bouleversée, la pénombre haletait; peu à peu la violence aveugle s'ordonna et cessa d'être dénuée de sens. Il se redressa alors et prit le temps de regarder autour de lui. Il était affalé sous le grand fayard. Quelque part devant lui, vers le sentier où il avait laissé son cheval, quelqu'un, à l'aide d'un silex, d'un couteau et d'une mèche s'efforçait très calmement d'allumer une torche. Les étincelles prirent. La torche, bien imprégnée d'huile et de résine, s'empara de ce début de flamme pour émettre une jolie lueur qui grandit lentement. On s'en servit pour allumer une deuxième, puis une troisième torche. La clairière montra sa délicate forme ronde, dont les murs étaient la végétation toute proche et le toit, le fayard.

Hugh sortit de l'ombre, sourit et tendit la main à Cadfael pour l'aider à se relever. Un autre homme arriva en courant d'un pas léger de l'autre côté et pencha vers le moine un merveilleux visage fin, aux pommettes hautes, avec des yeux dorés attentifs, où se reflétaient les torches, et des cheveux d'un noir bleuté, semblables aux ailes repliées d'un corbeau.

– Olivier? s'étonna Cadfael. Je vous croyais perdu quelque part sur la route d'Oswestry. Comment diable nous avez-vous trouvés?

– Par la grâce de Dieu, et d'un petit berger (Ah, cette voix chaude et gaie qui faisait battre le cœur!) ainsi que par vos mugissements de taureau. Venez, tournez-vous! Vous avez gagné la bataille.

Simon Poer, le marchand de Guildford, Walter

Bagot, le gantier et John Shure, le tailleur, s'étaient certes enfuis, mais une douzaine des gens d'armes de Hugh lancés à leurs trousses les ramèneraient tous enchaînés, et cette fois, on ne leur reprocherait pas simplement d'avoir triché aux dés, ils auraient à répondre de chefs d'accusation plus graves. La nuit se refermait sur la clairière éclairée mais très calme, presque paisible, maintenant. Cadfael se leva, sa manche déchirée pendant bizarrement. Ils étaient là tous les trois, en demi-cercle près du fayard.

La lumière des torches ne vacillait pas et sculptait chaque détail de la scène. Ils regardaient Matthieu émerger de son combat entre la vie et la mort. Très lentement; ses larges épaules se détachèrent de l'arbre et il resta hébété comme un dormeur arraché du sommeil, cherchant des yeux quelqu'un sur qui s'appuyer. A ce moment, entre ses pieds, la silhouette de Ciarann, recroquevillé sur lui-même, apparut; il esquissa un mouvement, se cachant la tête dans ses bras.

– Debout! dit Matthieu.

Il s'écarta un peu de l'arbre, étreignant toujours son poignard à la pointe duquel une goutte se forma lentement, tandis que d'autres gouttes coulaient de la main qui serrait l'arme. Ses doigts étaient à vif.

– Debout! répéta-t-il. Tu n'es pas blessé.

Ciarann se remit sur pied tant bien que mal, offrant à la lumière son visage maculé, grisâtre; il avait dépassé le stade de l'épuisement et de la peur. Il ne regarda ni Hugh ni Cadfael, fixant seulement Matthieu avec une intensité désespérée. Hugh lut tant de violence dans leurs yeux qu'il fit mine de s'avancer pour rompre cette tension, mais Cadfael l'arrêta en lui posant la main sur le bras. Hugh lui adressa un rapide coup d'œil de côté et se le tint pour dit. Cadfael avait ses raisons.

Il y avait du sang sur le col déchiré de la chemise de Ciarann, une tache pourpre s'étalait paresseusement. Il leva les mains, elles paraissaient lourdes comme du plomb, et écarta gauchement la toile de sa gorge et de sa poitrine. Sur tout le côté gauche de son cou courait une coupure à vif, saignante, comme taillée par un couteau. Dans sa dernière tentative pour ne pas partir les mains vides, Simon Poer avait arraché la croix à laquelle Ciarann s'était désespérément accroché. Il s'agenouilla, misérable, parvenu au dernier stade de la soumission, montrant sa gorge déjà tranchée comme par quelque bourreau.

– Me voici, dit-il d'une voix sans timbre. Je ne peux pas aller plus loin, je suis perdu. Tue-moi maintenant.

Matthieu ne bougea pas, fixant la coupure profonde que la cordelette avait causée avant de se rompre. Le silence devint si lourd qu'il en était insupportable, et cependant il n'avait rien à dire et, à la lumière vacillante des torches, son visage semblait un masque.

– Il dit la vérité, murmura Cadfael. Il est à vous, ce n'est que justice. Il n'a pas respecté la pénitence qui lui était imposée. Il ne lui reste qu'à mourir. Chargez-vous de lui.

Rien n'indiquait que Matthieu l'eût entendu sinon le mouvement spasmodique de ses lèvres, comme une grimace de souffrance. Sans détourner les yeux, il toisait le misérable agenouillé humblement devant lui.

– Vous l'avez suivi sans faillir et respecté vos engagements, lui rappela doucement Cadfael. Vous avez prêté serment. Vous devez le tenir.

Il était en terrain assez solide et se sentait plutôt sûr de lui à présent. Cet acte de soumission avait apporté la touche finale, impossible d'aller plus loin. Maintenant que son ennemi se trouvait à sa merci et que son acte de vengeance était amplement justifié, le vengeur, prisonnier de sa propre nature, se trouvait désarmé. Il n'éprouvait plus rien, que tristesse et morosité, un sentiment de dégoût, également envers lui-même. Comment pouvait-il tuer un misérable, complètement épuisé, agenouillé devant lui, qui, sans chercher à se défendre, attendait seulement la mort? Tout cela n'avait plus aucun sens.

– C'est fini, Luc, dit doucement Cadfael. Faites votre devoir.

Matthieu resta silencieux un moment encore et s'il avait entendu qu'on l'appelait par son vrai nom, il n'en montra aucun signe, c'était sans importance. Après avoir renoncé à parvenir à son but, il n'éprouvait plus qu'un sentiment de privation et de vide. Il ouvrit sa main couverte de sang, sa dague lui glissa des doigts et tomba dans l'herbe. Il se détourna. D'un pas d'aveugle, il franchit à tâtons l'écran des buissons et se fondit dans l'obscurité.

Olivier reprit brusquement son souffle, émergea de l'espèce d'enchantement où il se trouvait et saisit Cadfael par le bras.

– C'est bien vrai? Vous l'avez retrouvé? C'est lui Luc Meverel?

Ayant compris qu'il avait deviné juste, il prit son élan pour foncer vers l'endroit où les taillis frémissaient encore après le passage de Luc. Il se serait lancé à sa poursuite si Hugh ne l'avait arrêté par le bras.

– Encore un moment, s'il vous plaît! Votre travail n'est pas terminé si Cadfael a vu juste. Voici sûrement l'homme qui a assassiné votre ami. Sa vie répondra de ce crime. Il est à vous si vous le voulez.

– C'est vrai, confirma Cadfael. Interrogez-le! Il vous répondra.

Ciarann, toujours accroupi dans l'herbe, baissa la tête. Il ne comprenait plus rien, n'osait plus regarder personne en face, attendant simplement, sans oser espérer, que quelqu'un décide s'il allait mourir ou vivre, et de quelle façon humiliante. Olivier le considéra d'un air dégoûté, refusa l'offre d'un énergique signe de tête et tendit la main vers la bride de son cheval.

– Je ne suis pas homme à me contenter des restes de Luc Meverel, dit-il. Que ce misérable poursuive sa route, chargé de ses péchés. C'est avec l'autre que j'ai affaire.

Sur ses mots, il bondit à cheval dans les taillis. Peu à peu le bruit de son passage s'apaisa et le silence retomba. Hugh et Cadfael restèrent seuls à se regarder par-dessus l'être lamentable effondré sur le sol.

Trois des officiers de Hugh se tenaient à l'écart, avec les chevaux et les torches, contemplant la scène sans mot dire; quelque part, pas bien loin, il y eut une brève bagarre et quelques cris quand l'un des fugitifs se fit repérer et prendre. On avait arraché Simon Poer à sa cachette à une cinquantaine de pas à peine; il était sous bonne garde, l'air grognon, les poignets solidement attachés à l'étrivière d'un des sergents. Le troisième larron ne jouirait pas longtemps de sa liberté. Les aventures étaient terminées pour cette nuit. Cette partie de la forêt redeviendrait sûre, et même des pèlerins nu-pieds et désarmés pourraient s'y risquer.

– Et lui, que va-t-il devenir? demanda Hugh sans dissimuler le mépris que lui inspirait ce déchet d'humanité.

– Puisque Luc a renoncé à ses droits, j'aime autant ne pas m'en mêler, répondit Cadfael. Il faut quand même reconnaître à sa décharge qu'il n'a pas triché ni renié sa parole de son plein gré, même quand il n'y avait personne à côté pour l'accuser. S'il n'y a que ça à dire pour sa défense, c'est un peu mince, mais c'est mieux que rien. Qui a le droit d'accabler celui que Luc a épargné?

Ciarann leva la tête, les dévisageant tour à tour, ne comprenant pas pourquoi il était toujours en vie, mais commençant à croire qu'il avait sauvé sa peau. Il se mit à pleurer, de douleur, de soulagement ou de quelque chose de plus durable. C'était difficile à dire. Le sang autour de son cou noircissait et formait une ligne sombre.

– Parlez et ne racontez pas d'histoires, ordonna Hugh, d'une voix glaciale. C'est vous qui avez poignardé Bossard?

Le visage de Ciarann était décomposé et c'est en chevrotant qu'il répondit « oui ».

– Mais pourquoi? Pourquoi s'en prendre au clerc de la reine qui s'est borné à transmettre fidèlement le message de sa souveraine?

Le regard de Ciarann flamboya un instant et une étincelle passagère d'orgueil, de fureur et d'intolérance apparut, telle l'ultime lueur d'un feu qui s'éteint.

– Il est venu plein de jactance, il a parlé insolemment au seigneur évêque et défié le concile. Mon maître était en colère et offensé...

– Votre maître était le prieur de Hyde Mead, l'interrompit Cadfael. C'est du moins ce que vous avez prétendu.

– Comment pouvais-je avouer que je servais quelqu'un qui m'avait chassé? J'ai menti! Le seigneur évêque en personne – c'est lui que je servais et dont j'avais la faveur. Tout cela est fini maintenant! Je n'ai pas pu supporter l'insolence de ce Chrétien envers lui...

il s'est mis en travers de tout ce que projetait et désirait mon maître. Comme je l'ai haï! Enfin j'ai cru le haïr alors, avoua Ciarann d'une voix lasse, en se rappelant ces événements. Et je pensais satisfaire mon maître!

– En quoi vous vous êtes trompé, répliqua Cadfael. On peut penser ce qu'on veut d'Henri de Blois, ce n'est pas un assassin. Rainald Bossard vous a empêché de mal faire; c'était un homme de votre parti, que tout le monde estimait. L'avez-vous considéré comme traître, à cause de l'estime qu'il portait à un adversaire honorable? A moins que vous n'ayez frappé au hasard, sans intention de donner la mort?

– Non, dit-il d'une voix morne, atone, sans la moindre étincelle de vie. Il me barrait la route, j'étais fou de rage. Je savais ce que je faisais. J'étais heureux... alors! dit-il avec un soupir d'amertume.

– Et qui vous a imposé ce voyage pénitentiel? demanda Cadfael. Et à quelle fin? On vous a laissé la vie, à certaines conditions. Lesquelles? Quelqu'un imparti d'une haute autorité vous a forcé à prendre ce fardeau.

– Mon maître l'évêque-légat, dit Ciarann qui se crispa silencieusement pendant un moment au souvenir de cette confiance ancienne qui lui avait été retirée à jamais. Personne d'autre n'était au courant, il n'y a qu'à lui que je m'étais confié. Il n'a pas voulu me livrer à la justice; il ne tenait pas à ce que cela se sût, de peur que cela ne menaçât son plan de paix en faveur de l'impératrice. Mais il a refusé de me pardonner. Je suis originaire du royaume danois de Dublin, et moitié gallois de l'autre côté. Mon maître m'a offert de me rendre à Bangor sous sa protection, là j'irais voir l'évêque qui s'occuperait de m'envoyer à Caergybi dans l'île d'Anglesey d'où je m'embarquerais pour Dublin. Mais je devrais parcourir toute la route nu-pieds et porter cette croix au cou, et si jamais je ne respectais pas ces conditions, même pendant un instant, ma vie appartiendrait à qui voudrait la prendre, sans qu'il encoure aucun reproche ni châtiment. Et je ne pourrais jamais revenir.

Sa voix s'enraya à l'évocation de cet amour non payé de retour, de ses ambitions ruinées, du rejet qu'il avait subi.

– D'accord, mais si votre maître n'a jamais rendu sa sentence publiquement, dit Hugh pour qui un point restait encore obscur, comment Luc Meverel a-t-il pu être mis au courant et vous suivre?

– Qu'est-ce que j'en sais? répondit le misérable dont le ton morne trahissait l'épuisement. Je peux seulement vous dire que je suis parti de Winchester et que là où les routes se rejoignent près de Newbury il était là à m'attendre. Il s'est mis à côté de moi et tout au long de ce voyage, comme un démon, il ne m'a pas lâché d'un pas, attendant que je rompe les termes du contrat – dont apparemment il n'ignorait rien! – pour pouvoir me tuer impunément, sans remords, comme il en avait le droit. Il allait partout où j'allais, ne me perdant jamais de vue, sans rien me cacher de ses désirs. Il ne se lassait pas de me tenter pour que je mette des chaussures, que j'enlève cette croix, qui, messieurs, pesait un poids de diable! Il prétendait s'appeler Matthieu... En fait, vous dites que c'est Luc? Vous le connaissez? Moi pas du tout... Il a dit que j'avais tué son seigneur qu'il aimait, qu'il me suivrait jusqu'à Bangor, Caergybi, et même Dublin si jamais je m'embarquais sans avoir enlevé cette croix ou mis des souliers. Et qu'il finirait par m'avoir. Quand il m'a eu, enfin, à sa portée, pourquoi s'est-il détourné et m'a-t-il épargné ?

Ce mystère semblait augmenter sa douleur.

– Il a trouvé que ça ne valait pas la peine de vous tuer, lui expliqua Cadfael avec toute la douceur et aussi toute l'honnêteté possibles. Maintenant il se sent tout angoissé et honteux d'avoir passé avec vous tant de temps qu'il aurait pu utiliser bien mieux. C'est une question de valeurs. Apprenez à vous consacrer à ce qui le mérite et à négliger le reste ; peut-être en viendrez-vous à le comprendre.

– J'ai beau être vivant, je suis quand même mort, bredouilla Ciarann avec un mouvement convulsif, sans maître, sans amis, sans raison de vivre...

– Cherchez et peut-être que vous finirez par trouver, suggéra Cadfael. Allez où on vous a envoyé, acceptez ce à quoi vous avez été condamné et essayez de comprendre. C'est notre sort à tous.

Il se détourna avec un soupir. Impossible de savoir ce que le misérable retirerait de ces paroles, ce qu'il apprendrait de la vie, si une trace de repentir commençait à naître dans son esprit tourmenté, ou s'il continuait à ne penser qu'à lui-même. Adressant à Hugh un sourire en coin, Cadfael poursuivit :

– Je voudrais rentrer. Eh bien, Hugh, on y va ?

Hugh continuait à dévisager, plissant le front, celui qui venait de confesser son crime. Effondré dans l'herbe comme un serpent à l'échine brisée, il gisait tout humble, souillé de larmes, saignant sur ses blessures légères. Spectacle pitoyable, même si la pitié n'était pas de saison. Mais après tout, quel âge avait-il ? Dans les vingt-cinq ans ? Il était bien portant, bien vêtu, solide, il aurait peut-être encore des moments difficiles avant d'arriver au terme de son voyage, mais il en était parfaitement capable, et il avait toujours la bague de l'évêque, protection efficace partout où la loi était respectée. Ciarann finirait donc tôt ou tard par atteindre son but. Plus question, comme il le prétendait, de mourir en odeur de sainteté à Aberdaron et d'être enterré parmi les saints à Ynis Ennli, mais simplement de rentrer dans son pays natal et d'y commencer une vie nouvelle. Il arriverait peut-être à changer, et même à accepter les conditions difficiles qu'on lui avait imposées tout au long de la route de Caergybi, où relâchaient les nefs irlandaises, ou jusqu'à Dublin, voire même – qui peut le dire? – jusqu'à la fin de sa vie.

– Il ne vous reste plus qu'à partir d'ici et à poursuivre votre route de votre mieux, dit Hugh. Vous n'avez plus à vous inquiéter d'éventuelles mauvaises rencontres à présent, et la frontière est à deux pas. Si c'est Dieu que vous craignez, arrangez-vous-en avec lui.

Il lui tourna le dos avec tant de décision qu'à ce signe ses hommes comprirent que tout était terminé, et ils ne furent pas fâchés de faire avancer chevaux et prisonniers.

– Et les deux autres? demanda Hugh. Ne vaudrait-il pas mieux qu'un de nos hommes reste près du sentier avec un cheval de rechange pour Luc? Il est parti à pied derrière Ciarann, mais il n'a pas besoin de revenir de la même façon. Ou dois-je envoyer des hommes à leur recherche?

– Inutile, le rassura Cadfael. Olivier s'occupera de tout. Ils reviendront ensemble.

Il n'avait aucune inquiétude, il commençait à se détendre, et à se sentir satisfait. Le drame qu'il avait craint avait été évité, même s'il s'en était fallu d'un cheveu. Olivier trouverait son homme, saurait se montrer patient et le suivre s'il cherchait à l'éviter, tout malheureux et démuni qu'il était maintenant que l'obsession qui avait si longtemps donné un sens à sa vie n'existait plus et que la passion dévorante qu'il portait avait été remplacée par un vide douloureux. Olivier parviendrait à pénétrer dans ce vide et réchaufferait ce cœur meurtri afin que puisse s'y loger un nouvel amour. Il recevrait, de la part de Juliana Bossard, le plus réconfortant des messages qui lui promettait de nouveau un foyer où il serait le bienvenu. Et que réservait l'avenir? Comment Matthieu-Luc l'avait-il envisagé en donnant ses derniers sous à l'abbaye avant de se lancer à la poursuite de son ennemi? Il avait sûrement pensé à en finir avec celui qu'il avait été jusqu'alors, en finir une bonne fois, sans savoir ce qui allait se passer après. A présent, il était redevenu jeune, la vie s'offrait devant lui, il n'était besoin que d'un peu de temps pour retomber sur ses pieds.

Olivier le ramènerait à l'abbaye, quand il émergerait de son désespoir. Olivier avait en effet promis de ne pas partir avant d'avoir passé un moment avec Cadfael, et quand Olivier promettait on pouvait avoir confiance.

Quant à l'autre... Dès qu'ils furent à cheval, Cadfael se retourna sur sa selle avec un dernier regard pour Ciarann, toujours à genoux sous l'arbre où ils l'avaient laissé. Il avait le visage tourné vers eux, mais il semblait avoir les yeux fermés, et ses mains crispées se serraient étroitement contre sa poitrine, comme s'il priait, ou qu'il voulait se convaincre qu'il était toujours en vie. « Quand nous serons tous partis, se dit Cadfael, il s'endormira comme une masse à l'endroit où il se trouve, c'est tout ce dont il sera capable, car ce qu'il a subi le dépasse. Son sommeil sera l'image de la mort. Mais quand il s'éveillera il aura le sentiment, j'en suis à peu près sûr, de naître pour la seconde fois. »

Le cortège plus lent qui ramènerait les prisonniers en ville commença à se former ; on vérifia que ces derniers étaient bien attachés et les porteurs de torche se préparèrent à monter à cheval, éloignant les flammes jaunes de la silhouette agenouillée, si bien que Ciarann disparut petit à petit comme si le tronc du hêtre l'avait absorbé.

Hugh conduisit la colonne jusqu'au sentier et tourna en direction de la ville.

– Ah, Hugh, je n'ai plus vingt ans ! grommela Cadfael, bâillant comme une carpe. J'ai grande envie d'aller me coucher.

15

Il était minuit passé quand ils franchirent le portail; la grande cour baignait au clair de lune et, dans l'église, on entendait chanter matines. Ils étaient rentrés sans se presser, presque sans dire un mot, satisfaits d'être ensemble, tout simplement, comme ça leur était déjà arrivé pendant les nuits d'été ou les jours d'hiver. D'ici une bonne heure les hommes de Hugh auraient amené leurs prisonniers au château de Shrewsbury, puisque ces derniers marchaient à pied, mais avant le matin Simon Poer et ses acolytes seraient en cellule, sous bonne garde.

– Je vais attendre avec vous que les laudes soient finies, dit Hugh, quand ils mirent pied à terre près de la loge. Le père abbé voudra être tenu au courant des derniers événements. J'espère cependant qu'il ne nous demandera pas tous les détails cette nuit.

– Accompagnez-moi donc aux écuries, suggéra Cadfael, je m'occuperai de mon compagnon à quatre jambes, pendant que les autres sont encore à l'office. On m'a toujours appris que le bien-être du cheval passait avant celui du cavalier. Habitude dont on ne se défait pas.

Près des écuries, la lune donnait une lumière amplement suffisante. Grâce au calme de minuit et à l'immobilité de l'air, chaque note du service résonnait doucement et clairement. Cadfael dessella sa monture, l'installa confortablement, lui donna ce dont elle avait besoin et lui mit sur l'échine une couverture légère pour la protéger du froid, rites qu'il avait rarement l'occasion d'accomplir à présent. Cela lui rappela d'autres chevaux, d'autres voyages, des champs de bataille à l'issue moins heureuse que cette petite escarmouche qui aurait pu mal tourner.

Hugh resta à le regarder tournant le dos à la grande cour, la tête penchée sur le côté pour suivre les chants. S'il fit volte-face ce ne fut pas parce qu'il avait entendu quelqu'un s'approcher, mais parce qu'une silhouette menue se glissa à pas légers sur les pavés blancs de lune, à côté de lui. C'était Melannguell, tout hésitante, qui, dans ce halo de lumière pâle, se tenait à l'entrée de la cour.

– Qu'est-ce que vous fabriquez dehors, à une heure pareille, ma petite fille? s'inquiéta Cadfael.

– Je ne pouvais pas dormir, répondit-elle sans se plaindre. Tout le monde dort, personne ne s'est rendu compte de rien.

Elle se tenait très droite et calme comme si elle avait rempli chaque instant, depuis qu'il était parti, à s'efforcer de supprimer à jamais l'image de cette jeune fille désespérée, au visage souillé de larmes, qui avait cherché un peu de solitude dans son atelier. Elle avait soigneusement natté et coiffé ses longs cheveux, sa robe était impeccable et c'est d'une voix résolument calme qu'elle demanda si on avait retrouvé les fuyards. Au départ de Cadfael, elle n'était qu'une enfant. A présent c'était une femme.

– Oui, répondit-il. On les a retrouvés tous les deux. Il ne leur est rien arrivé de fâcheux. Ils se sont séparés. Ciarann continuera sa route tout seul.

– Et Matthieu ? insista-t-elle d'une voix pressante.

– Matthieu est avec un ami sûr, et il ne risque absolument rien. Nous les avons précédés, mais ils vont revenir.

Il lui faudrait apprendre à l'appeler d'un autre nom, mais ce n'était pas à lui de le révéler. L'avenir ne serait pas toujours facile non plus ni pour elle ni pour Luc Meverel. Sans un coup de pouce du destin, ces deux êtres auraient pu ne jamais se rencontrer. Sainte Winifred s'était-elle occupée de cela aussi ? Cette nuit, Cadfael était disposé à le croire et il était sûr qu'elle veillerait à ce que tout se terminât bien.

– Il reviendra, affirma Cadfael, croisant son regard candide d'où toute trace de larme avait disparu. Ne vous inquiétez pas. Mais il a subi un choc sérieux, et il vous faudra avoir recours à toute votre patience et toute votre sagesse. Ne lui demandez rien. Le moment venu, il vous dira tout de lui-même. Ne lui adressez aucun reproche...

– Dieu me garde, de lui reprocher quoi que ce soit, protesta-t-elle. C'est moi qui suis à blâmer.

– Mais non, comment auriez-vous pu savoir ? Seulement, quand il sera de retour, ne vous étonnez de rien. Comportez-vous comme quelqu'un qui a soif et qui trouve une source. Il agira de même.

Elle s'était légèrement tournée vers lui, le clair de lune illuminait de façon féerique son visage comme si une lampe recommençait à brûler en elle.

– J'attendrai, dit-elle.

– Le mieux maintenant serait de retourner dormir. L'attente sera peut-être plus longue que prévue. Il a été fort secoué. Mais il viendra.

A cela elle secoua la tête.

– Je préfère rester debout, dit-elle et soudain elle leur sourit, pâle et brillante comme une perle, puis elle tourna les talons et, vive, silencieuse, se dirigea vers le cloître.

– C'est elle dont vous parliez? demanda Hugh, la suivant d'un regard intéressé et quelque peu sévère. La sœur du petit boiteux? Celle que ce jeune homme apprécie tant?

– C'est elle, dit Cadfael, fermant la demi-porte de la stalle.

– La nièce de la tisserande?

– Exactement. Sans un sou et de famille ordinaire, répliqua Cadfael, compréhensif et très détendu. C'est comme ça! Moi non plus, je ne sors pas de la cuisse de Jupiter. Mais je doute qu'un jeune homme qui a connu les épreuves de Luc cette nuit attache beaucoup d'importance à ces détails. Vous autres, peut-être que cela vous intéresse. J'espère que dame Juliana n'a pas l'intention de le marier à l'héritière d'un manoir voisin car d'après moi, les choses en sont à un tel point, avec ces deux-là, qu'elle devra renoncer à ses projets. Un manoir, un métier, si on en est fier et qu'on s'en occupe bien, quelle différence?

– Chez vous, une souche ordinaire a produit une pousse exceptionnelle! déclara Hugh du fond du cœur. Et si vous voulez mon avis, votre petite demoiselle aurait meilleure allure dans un château que moultes dames bien nées de ma connaissance. Écoutez, l'office se termine. Nous aurions intérêt à y aller.

L'abbé Radulphe sortit de matines et de laudes de son pas habituel, imperturbable, et les trouva qui l'attendaient quand il sortit du cloître. Cette journée miraculeuse avait été suivie – quoi de plus naturel? – d'une nuit magnifique, incroyablement sereine et profonde, toute brillante d'étoiles, baignant dans la pâleur du clair de lune. Après la pénombre de l'église, cette orgie de lumière lui révéla clairement le calme et la fatigue marquant le visage des deux hommes.

– Vous êtes de retour! s'exclama-t-il, et il regarda derrière eux. Mais pas tous! Olivier de Bretagne – vous disiez qu'il s'était lancé sur une fausse piste. Il n'est pas revenu par ici. Vous ne l'avez pas rencontré?

– Si, si, père, dit Hugh. Il va très bien et il a trouvé celui qu'il cherchait. Ils ne devraient pas trop tarder à être de retour.

– Et la catastrophe que vous redoutiez, frère Cadfael? Vous avez parlé d'un autre meurtre...

– Personne n'a subi le moindre dommage, père, le rassura Cadfael, sauf les hors-la-loi qui s'étaient réfugiés dans la forêt. On les a rattrapés et ils sont en route, sous bonne garde, pour le château. Ce que je redoutais a pu être évité, et cette partie de la forêt ne présente plus aucun danger. J'ai dit, père, que si on pouvait retrouver ces deux jeunes gens, ce serait sûrement mieux pour l'un, et peut-être pour les deux. Eh bien, on les a retrouvés à temps, père, et c'est tant mieux pour tous les deux.

– Il reste cependant cette trace de sang que nous avons vue, vous et moi, objecta Radulphe, méditatif. Vous disiez – je m'en souviens très bien – que nous avions abrité un meurtrier dans nos murs. Est-ce toujours votre avis?

– Oui, père, mais pas comme vous l'entendez. Quand Olivier de Bretagne et Luc Meverel seront de retour, nous vous expliquerons tout, car pour le moment, il y a encore des points qui nous échappent. Mais nous savons, poursuivit-il fermement, que ce qui s'est passé cette nuit a eu une issue aussi heureuse que si nous l'avions demandée dans nos prières et nous avons lieu de nous en réjouir.

– Alors, tout va bien?

– Certes oui, père.

– En ce cas, le reste peut attendre le matin. Vous avez besoin de repos. Mais avant d'aller dormir, voudriez-vous venir vous restaurer avec moi?

– Ma femme est sûrement inquiète, père, répondit Hugh, s'esquivant avec élégance. Pardonnez-moi, mais j'aurais scrupule à la faire attendre plus longtemps.

L'abbé les dévisagea tous deux et n'insista pas.

– Et que Dieu vous bénisse pour cela! soupira Cadfael, gravissant pesamment la pente douce menant à l'escalier du dortoir et au portail où Hugh avait laissé son cheval. Je dors debout et même un bon vin ne me réveillerait pas.

La lune était couchée et le soleil pas encore levé quand Olivier de Bretagne et Luc Meverel franchirent sans hâte les portes de l'abbaye. Ils n'auraient pas su dire exactement jusqu'où ils étaient allés en cette nuit obscure, car ils ne connaissaient le pays ni l'un ni l'autre. Même quand Olivier l'avait rattrapé et lui avait adressé la parole avec beaucoup de douceur, Luc avait continué à marcher à l'aveuglette, les bras ballants, quand il n'écartait pas vaguement les buissons. Il ne disait ni n'entendait rien, à moins qu'au plus profond de lui-même, il ne se rendît compte qu'on le poursuivait, mais calmement, et peut-être s'étonnait-il vaguement de l'aimable incuriosité et de la sympathie qu'on lui manifestait. Quand enfin il s'était laissé tomber dans l'herbe épaisse d'une prairie, à l'orée de la forêt, Olivier avait attaché son cheval un peu à l'écart et s'était installé près de lui, pas trop mais suffisamment cependant pour que l'autre sût qu'il était là, attendant patiemment. Passé minuit, Luc s'endormit comme une masse. Il en avait grand besoin. Il se retrouvait soudain privé de toute l'énergie qui l'avait soutenu pendant les deux derniers mois, comme si, mort, il marchait encore, incapable de mourir vraiment. Dormir allait le régénérer, effacer cette impression d'amertume et de privation. Enfin, il cesserait de se sentir poussé par cette terrible nécessité et le chagrin destructeur qu'il avait éprouvés si profondément quand son seigneur était mort dans ses bras. Il restait un témoin : cette tache de sang qui refusait de s'effacer, malgré les efforts qu'il avait déployés. Il l'avait conservée pour garder en lui la haine vivace qui le consumait. A présent, le sommeil lui rendrait sa liberté.

Il se réveilla juste avant l'aube, à cette heure mystérieuse où les oiseaux commencent à s'agiter et à s'appeler doucement dans le silence. Il avait ouvert les yeux et vu, penché sur lui, un visage qui lui était inconnu, mais qu'il avait dans une certaine mesure envie de connaître, tant il semblait plein de vie, amical et calme, attendant courtoisement que l'autre sortît du sommeil.

– Je l'ai tué? demanda Luc, pensant bien qu'un homme avec un visage pareil lui répondrait la vérité.

– Non, dit l'autre d'une voix grave et sereine. Ce n'était pas la peine. Mais pour vous, c'est tout comme. Laissez-le donc où il est.

L'explication lui parut un peu sibylline, mais il ne la

discuta pas. Il s'assit dans l'herbe fraîche, retrouvant l'usage de ses sens petit à petit; il commençait vaguement à se rappeler combien la forêt sentait bon, et ces étoiles qui pâlissaient dans le ciel, au-dessus de sa tête, évoquaient des feux follets parmi les branches des arbres. Il dévisagea attentivement Olivier, qui le regarda à son tour avec un petit sourire serein, sans mot dire.

– Je vous connais? demanda Luc.

– Pas encore, mais ça ne tardera pas. Je me nomme Olivier de Bretagne et je sers sous Laurence d'Angers, comme votre maître. Je connaissais bien Rainald Bossard, nous étions amis. Nous sommes revenus ensemble de Terre sainte dans la suite de Laurence. On m'a chargé de remettre un message à Luc Meverel, et je suis sûr qu'il s'agit de vous.

– Un message? Pour moi? s'étonna Luc.

– De la part de votre cousine et châtelaine, Juliana Bossard. Elle vous supplie de rentrer, car elle a besoin de vous, et il n'y a personne qui puisse vous remplacer.

Luc, complètement ahuri, mit du temps à y croire; mais il ne lui restait plus aucune énergie à présent qui lui permît de poursuivre sa route ou de tenter le moindre geste de son propre gré; aussi accepta-t-il avec indifférence les suggestions d'Olivier.

– Maintenant il faudrait songer à regagner l'abbaye, dit ce dernier avec bon sens.

Il se leva, Luc l'imita et se leva aussi.

– Prenez le cheval, j'irai à pied, proposa Olivier à Luc qui s'exécuta.

C'était comme accompagner gentiment un simple d'esprit là où il devait se rendre, en le tenant par la main sans le lâcher d'un pas. Ils finirent par retrouver leur chemin, et tout près de la vieille piste ils virent les deux chevaux que Hugh avait laissés à leur endroit, et le palefrenier qui dormait à poings fermés dans l'herbe, à côté. Olivier reprit sa monture et Luc enfourcha l'autre, avec cette légèreté que donne l'habitude; il n'avait pas perdu ses réflexes. C'était toujours ça. Bâillant à se décrocher la mâchoire, le palefrenier, qui connaissait bien la route, prit la tête de la colonne. Ils étaient à mi-chemin de la Meole et du pont étroit menant à la grand-route quand Luc se décida à ouvrir la bouche.

– D'après vous, elle veut que je revienne, dit-il soudain, et dans sa voix perçaient l'espoir et la souffrance. C'est bien vrai? Je l'ai quittée sans un mot, mais que pouvais-je faire d'autre? Que peut-elle penser de moi à présent?

– Mais... que vous aviez vos raisons pour partir, comme elle a les siennes pour vouloir que vous rentriez. Je vous ai cherché, à sa demande, à travers la moitié de l'Angleterre. Que vous faut-il de plus?

– Je croyais ne jamais revenir, dit Luc, encore tout étonné et dubitatif, avant de se retourner sur la longue route qu'il avait parcourue.

Il croyait aussi ne jamais revenir à Shrewsbury. Et pourtant il était là, dans la fraîcheur lumineuse de l'aube bien avant prime, chevauchant de concert avec ce jeune étranger sur le pont de bois qui enjambait la Meole, au lieu de patauger dans le petit ruisseau du champ de pois, car c'est par là qu'il avait quitté l'abbaye. Ils abordèrent la grand-route, longèrent le moulin et l'étang, franchirent le portail et arrivèrent dans la grande cour. Ils mirent pied à terre et le palefrenier remmena les chevaux vers la ville d'un pas soutenu.

Luc jeta un coup d'œil à la ronde, sans réagir,

comme s'il découvrait ces lieux qui l'entouraient, et que ses sens étaient encore engourdis dans leurs efforts pour revenir à la vie. A cette heure-ci, la cour était vide. Enfin pas tout à fait. Il y avait quelqu'un d'assis sur les marches de pierre menant à l'hôtellerie, un être solitaire et tranquille, au visage tourné vers le portail. Il vit une silhouette se lever, descendre l'escalier et se diriger vers eux d'un pas vif et léger. C'est alors qu'il reconnut Melannguell.

Elle au moins lui était parfaitement familière. Il la regarda et il n'est pas jusqu'aux pierres du mur derrière elle et aux pavés sous ses pieds qui ne retrouvèrent couleur, forme et réalité. La lumière grise d'entre chien et loup n'arrivait pas à estomper le dessin de sa tête et de ses mains ni à assombrir l'or de ses cheveux. Luc sentit que la vie lui revenait à grands flots douloureux, comme naît la douleur après une blessure. Elle accourait au-devant de lui, les mains à peine tendues, le visage levé, et sur ses lèvres comme dans les yeux brillait l'étincelle d'un sourire inquiet. Alors, comme elle hésitait pour la première fois à quelques pas de lui, il remarqua la marque sombre du coup qu'elle avait sur la joue.

C'est en voyant cette ecchymose qu'il s'effondra. Il trembla violemment de la tête aux pieds partagé entre la honte et le chagrin et il tomba, les yeux brouillés, dans les bras qu'elle tendait vers lui. A genoux il la prit par la taille et, le visage pressé contre ses seins, il éclata en sanglots aussi naturels et purificateurs que la fontaine miraculeuse de sainte Winifred.

Il avait retrouvé le contrôle de sa voix, son visage s'était rasséréné quand, dans le parloir de l'abbé, après le chapitre, il retrouva l'abbé, le prieur, frère Cadfael, Hugh Beringar et Olivier. Ensemble, ils voulaient élucider tous les détails de la mort de Rainald Bossard et tout ce qui s'était passé ensuite.

– Je vous ai involontairement induit en erreur, dit Cadfael, revenant sur l'entretien au terme duquel il était parti en toute hâte. Quand vous m'avez demandé si nous avions abrité un meurtrier sans le savoir, je vous ai répondu en toute sincérité que je le croyais, mais qu'on avait peut-être encore le temps d'empêcher un second meurtre. C'est seulement après que j'ai compris comment vous aviez pu interpréter mes paroles, alors que nous venions de tomber sur une chemise maculée de sang. Mais si en fait le meurtrier avait pu être éclaboussé au niveau de la manche ou du col, cette grande marque qui couvrait l'épaule et la poitrine jusqu'au cœur signifiait tout autre chose. Non, cette chemise appartenait sûrement à celui qui a tenu dans ses bras un homme blessé à mort et qui l'a vu mourir. De plus l'assassin, s'il s'était ainsi taché, n'aurait jamais conservé, et encore moins emporté dans ses bagages, un vêtement aussi compromettant ; il l'aurait brûlé ou enterré, enfin il s'en serait débarrassé d'une manière ou d'une autre. Non, cette chemise, qu'on avait cependant soigneusement lavée, avait gardé très clairement le contour de la tache de sang, et pour son propriétaire c'était une sorte de relique, lui rappelant qu'il était chargé de la vengeance. C'est ainsi que j'ai compris que ce même Luc que nous connaissions sous le nom de Matthieu – c'est dans sa besace qu'on avait trouvé ce vêtement – n'était pas l'assassin. Mais quand je me suis rappelé tous les mots que j'avais entendu prononcer par ces deux jeunes gens, et toutes les démonstrations de dévouement qu'ils avaient l'un pour l'autre, j'ai compris soudain que j'avais tout interprété de travers et que c'était d'une poursuite qu'il s'agissait, et j'ai eu peur qu'elle ne se terminât par un meurtre.

L'abbé regarda Luc et lui demanda simplement si cette interprétation était exacte.

– En tout point, père. J'étais avec mon seigneur cette nuit-là, pas loin du vieux moutier, quand quatre ou cinq hommes sont tombés sur le clerc. Mon maître s'est précipité, et moi avec, pour les mettre en fuite. Ils se sont sauvés, mais l'un d'eux s'est retourné et l'a poignardé. Je l'ai vu, il ne s'agissait pas d'un geste involontaire! Je tenais mon seigneur dans mes bras – il s'était montré bon envers moi et je l'aimais (les yeux de Luc flamboyèrent à ce souvenir). Il est mort presque tout de suite, le temps d'un regard... J'avais vu le meurtrier s'enfuir dans une petite rue, près de la maison du chapitre. Je l'ai suivi, et j'ai entendu des voix dans la sacristie, l'évêque venait de sortir de la salle capitulaire, le concile étant terminé pour cette nuit; c'est là que Ciarann a trouvé l'évêque. Il est tombé à genoux devant lui et lui a tout raconté. J'étais caché, j'ai tout entendu. Je crois même qu'il s'attendait à des félicitations.

– Est-ce possible? s'exclama le prieur, profondément scandalisé. Jamais Sa Seigneurie n'aurait pu être complice d'un acte aussi noir, ni pardonner à l'assassin.

– Oh! il n'a pas pardonné! Mais il n'a pas voulu non plus livrer un de ses fidèles serviteurs à la justice. Maintenant, pour être franc, ajouta Luc avec un dégoût manifeste, il ne tenait pas à provoquer d'autres conflits ni d'autres querelles; ce qui l'intéressait surtout c'était d'éviter tout ce qui pouvait nuire à l'impératrice ou menacer son propre plan pour la paix.

Pourtant pardonner un meurtre, cela le révoltait. J'ai entendu la condamnation infligée à Ciarann – dont j'ignorais tout, jusqu'à son nom. Il l'a banni et renvoyé chez lui à Dublin, à jamais, il l'a forcé à se rendre à Bangor puis à Caergybi pieds nus, avec cette lourde croix au cou. Et si jamais il mettait des souliers ou s'il enlevait la croix qu'il portait au cou, il signerait son arrêt de mort, et n'importe qui aurait le droit de le tuer sans encourir aucun reproche. Mais regardez la malhonnêteté de l'évêque! poursuivit Luc, outré. Non seulement il a donné son anneau à ce misérable pour qu'il bénéficie de la protection de l'Église jusqu'à Bangor, mais il s'est bien gardé de souffler mot à qui que ce soit de sa décision, de sorte que Ciarann ne risquait pas grand-chose. A part eux deux, qui aurait pu être au courant si Dieu n'avait veillé à placer un témoin qui entendrait cette sentence et serait prêt à l'exécuter de ses propres mains?

– Et ce témoin, c'était vous, conclut l'abbé, d'une voix calme, sans porter le moindre jugement.

– Exactement, père. Car quand Ciarann a prêté serment de respecter la décision de l'abbé sous peine de mort, j'ai juré tout aussi solennellement de le suivre à travers tout le pays et si jamais il manquait à sa parole un seul instant, je le tuerais et vengerais mon seigneur.

– Et comment avez-vous su que c'était bien cet homme-là dont il s'agissait? demanda l'abbé avec la même douceur. Vous avez dit vous-même que vous n'aviez pas bien vu son visage et que vous ne connaissiez pas son nom.

– J'avais deviné le chemin qu'il prendrait, il n'y en a pas trente-six et le jour où il partirait. J'ai attendu au bord de la route quelqu'un qui se dirige vers le nord, nu-pieds, un homme qui jusque-là aurait plutôt eu l'habitude d'être bien chaussé, dit Luc avec un petit sourire en coin. J'ai vu la croix qu'il portait au cou. Je me suis mis à côté de lui et je lui ai dit non pas qui j'étais mais ce que je comptais faire. J'ai pris un autre nom, comme ça si j'échouais, le déshonneur ne rejaillirait pas sur la maison de ma dame. Matthieu, Luc, c'était toujours un évangéliste! Je l'ai suivi pas à pas, jusqu'ici, sans jamais le quitter des yeux, ni de jour ni de nuit, sans jamais le laisser oublier que je comptais bien le tuer. Il ne pouvait demander qu'on l'aide à se débarrasser de moi, car aussitôt je l'aurais dépouillé de son déguisement de pèlerin et j'aurais dit qui il était en réalité. Mais je ne pouvais pas non plus le dénoncer ouvertement, un peu parce que je me méfiais de l'évêque, et puis parce que moi aussi je trouvais qu'il y avait assez de violence dans le pays – d'ailleurs je n'en avais qu'après un seul homme! et qui m'appartenait ; personne d'autre n'avait le droit de se venger sur lui ou de le menacer. Alors on est resté ensemble, lui essayant constamment de m'échapper – mais il avait été élevé à la cour, il était fragile et handicapé par la route, et moi je le serrais de près, attendant mon heure.

Il leva soudain la tête et surprit le regard compatissant et calme de l'abbé; ses grands yeux à lui étaient noirs, et lumineux.

– Oui je sais, ce n'est pas bien. Mais tuer quelqu'un non plus. Cette tâche, c'était mon affaire, et pas celle de mon maître, qui n'avait pas failli, et qu'on a enterré pour avoir défendu un adversaire.

Ce fut Olivier, qui n'avait pas ouvert la bouche jusqu'alors, qui eut le mot de la fin.

– *Tout comme vous!* murmura-t-il.

La mort, c'était clair, n'avait pas voulu de Luc, se dit Cadfael, au moment de l'élévation, mais il ne faudrait jamais oublier qu'il s'était interposé entre son ennemi et ceux qui voulaient le tuer. L'enfer aussi avait refermé sa gueule et refusé de le dévorer. Il était jeune, purifié, et revenait à la vie après une sorte de mort. Oui, Olivier avait dit vrai. Il avait risqué sa vie pour protéger celle de son ennemi. Que restait-il entre Luc et son maître sinon cet accident dénué de sens, la mort elle-même?

Tout en priant intensément, Cadfael se dit que tandis que sainte Winifred s'efforçait de remettre de l'ordre dans la vie d'une demi-douzaine de personnes à Shrewsbury, c'était le sort de tous les Anglais qui se jouait, qui se réglerait peut-être avec moins de sagesse et de compassion. Car à l'heure qu'il était, l'heure du couronnement de l'impératrice risquait d'être déjà fixée, et peut-être même avait-elle déjà été couronnée. Nul doute que Dieu et les saints ne se penchent aussi sur cette question.

Un peu avant vêpres Matthieu-Luc vint redemander audience à l'abbé. Radulphe le fit entrer sans poser aucune question et resta seul avec lui, se doutant bien de ce qui l'amenait.

– Acceptez-vous de m'entendre en confession, père? Je voudrais que vous m'absolviez pour ce vœu auquel je n'ai pas su être fidèle. Et avant de me tourner vers l'avenir, je voudrais être libéré du passé.

– Voilà qui me semble marqué au coin du bon sens, répondit Radulphe. Mais dites-moi, est-ce que vous me demandez l'absolution parce que vous n'avez pas réussi à tenir ce que vous aviez promis?

Luc, qui s'était déjà mis à genoux, leva un moment la tête, montrant à l'abbé un visage franc, ouvert.

– Non, père, mais pour avoir prononcé un pareil serment. L'arrogance peut se nicher même dans le chagrin.

– Ainsi mon fils, vous avez appris que la vengeance n'appartient qu'à Dieu?

– Et plus encore, père. J'ai compris qu'entre les mains de Dieu la vengeance était assurée. Même si elle tarde à venir, et quelle que soit la manière dont elle se manifeste, le compte final sera exact.

Quand ce fut terminé, quand il eut dit tout ce qu'il avait sur le cœur, d'une voix mesurée, en prenant tout son temps pour réfléchir, quand il se fut débarrassé de la rancœur, de l'impatience et de l'amertume qui le tourmentaient, il se releva avec un grand soupir, offrant un visage clair et décidé.

– Permettez-moi de bénéficier encore de votre bonté, père. Un de nos prêtres pourrait-il m'unir à mon épouse avant que je ne parte d'ici? Car c'est ici que j'aimerais renaître à la vie et à l'amour en même temps.

16

Le lendemain matin, c'était le vingt-quatrième jour de juin, marqua le début de la grande agitation du départ. Les pèlerins préparaient leurs paquets et leurs provisions pour le voyage. On prenait congé des amis qu'on connaissait depuis peu; d'autres s'organisaient pour partir à plusieurs. Nul doute que sainte Winifred veillerait à ne pas ternir sa réputation et s'arrangerait pour que le beau soleil de juin brillât sur ses fidèles jusqu'à leur retour dans leurs pénates avec une histoire de miracle à raconter. Pour la plupart, ils n'en connaissaient que la moitié, mais c'était déjà si extraordinaire!

Frère Adam de Reading fut parmi les premiers à s'en aller; il n'était pas pressé car pour aujourd'hui il s'arrêterait à Leominster, qui dépendait de la maison mère de Reading, où il trouverait des lettres à rapporter à son abbé. Il partit avec une bourse bien remplie de graines qui ne se trouvaient pas dans son jardin; il avait présente à l'esprit la guérison miraculeuse à laquelle il avait assisté et pensait souvent. Il l'avait étudiée sous tous les angles théologiques possibles et imaginables pour pouvoir l'exposer très complètement quand il regagnerait son abbaye. Cette fête s'était avérée très instructive et matière à réflexion.

– Moi aussi je comptais partir aujourd'hui, confia dame Weaver à ses commères dame Glover et la veuve de l'apothicaire avec qui elle avait formé une alliance de solides matrones pendant ces journées mémorables, mais j'ai tant de pain sur la planche que je ne sais plus du tout où j'en suis et il va falloir que je reste encore un jour ou deux. Qui aurait pu penser que ça se terminerait ainsi, quand j'ai dit à mon garçon qu'on devrait venir prier sainte Winifred, parce que je pensais bien qu'elle nous écouterait? A l'heure qu'il est, il semble que j'ai perdu mes deux poussins. Rhunn, que Dieu le bénisse, est décidé à rester là et à prendre l'habit; il m'a dit qu'il ne quitterait jamais la vierge bienheureuse qui l'a guéri. Et en vérité, ça ne m'étonne pas et je ne tiens pas à le contrarier, il est trop bon pour ce monde perverti, croyez-moi sur parole! Et puis là-dessus débarque le petit Matthieu – euh non, apparemment c'est Luc son vrai nom; il est de famille noble, même si sa branche ne possède rien, mais plus tard, il héritera d'un ou deux manoirs, grâce à une parente généreuse qui l'a hébergé...

– Mais vous aussi, vous avez pris chez vous ces deux enfants, lui rappela chaleureusement la veuve de l'apothicaire, vous leur avez donné le gîte et le couvert. Ce n'est donc que justice, d'après moi.

– Toujours est-il que Matthieu, je veux dire Luc, est venu me trouver, c'était la nuit dernière, et m'a demandé la main de ma petite fille. Quand je lui ai répondu en toute franchise, parce que je suis honnête et que j'entends le rester, que ma Melannguell n'aura pas grand-chose en dot, mais que je lui donnerai tout ce que je peux, qu'est-ce qu'il me répond, lui? Qu'il est lui-même pauvre comme un rat d'église pour le moment, qu'il ne peut que s'en remettre à la générosité du jeune seigneur qui est venu le chercher, mais que plus tard, avec un peu de chance, il n'aura pas de raison de se plaindre; sinon, qu'il n'est pas manchot et qu'il saura bien s'arranger pour nourrir deux personnes, à condition que l'autre, ce soit ma petite fille, parce qu'il ne veut personne d'autre. Je lui ai simplement dit que Dieu les bénisse, et que je resterai pour assister au mariage.

– C'est le devoir d'une femme, déclara dame Glover du fond du cœur, de veiller à ce que tout soit fait comme il faut quand elle donne une jeune fille à son futur époux. Mais croyez-moi, ils vous manqueront, tous les deux.

– Ah pour ça oui! acquiesça dame Alice en versant quelques larmes de joie et de fierté plutôt que de désespoir, car enfin l'un était à moitié promis à la sainteté et l'autre à un brillant mariage; elle avait eu bien du mal à les élever correctement, mais maintenant elle pouvait les laisser continuer seuls leur chemin sans plus s'inquiéter pour eux.

» Ah pour ça, oui! répéta-t-elle. Mais, rendez-vous compte, voilà qu'ils ont tous deux trouvé leur voie... Et puis, ils sont gentils tous les deux, ils ne me m'abandonneront pas plus quand j'aurai besoin d'eux, que je ne les ai abandonnés.

– Alors comme ça, le mariage aura lieu ici, demain? s'enquit la veuve de l'apothicaire, qui songeait visiblement à reporter son départ d'une journée.

– Mais oui, avant la messe du matin. Je n'aurai donc que moi à ramener à la maison, soupira dame Alice avec encore quelques larmes d'orgueil. Heureusement, il y a tout un tas de gens qui repartent vers le sud. Je me joindrai à eux.

– En ayant accompli votre devoir, ma chère amie, dit dame Glover, la serrant dans ses bras puissants, vous pouvez être fière de vous.

C'est frère Paul, qui n'était pas seulement responsable des novices, mais aussi premier confesseur, qui maria les jeunes gens dans l'intimité de la chapelle Notre-Dame; il avait déjà commencé à s'occuper de Rhunn et à l'instruire, il éprouvait pour lui un intérêt paternel qu'il était tout prêt, étant donné la nature affectueuse du garçon, à étendre à sa sœur. Personne n'avait été invité sauf la famille et les témoins; le jeune couple était habillé très simplement, faute de vêtements de cérémonie. Luc portait sa cotte et ses hauts-de-chausses de tous les jours, dans lesquels il avait dormi en plein air, et son unique chemise froissée, même si elle avait été lavée et vaguement repassée. Melannguell était toute propre et modeste dans sa robe de drap tissé, arborant fièrement en guise de couronne de mariée ses cheveux nattés d'un blond soutenu. Leur visage avait la pâleur des lis, la luminosité des étoiles, et la gravité du tombeau.

Après ces événements qui sortaient de l'ordinaire, il fallait bien que la vie quotidienne reprît ses droits. Cet après-midi-là, Cadfael retourna à son travail très satisfait. Avec l'herbe de la prairie qu'on allait pouvoir couper, et l'imminence de la moisson, il y avait des préparations indispensables à faire pour les deux affections saisonnières, qui, on pouvait en être sûr, se manifestaient chaque année. Il y avait ceux qui souffraient de boutons sur les mains pendant la moisson, et ceux qui se mettaient à éternuer, à moucher et à larmoyer; les uns et les autres auraient besoin de lotions à cet effet.

Comme il était en train de broyer dans un pilon des feuilles fraîches de patience et de mandragore pour préparer une crème adoucissante, il entendit des grands pas légers sur les graviers du sentier : quelqu'un approchait et s'arrêta, hésitant, sur le seuil, cachant en partie le soleil qui entrait par la porte grande ouverte. Il se tourna, serrant le mortier contre sa poitrine et tenant à la main le pilon tout vert, immobile dans l'air. Olivier était là, penchant la tête pour éviter de heurter les bouquets d'herbes sèches. Il demanda s'il pouvait entrer d'une voix chaude, sûr de la réponse.

L'instant d'après, il pénétrait dans la cabane, regardant autour de lui, curieux et candide comme un enfant, car c'était la première fois qu'il y mettait les pieds.

– Je vous ai laissé choir, je sais, mais comme il y avait deux jours à attendre avant le mariage de Luc, j'en ai profité pour remplir ma mission auprès du shérif de Stafford, puisque ce n'était qu'à deux pas. Maintenant, je suis revenu, comme je vous l'avais dit, juste à temps pour assister au mariage. Je pensais vous y voir.

– Ça m'aurait fait plaisir, mais j'ai été appelé à Saint-Gilles. Un pauvre diable de mendiant y est arrivé dans la nuit, couvert de plaies, on craignait qu'il ne fût contagieux. Heureusement, il n'en est rien. Si on l'avait soigné plus tôt, on l'aurait remis sur pied en un rien de temps, mais une bonne semaine de repos à l'hospice devrait arranger les choses. Notre jeune couple n'avait nul besoin de moi. Je représente le passé pour eux, alors que vous appartenez à ce qui commence.

– Melannguell m'a dit où vous trouver. Ils ont regretté votre absence. Enfin, me voilà.

– Et vous êtes le bienvenu, dit Cadfael, rangeant son mortier.

Olivier prit les deux mains du moine dans ses longues et belles mains et il inclina son visage mat pour lui donner le baiser de paix aussi simplement qu'il l'avait embrassé pour lui dire au revoir à Bromfield.

– Venez vous asseoir et laissez-moi vous offrir un peu de vin de ma composition. Alors vous saviez, vous, qu'ils allaient se marier?

– J'ai vu comment ils se sont retrouvés quand j'ai ramené Luc, dit allégrement Olivier. Je me doutais de la façon dont cela finirait. Après, il m'a confié ses intentions. Quand on est deux à être d'accord, et qu'on sait ce qu'on veut, il n'y a plus d'obstacle qui tienne. Je veillerai à ce qu'ils aient tout ce qu'il faut pour leur voyage puisque moi j'ai encore des visites à faire avant de rentrer.

Quand on est deux à être d'accord et qu'on sait ce qu'on veut! Cadfael se souvint de confidences entendues un an et demi auparavant. Quand il servit le vin, ce fut d'une main légèrement moins ferme qu'à l'ordinaire. Il s'assit auprès de son visiteur, appuyant ses vieux os à l'épaule large et ferme du jeune homme dont le profil net et élégant lui ravissait les yeux.

– Parlez-moi d'Ermina, dit-il, sûr de connaître la réponse avant même qu'Olivier ne lui adressât un sourire éclatant.

– Si j'avais su que mes pérégrinations m'amèneraient à vous voir, j'aurais eu tant de choses à vous dire de leur part à tous les deux; d'Yves, donc – et de ma femme!

– Tiens, tiens! souffla Cadfael, ravi. C'est bien ce

que je pensais, non, ce que j'espérais! Les choses se sont donc déroulées comme vous me l'aviez dit, à savoir qu'on vous jugerait à votre valeur, et qu'on vous accorderait sa main *.

Ces deux-là savaient ce qu'ils voulaient et ils étaient absolument d'accord!

– Quand vous êtes-vous mariés?

– A Noël dernier, à Gloucester où elle se trouve actuellement avec son frère. C'est l'héritier de Laurence, il a tout juste quinze ans. Il voulait venir à Winchester avec nous, mais Laurence a refusé, c'était trop dangereux. Ils sont en sécurité, Dieu merci. Si jamais ce chaos se termine bientôt, je vous l'amènerai ou vous amènerai auprès d'elle. Elle ne vous a pas oublié.

– Ni moi non plus, je vous assure! Ni son frère. Je l'ai pris deux fois sur mon cheval; il dormait. C'est une sensation dont je me souviens parfaitement. C'est un brave petit!

– Il serait un peu lourd pour vous, remarqua Olivier en riant. L'année dernière, il a poussé comme une asperge. Il vous mangerait la soupe sur la tête aujourd'hui.

– Mais c'est que moi je commence à me tasser, comme une vieille asperge! Êtes-vous heureux? demanda Cadfael, très heureux lui-même et ne demandant qu'à l'être encore plus.

– Plus que je ne saurais dire, répondit Olivier avec gravité. Comme je suis content de vous avoir retrouvé, et de pouvoir le lui rapporter! Vous rappelez-vous notre dernière entrevue, quand j'attendais à Bromfield avec vous pour remmener Yves et Ermina chez eux?

* Voir *la Vierge dans la glace* du même auteur dans la même collection.

Et que vous m'avez tracé une carte sur le sol pour m'indiquer le chemin?

Il y a un moment où la joie devient à peine supportable. Cadfael se leva pour remplir les coupes et détourner le visage de cet autre visage presque trop lumineux.

– Ah, si on commence à se lancer dans le jeu des souvenirs, on y sera encore à vêpres, car il n'y a pas un seul détail de cette période qui me soit sorti de l'esprit. Mieux vaut poser ce flacon à portée de la main et s'installer confortablement.

Il restait encore une bonne heure avant vêpres quand Hugh mit fin sans précaution à cet échange de souvenirs. Il entra en coup de vent, le visage radieux, car il y avait du nouveau. Mais il hésita à parler, ne voulant pas se réjouir ouvertement de ce qui risquait d'être une catastrophe pour Olivier.

– Voici les dernières nouvelles. Un courrier vient d'arriver à l'instant de Warwick. On passe le message aussi vite qu'un cheval peut aller.

Ils étaient tous les deux debout, le fixant intensément sans savoir s'il allait annoncer du bon ou du mauvais car il cachait bien son jeu.

– Je crains que ce que j'ai à dire ne vous réjouisse pas autant que moi, Olivier, je l'avoue.

– Des messages du Sud... dit Olivier se raidissant, sans toutefois perdre son sang-froid. De Londres? L'impératrice?

– De Londres, oui. Tout a basculé en un seul jour. Hier, alors qu'elle et sa cour dînaient à Westminster, les Londoniens ont soudain sonné le tocsin – toutes les cloches de la cité. Toute la ville a pris les armes et marché sur Westminster. Ils se sont tous enfuis, Olivier, avec seulement les vêtements qu'ils avaient sur le dos, ou presque; les gens de la cité ont pillé le palais et chassé les derniers partisans. Elle n'a jamais levé le petit doigt pour les rallier à sa cause, et ne leur a adressé que des menaces, des reproches... et des demandes d'argent depuis son entrée dans la ville. Elle a laissé échapper la couronne faute de quelques mots aimables et d'un peu de courtoisie royale. En ce qui vous concerne, ajouta Hugh en toute sincérité, je suis vraiment désolé! Mais pour moi, quel soulagement!

– Que voulez-vous que je vous dise, se borna à répondre Olivier. C'est le contraire qui serait étonnant. Mais... est-ce qu'elle est en sécurité? Elle n'a pas été capturée?

– Non, d'après le messager, elle est en sûreté avec Robert de Gloucester et quelques fidèles, mais apparemment les autres se sont sauvés comme des lapins, chacun chez soi, là où ils estimaient ne pas être en danger. C'est ce qu'il nous a dit, ça remonte tout juste à hier. La cité de Londres subissait de fortes pressions depuis le sud, dit Hugh afin de minimiser un peu la lourde part de responsabilité qui reposait sur les épaules de l'impératrice. Les armées de la reine se pressaient juste sur ses marches. La seule façon de s'en sortir était de chasser l'impératrice et de laisser entrer la reine pour qui ils penchaient de toute façon.

– Je savais, dit Olivier, qu'elle n'était pas raisonnable, notre impératrice Mathilde. Elle n'était pas femme à pardonner les offenses, et pourtant cela l'aurait servie. Je l'ai vue humilier publiquement un homme venu se soumettre et lui offrir son appui... Elle est très forte pour se faire des ennemis, mais des amis... Plus elle en a besoin, moins elle en a. Où est-elle partie? Le messager le savait-il?

– Vers l'ouest. Oxford. Ils y arriveront sans encombre. Les Londoniens ne la suivront pas jusque-là. Tout ce qu'ils voulaient, c'était la mettre dehors.

– Et l'évêque? L'a-t-il suivie?

Toute l'entreprise reposait sur les efforts d'Henri de Blois, qui s'était donné bien du mal pour elle, sans se montrer toujours convaincant. Mais à qui la faute? Elle avait détruit tous ses savants calculs. Étienne était peut-être prisonnier à Bristol, mais c'était encore lui le roi d'Angleterre et l'oint du Seigneur. Il ne fallait pas s'étonner si Hugh avait les yeux brillants.

– L'évêque? Je ne suis pas au courant pour le moment. J'imagine qu'il la rejoindra à Oxford. A moins...

– A moins qu'il ne retourne sa robe une fois de plus, termina Olivier en éclatant de rire. Il semble que je doive vous quitter plus tôt que prévu. La fortune de l'un s'élève, celle de l'autre descend. C'est la vie, on n'y peut rien.

– Qu'allez-vous faire? s'enquit Hugh sans le quitter des yeux. Si nous pouvons vous aider en quoi que ce soit, ce sera un plaisir. A vous de décider. Vous avez des chevaux frais. Vos hommes n'ont encore entendu parler de rien probablement. Ils attendent vos ordres. Si vous désirez des provisions pour le voyage, servez-vous sans hésiter. A moins que vous ne préfériez rester...

Olivier secoua la tête et des boucles de cheveux d'un noir bleuté dansèrent sur ses joues.

– Il faut que j'y aille. Mais pas vers le nord, comme j'en avais l'intention. A quoi bon maintenant? L'impératrice est ce qu'elle est, mais elle est la suzeraine de mon suzerain. Il sera là où elle se trouvera, et moi auprès de lui.

Ils se regardèrent un moment sans rien dire.

– Maintenant que je vous connais, je n'en attendais pas moins de vous, déclara enfin Hugh, citant les propres paroles d'Olivier.

– Je m'en vais secouer mes hommes, et on sautera en selle. Serez-vous à votre domicile avant que je ne parte? Je tiens à prendre congé de Lady Beringar.

– Je vous suis, dit Hugh.

Sans rien ajouter, Olivier se tourna vers frère Cadfael à qui il adressa un bref sourire chaleureux, puis il redevint grave et son sourire s'évanouit...

– Mon père... ne m'oubliez pas dans vos prières!

Il pencha son visage lisse pour un dernier adieu, et tandis que son aîné lui tendait la joue, il étreignit soudain Cadfael avec une grâce impulsive.

– Dieu soit avec vous! dit ce dernier.

Déjà il s'éloignait à grands pas le long du sentier; il prit sa course, nullement découragé ni abattu, toisant d'un œil aussi ferme la catastrophe ou le triomphe. Au coin de la haie de buis, il jeta un dernier regard en arrière et agita la main avant de disparaître.

– Comme j'aimerais qu'il soit de notre côté! dit Hugh, le suivant des yeux. Mais il y a quelque chose de bizarre, Cadfael! Vous n'allez pas me croire, mais quand il s'est retourné, j'ai trouvé qu'il avait quelque chose de vous. L'inclinaison de la tête, peut-être...

Cadfael aussi l'avait suivi des yeux, jusqu'à la porte ouverte, quand disparut le dernier reflet bleuté de ses cheveux et que le dernier écho de son pas léger sur les graviers se fondit dans le silence.

– Oh non, dit-il sans y songer, c'est tout le portrait de sa mère!

Là, il avait trop parlé, mais peut-être intentionnellement... Sans s'inquiéter du silence qui succédait, il secouait doucement la tête à cette vision persistante qui l'accompagnerait pendant toutes les années qui lui restaient à vivre, et peut-être, par la grâce de Dieu et de ses saints, embrasserait-il une troisième fois Olivier, en chair et en os. C'était plus qu'il ne méritait, mais les miracles ne se mesurent ni ne s'évaluent, ils ont la gratuité de la foudre.

– Je me souviens, murmura Hugh, avec d'infinies précautions, se doutant qu'il était autorisé à donner son point de vue et qu'il n'avait entendu que ce qui s'adressait à lui, je me souviens qu'il m'a parlé de quelqu'un à cause de qui il avait le plus grand respect pour les bénédictins... quelqu'un qui le traitait comme un fils...

Cadfael se secoua, se tourna vers son ami et sourit devant cette mine pensive.

– J'ai toujours eu l'intention de vous confier un jour, murmura-t-il tranquillement, ce qu'il ignore et n'apprendra jamais de moi. *C'est* mon fils.

Imprimé en France sur Presse Offset par

BRODARD & TAUPIN

GROUPE CPI

La Flèche (Sarthe), 12332

N° d'édition : 2076
Dépôt légal : avril 1991
Nouvelle édition : mai 2002